KB187081

살기 좋은 마을 만들기

주민자치와 평생학습의 마을 만들기
일본 공민관의 역사와 실천

나가사와 세이지 편저

김창남 역

제이앤씨
Publishing Corporation

편·저·자

머리말

본서 『주민자치와 평생학습의 마을 만들기 ─ 일본 공민관의 역사와 실천 ─』의 원제는, 일본에서 간행된 나가사와 세이지 편저 『공민관*에서 배운다 Ⅱ ─ 자치와 협동의 마을 만들기』(2003, 国土社)이다. 번역을 맡아 주신 금강대학교 김창남 교수(통상행정학부 학부장)와는 치바대학 대학원 인문사회과학연구과 박사과정 재학 중에 만나 그 이후로도 계속해서 친분을 쌓아오고 있다. 김 교수와의 만남이 없었다면 본서의 출판은 없었다고 해도 과언이 아닐 것이다. 이 점에 대해 다시 한 번 고마움을 전하고 싶다.

최근 한국에서는 평생학습에 대해 관심을 가지고 정책적으로 지원을 하고 있어, 각 지역에서 풀뿌리 평생학습이 다양하게 전개되고 있다. 그 중 하나로 필자는 최근 몇 년 동안 한국에서 발전을 거듭하고 있는 주민센터에 주목해 왔다.

한 예로 당시 대학원생이었던 김창남 교수와의 인연을 계기로 '21세

---

* 일본의 '공민관'은 기능면에 있어서는 현재 한국의 '주민센터'에 해당되지만, 역사적으로 다소 불일치한 부분이 있어 편자의 희망에 따라 한국어 번역은 '공민관'으로 표기하였다.

기 한일 지방자치의 미래-마을 만들기 국제심포지엄'(2001.12.7. '주민
과 마을 만들기-사회교육에 대한 시민참가와 학습권 보장의 시점에서' 주최:한국
광주광역시 북구청, 주관:서강정보대학 지역개발연구소·아름다운 마을 만들기
연구회)에 참가하였다. 또 제주도에서 개최된 '2004 전국 주민센터 박람
회'의 국제세미나('주민센터와 지역혁신' 주최:제주시, 열린사회시민연합, 한양
대 제3섹터연구소)에서 일본의 공민관에 대해 보고하였다. 그리고 열린사
회시민연합의 소개로 인천광역시 연수구 연수2동 주민센터(2005.2.28.)
와 부산광역시 해운대구 반송2동 주민센터(2005.8.30.)의 방문조사를
실시하였으며, 최근에는 속초시에서 개최된 전국 주민센터 박람회
(2007.10.11~13)에도 참가하였다.

　얼마 안 되는 경험을 통하여 한국의 주민센터가 주민들에게 가까운
읍·면·동에 위치한 지역커뮤니티시설이라는 점과 각종 사업의 전개
에 있어서 일본의 공민관과 아주 유사하다는 점을 알게 되었으며, 무엇
보다도 공민관과 주민센터는 역사적 배경은 달라도 주민의 학습권
보장과 마을 만들기의 거점시설이라는 점에서 관심을 가지게 되었다.

　한국어 번역문에 있어서는 한국 독자들의 일본 공민관의 역사에
대한 이해를 돕기 위하여 『공민관에서 배운다 II -자치와 협동의 마을
만들기』에 덧붙여 '시대와 지역을 여는 공민관-그 이념과 역사를
확인한다'(나가사와 세이지 편저 『공민관에서 배운다-자기개발과 마을 만들기』
수록, 1998, 国土社)를 아울러 게재하였다. 또한, 문중에 나오는 용어
및 개념에 대해서는 필요에 따라 주석을 더하였다. 그러나 번역에 있어
서는 양국의 역사적·문화적 차이로 다소 부자연스러운 용어 및 문장이

있을 수 있다는 점을 양해 바란다. 한국어 번역은 금강대학교 학생들과 이전 금강대학교 유학생이었던 아카시 카오루씨(치바대학교 교육학부 평생교육과정 재학생)에게 많은 도움을 받았다.

본서의 간행을 통하여 일본의 공민관에 대한 이해의 증진과 한국의 평생학습의 발전, 그리고 주민센터의 발전에 조금이나마 이바지할 수 있다면 본인에게 있어 더할 나위 없는 기쁨이 될 것이다.

마지막으로, 본서의 출판을 맡아준 J&C출판사 관계자 여러분들께 진심으로 감사를 표한다.

2007년 11월 6일

나가사와 세이지

역 · 자
머리말

역자는 일본에서 유학생활을 보내면서 각 지역에 있는 공민관, 근로회관, 부인회관, 스포츠센터 등에서 일본인들에게 한국어 강의를 한 적이 있다. 일본에는 지역마다 이와 같은 주민의 편의시설이 잘 조성되어 있어서 지역 주민이면 누구나 자신의 취미활동은 물론 이웃 주민들과 정보를 공유하는 장소로서 손쉽게 이용할 수 있다. 즉, 지역 주민들은 이러한 시설을 이용하여 다도, 서예, 꽃꽂이, 퀼트, 외국어학습, 댄스, 스포츠, 음악, 공예 등 다양한 문화생활을 즐기곤 한다.

이러한 주민의 편의시설에서 한국어 강의를 하면서 한국에도 이와 같은 시설들이 많이 만들어져서 주민들이 함께 즐기고, 또 함께 여러 가지 정보를 공유할 수 있었으면 좋겠다는 생각을 했었다.

그 후, 이전부터 알고 지내온 치바(千葉)대학의 나가사와 세이지(長澤成次) 교수님이 일본의 공민관에 관한 책을 출판하였다며 『公民館で学ぶ(공민관에서 배운다)－自分づくりとまちづくり(자기개발과 마을 만들기), (1998년)－』와 『公民館で学ぶⅡ(공민관에서 배운다Ⅱ)－自治と協同のまちづくり(자치와 협동의 마을 만들기*), (2003년)』를 주셨다. 이와 같은 인연으로 『公民館で学ぶⅡ(공민관에서 배운다Ⅱ) — 自治と協同の まちづくり(자치와 협동의 마을 만들기), (2003년)』를 한국어로 번역하게 되었다. 이 책이 한국 각 지역의 주민센터 운영에 있어서 조금이나마 참고 자료가 되었으면 하는 바람이다.

먼저 이 책을 한국어로 번역하도록 해 주신 일본 치바(千葉)대학의 나가사와 세이지(長澤 成次) 교수님께 깊이 감사드린다. 그리고 항상 곁에서 힘이 되어 주신 어머니, 아내 서영, 아들 지훈·세훈, 형제들에 게도 깊이 감사드린다.

아울러, 이 책의 한국어판 번역 검토에 많은 도움을 준 금강대학교 학생들, 그리고 이 책의 출판을 기꺼이 맡아주신 제이앤씨 관계자 여러 분께도 감사의 말씀을 올린다.

2008년 2월 8일

김 창 남 金昌男

---

* 원 제목을 직역하면 『공민관에서 배운다Ⅱ-자치와 협동의 마을 만들기』가 되지 만, 독자들이 알기 쉽도록 한국어 제목을 『주민자치와 평생학습의 마을 만들기- 일본 공민관의 역사와 실천』으로 하였음.(편자의 의견에 따름)

들어가며

1946년, 문부성 차관으로부터 '공민관의 설치와 운영에 대해'라는 통첩이 있은 후 57년. 일본의 공민관은 20세기에서 21세기로의 전환기를 거치며 지역사회에 견실하게 뿌리를 내리고 사람들의 삶의 방식과 생활을 지탱해 왔다.

지역사회에 살고 있는 모든 사람들의 배움터를 제공하고 있는 공민관은 시설배치에 있어서의 지역성과 거기에서 생겨나는 개성적인 다양성, 모든 주민들의 생활·지역 과제를 다루는 종합성, 그리고 주민참가와 주민자치를 운영원리로 하는 자치성을 가지며, 일본의 다른 사회교육시설이나 교육기관, 나아가 해외 여러 나라의 사회교육시설, 성인교육시설과 비교해 보아도 손색없는 우수한 이념을 가진 사회교육시설로서의 기능을 하며 발전해 왔다.

물론 현재의 공민관이 많은 과제를 안고 있는 것도 사실이다. 예를 들면, 지방분권 일괄법에 따른 사회교육법 '개정(2000년 4월부터 시행)'에 의해 공민관의 운영에 있어 주민참가 시스템이 크게 약화되고, 또 교육개혁국민회의의 최종보고에 의해 가정교육과 청소년에 대한 자원봉사

활동·사회봉사체험활동이 사회교육법으로 규정되는 등(2001년 7월), 교육기본법 개정의 움직임과 함께 사회교육 내용에 국가가 개입하는 위험성도 높아지고 있다.

국가에서 추진하는 지방분권·규제완화·행정개혁과 교육 분야에 민영화·시장화를 도입하는 신자유주의적 개혁, 그리고 윗선으로부터의 강권적인 시정촌(市町村)* 합병, 2002년 10월에 실시된 지방분권개혁추진회의의 '의견'을 계기로 한 '공민관의 설치 및 운영에 관한 기준'의 재검토 등, 공민관은 지금 크나큰 재편의 기로에 서 있다.

이러한 때일수록 공민관을 지키고 발전시키려는 운동과 함께 '지금까지의 공민관 활동의 역사와 업적을 확인하고, 그 미래를 보다 바람직하게 이끌어 가기 위해 지역적인 공민관 활동을 활발하게 전개해 나가는 것(나가사와 세이지(長澤成次) 편저, 『공민관에서 배운다―자기개발과 마을만들기』, 国土社, 1998)'이 필요하다고 할 수 있다.

공민관의 역사에 대해서는 최근, 도도부현(都道府県)** 공민관연합회·연락협의회에서 50주년 기념지와 역사서 및 잡지를 계속해서 간행하고 있으며, 또 각 지역의 고유한 역사를 지닌 공민관실천사도 많이 정리되고 있다.

필자도 참가하고 있는 치바(千葉)현 공민관 연락협의회 연구위원회

---

* 역주 : 시정촌(市町村)―시(市)와 정(町)과 촌(村). 한국의 시읍면(市邑面)에
　　　해당하는 일본 행정구획의 이름. 일본어 발음은 시쵸손.
** 역주 : 도도부현(都道府県)―지방 공공단체의 총칭. 도쿄도(東京都), 홋카이도
　　　(北海道), 교토부(京都府), 오사카부(大阪府)와 43개의 현(縣). 일본어 발음은
　　　토도후켄.
*** 역주 : 전후(戰後)라는 말은 일본에서 1945년 이후를 가리킨다.

에서는 최근 수년 간 치바현 내를 돌아보며, 전후(戰後)*** 공민관 활동을 맡았던 직원의 이야기를 토대로 하는 조사와 공민관 실천방안의 모색과 정을 행하고 있다. 마르지 않는 샘과 같이 계속되었던 과거 보소(房総)공민관의 실천역사가 있었기에 현재의 공민관 활동이 존재할 수 있다는 것을 이 과정을 통해 새삼 통감할 수 있었다. 이는 또한 공민관 실천을 위한 하루하루의 창조활동이야말로 미래를 열어 가는 열쇠라는 것을 우리들에게 자각시켜 준다.

이 책의 제목을 '주민자치와 평생학습의 마을 만들기'라고 한 것은 자치와 협동이야말로 주민들의 학습과 공민관 운영에 있어 꼭 필요한 것으로, 마을가꾸기를 책임질 지역 주민들의 주체적 역량 형성에 있어 중요한 키워드라고 생각했기 때문이다.

제1장 '자치와 문화를 육성하는 공민관의 과제'에서는 90년대 후반 이후 공민관에 대한 국가의 정책동향을 분석하고, 공민관의 운영에 있어 자치와 분권을 실현해 가는 절차를 제시하였다. 더 나아가 후나바시(船橋)시・마쓰도(松戸)시의 공민관을 구체적인 사례를 다루어 공민관의 관리 및 운영을 둘러싼 과제와 주민자치의 가능성 제시를 시도하였으며, 다시금 '문화의 창조와 발전(교육기본법 제2조)'에 기여하는 공민관의 역할에 대해 언급하였다.

제2장 '지역사회를 창조하는 자치와 협동 학습'에서는 현대의 공민관이 가져야 할 넓은 시야와 당면하고 있는 많은 과제를 인식하고, 이와 관련해 주민 모두를 위한 공간 만들기, 어린이의 환경 학습, 어머니들의 학습과 양육지원, 아버지들의 학습, 공민관과 학교 간의 제휴,

장애인 학습, 카운슬링(지도상담), 자신의 역사 기술에 관한 학습, 고령자 학습, 지역복지학습, 지역 가꾸기 학습, 재일외국인들의 일본어학습, 향토지 만들기, 공민관 소식지, '공민관 회합의 장'의 여러 가지 실천내용을 다루었다.

제3장 '주민들의 학습을 지지하는 직원의 임파워먼트'에서는 전후 (戰後) 공민관의 역사에서 공민관 직원들은 어떠한 생각을 가지고 주민들의 학습을 지원해 왔는지, 세 명의 공민관 직원들의 이야기를 기록해 보았다. 덧붙여, 오늘날 공민관 직원들의 역량 형성과 관련된 당면과제로서 초임직원연수의 실천이 보고된 바 있다. 공민관이 마치 생명을 지닌 유기체와 같이 될 수 있을지의 여부는 주민들과 함께 지역을 책임져야 할 직원들의 임파워먼트(주체적 역량 형성)에 달려 있으며, 공민관 직원에 대한 지역 주민들의 기대는 매우 크다.

이전의 편저 『공민관에서 배운다-자기개발과 마을 만들기』가 발행된 후 5년이 지났다. 이번에도 치바(千葉)에 있는 동료들 다카세 요시아키(高瀬義彰) 씨, 아키모토 준(秋元淳) 씨, 후세 토시유키(布施利之) 씨, 야마시타 요이치로(山下要一郎) 씨의 성원을 얻어 이 글을 편집할 수 있었다. 공민관에 관심을 가져 주시는 모든 시민들, 공민관 직원들, 지방자치단체 직원들, 학생들, 연구자 여러분들에게 이 책이 조금이라도 도움이 되기를 바라는 바이다.

마지막으로, 좋지 않은 출판 사정에도 불구하고 이 책이 발행될 수 있도록 힘써주신 국토사(国土社)의 마루야마 하치로(丸山八郎) 씨에게 깊은 감사의 뜻을 전한다.

또한, 본서는 『주민자치와 평생학습의 마을 만들기-일본 공민관의 역사와 실천(国土社, 2003)』이라는 제목으로 일본에서 출판된 책의 한국어 번역판이다. 일본 공민관의 역사에 대한 한국인 독자들의 이해를 돕기 위하여 『공민관에서 배운다-자기개발과 마을 만들기(国土社, 1998)』의 제1장 제1절 '시대와 지역을 여는 공민관-그 이념과 역사를 확인한다'를 본서 제1장에 새롭게 덧붙인 사실을 앞서 밝힌다.

2006년 12월 27일

나가사와 세이지 長澤成次

목차

제1장
자치와 문화를 육성하는 공민관의 과제

제1장 **1** 자치와 문화를 육성하는 공민관의 과제

시대와 지역을
여는 공민관
그 이념과 역사를 확인한다

공민관의 원점 : 문부성 차관의 통첩에서 보는 공민관의 구상

전후(戰後) 일본에서 시작된 공민관의 구상은 1946년 7월 5일 문부성 차관으로부터의 통첩 '공민관의 설치 및 운영에 대하여(발간122호, 각 지방 장관 앞)'를 계기로 전국에 보급되었다.

이 공민관의 구상은 당시 문부성 사회교육국 공민교육과장이었던 데라나카 사쿠오(寺中作雄)가 1946년 1월 '주민교육의 진흥과 공민관의 구상'을 통해 처음 밝혔던 것이다.

거기에서 데라나카는 '주민교육이야말로 패전한 일본을 민주주의적

으로 재건하기 위한 원동력'이며, '당장 오늘날 주민교육의 획기적인
진흥책을 마련해야 할 이번 가을, 전국 각지에 종합적 주민학교 "공민
관"를 세울 것'을 제창하였다.

이러한 데라나카의 구상은 패전 직후 일본의 국토·향토 재건이라는
국민들의 바람과도 맞물려 전국에 공민관의 설치가 진행되었던 것이다.

'문부성 차관의 통첩' 및 이『건설』등으로 압축된 일련의 초기
공민관 구상을 일반적으로 '데라나카 구상'으로 통칭[1]하고 있으나 그
것은 데라나카 개인의 사상을 개입시켜 구체화한 하나의 '역사적 이미
지'[2]에 지나지 않는다. 데라나카 자신도 '공민관의 구상은 문부성의
창안과는 관계없다. 종전 후의 혼란스러운 세태 속에서 "이대로는 안
된다, 어떻게든 하지 않으면 안 된다"는 생각으로 재기하려 했던 사람들
의 왕성한 건설의욕이 막연히 공민관을 필요로 하는 형태가 되었던
것이다. 문부성에서 내민 구상은 이러한 사람들의 욕구에 부응하기
위한 하나의 이미지에 지나지 않는다. 이 이미지에 피와 살을 붙여
살아있는 문화시설로서 성장시키는 것은 사람, 즉 마을주민들의 열의와
노력에 기대하는 것이다.'라고 말하고 있다.

물론 데라나카를 비롯해 당시의 문부성이 달성한 역할은 크지만,
'데라나카 구상'에서 보이는 제2차 세계대전 이전부터 전후에의 계승과

---

1) 요코야마 히로시(横山宏)·고바야시 후미토(小林文人) 편저,『공민관 역사자
   료집성』, 에이델연구소, 1986, p8.
   『건설』이란 데라나카 사쿠오(寺中作雄),『공민관의 건설』, 1946을 일컬음.
2) 오가와 토시오(小川利夫),「역사적 이미지로서의 공민관－이른바 데라나카 구상
   에 대해－」, 일본사회교육학회,『현대공민관론』, 東洋館출판사, 1965 참조

단절³⁾, 당시의 점령정책, 특히 CIE의 담당관이었던 넬슨과의 교섭⁴⁾도
관여하면서 공민관의 구상이 완성되어 갔던 것이다.

공민관의 구상은 그야말로 전후 일본의 몇 개의 교차하는 벡터 안에
서 생겨난 것이다.

'문부성 차관의 통첩'은 ① 공민관의 취지 및 목적, ② 공민관의
운영상 방침, ③ 공민관의 설치 및 관리, ④ 공민관의 유지 및 운영,
⑤ 공민관의 편성 및 설비, ⑥ 공민관의 사업, ⑦ 공민관의 설치절차,
⑧ 공민관의 지도, ⑨ 비고(備考)로 구성되어 있으며, '공민관의 취지
및 목적'에 대해서는 다음과 같이 말하고 있다. 약간 길지만 당시의
분위기를 알 수 있으므로 인용해 보도록 하겠다.

'향후 일본에 가장 중요한 것은 모든 국민이 풍부한 문화적 교양을
몸에 익히고 타인에게 의지하지 않고 자주적으로 생각해 평화적, 협력
적으로 행동하는 습성을 기르는 것이다. 그리고 이를 기반으로 왕성하
게 평화적 산업을 부흥시켜 새로운 민주 일본으로 다시 태어나는 것이
다. 그러기 위해서는 무엇보다도 교육의 보급을 필요로 한다. 일본의
교육은 국민학교⁵⁾와 청년학교를 통해 일단 전국의 지방에까지 보급된
형태지만, 앞으로의 국민교육은 청소년만을 대상으로 하는 것이 아니라

---

3) 데라나카는 『공민관의 경영(1947년 6월)』에서 '공민관 연중행사안'으로 건국일
   축하회, 천황 탄생일 축하회, 황태자 탄생일 기념 어린이회 등을 들고 있다.(요
   코야마 히로시 · 고바야시 후미토, 상게서, pp175~176)
4) 슈젠지 순조(朱膳寺春三), 『공민관의 원점—그 발상에서 창설까지—』, 전국공
   민관연합회, 1985, p62 및 오타 코우키(大田高輝), 「J.M.넬슨의 공민관상(像)
   의 특징」(오가와 토시오(小川利夫) · 신카이 히데유키(新海英行) 편, 『GHQ
   의 사회교육정책—그 성립과 전개』, 大空社, 1990 참조.
5) 역주 : 전쟁 전 의무교육으로 지정되어 있었던 초등학교

어른도 아이도 남자도 여자도, 산업인도 교육자도, 모두가 사이좋게 서로를 이끌어주며 함께 교양을 높여가는 방법을 취해야 한다. 공민관은 전국의 각 정촌(町村)에 설치하게 되어 상시 정촌(町村) 주민이 모여 담론을 나누고 독서하고, 생활 및 산업상의 지도를 받아 서로의 교우관계를 돈독히 하는 장소이다. 이를테면 향토적인 주민학교, 도서관, 박물관, 공회당, 정촌(町村)집회장, 산업지도소 등의 기능을 겸한 문화교양 기관인 것이다. 또한 청년단, 부인회 등 정촌(町村) 문화단체의 본부가 되어 각 단체가 서로 제휴해 정촌(町村)진흥의 저력을 낳는 장소이기도 하다. 이 시설은 상부의 명령으로 설치되는 것이 아니라 진정으로 정촌(町村)주민의 자주적인 요망과 협력에 의해 설치되어야 하며, 또한 정촌(町村) 자체의 창의와 재력에 의해 유지되어 가는 것이 이상적이다.'

'공민관 운영상의 방침'으로는 다음의 7개 항목을 들고 있으며 그 요점만을 정리해 보면, ① 정촌(町村) 주민들이 모여서 함께 서로를 가르치고 이끌어 가며 서로의 교양문화를 높이기 위한 민주적인 사회교육기관, ② 정촌(町村) 자치 향상의 기초가 되는 사교기관, ③ 정촌(町村) 주민들의 교양문화를 기반으로 향토 산업 활동을 진흥시키는 원동력이 되는 기관, ④ 정촌(町村) 주민의 민주주의적인 훈련의 실습장, ⑤ 중앙의 문화와 지방의 문화가 접촉·교류하는 장소, ⑥ 이 시설의 설치·운영에는 특히 청년층의 적극적인 참가가 요구됨, ⑦ 향토 진흥의 기초를 만드는 기관을 들 수 있다.

또한 '공민관의 유지 및 운영'의 항목에서 특히 주목할 만한 것은 공민관 위원회의 구상이다.

이 점은 넬슨이 시사한 바가 있었다고 여겨지는데6), '공민관 사업의 운영은 공민관 위원회가 주체가 되어 이를 실행할 것. 공민관 위원회의 위원은 정촌(町村) 회의원의 선거방법에 준하여 모든 주민들의 선거에 의해 선출하는 것을 원칙으로 할 것'으로서 공선제(公選制) 공민관 위원회가 제안되었던 것이다. 실제로 위원이 공선 혹은 공선제에 가까운 민주적인 형태로 선출된 사례가 있었다. 필자가 찾아낸 사례만 해도 미야기(宮城)현 쓰야(津谷)쵸(町), 사가(佐賀)현 야마시로(山城)쵸, 이와테(岩手)현 마시로(真城)쵸, 에히메(愛媛)현 요도(余土)촌(村), 미야기(宮城)현 게센누마(気仙沼)쵸[7], 기후(岐阜)현 아키요(明世)촌[8], 야마가타(山形)현 아카유(赤湯)쵸[9], 아키타(秋田)현 오다테(大館), 히로시마(広島)현 오지카바라(雄鹿原)쵸[10] 등이 기록에 남아 있다. 치바(千葉)현에서는 실제로 실시되었는지 확실하지는 않지만 '공민관 운영위원회의 선출방법'으로 '모든 시민의 선거에 의할 것을 원칙으로 한다.'고 기록된 '각 시(市)·정(町)·촌(村)장, 지구사회교육위원, 시정촌(市町村)사회교육위원장' 앞으로 보낸 문서 '기미쓰(君津)지구 사회교육위원회의 내용 및 공민관 운영위원회의 설치구상에 관해(君教제1호, 1948년 8월 15일, 기미쓰(君津)지방사무소장, 기미쓰(君津)지구 사회교육위원장)'가 남아 있다[11].

---

6) 주 4번 참조
7) 요코야마 히로시·고바야시 후미토 편저, 상게서, p13.
   미야기(宮城)현 쓰야(津谷)쵸에 대해서는 득표수까지 기록에 남아있다. 슈젠지 순조, 상게서, p130 참조.
8) 동서, p207, p247.
9) 동서, p321.
10) 스즈키(鈴木)문고 간담회, 『스즈키켄지로(鈴木健次郎)집Ⅰ』, 재단법인 아키타(秋田)현 청년회관, 1974, p340.
11) 치바(千葉)현 공민관연락협의회 편, 『치바현 공민관사(史)』, 1985, pp126~127.

한편, 사회교육법(1949)에 의해 법제화되기까지의 공민관을 일반적으로 초기 공민관이라고 하는데, 초기 공민관 시대에는 산업이나 복지 등 지역의 여러 가지 과제를 채택했다는 점에서 '공민관 만능론'이라고 불리기도 했다[12]. 또한 전후(戰後) 초기의 재정적 어려움도 있어 공민관라는 시설의 정비보다 기능이나 운동을 중시하여 '간판 공민관' 또는 '야외 공민관'이라고도 불리었다.

그러나 초기 공민관의 시절에 시대적 제약이 있었다고는 해도 지역·생활 과제와 접하며 전개되는 공민관의 사업은 현대의 공민관 활동보다도 생동감이 있다는 점에서 오늘날 '야외 공민관의 현대화(슈젠지 순조朱膳寺春三)'[13]라는 과제로 존재한다고도 볼 수 있다.

지방사무소에 의해 공민관 위원회가 공민관 운영위원회로 변경된 사실은 매우 흥미롭다.

12) 고바야시 후미토(小林文人)는 당시의 공민관 활동을 생산부흥형 공민관, 자치진흥(행정침투)형 공민관, 생활복지형 공민관으로 나누고 있다.(요코야마 히로시·고바야시 후미토 편저, 상게서, p16.)
데라나카 사쿠오는 '내 머리 속에 존재하는 공민관은 문부성 관할 하에 있는 교육시설이라기보다 더욱 폭넓은 자치진흥, 산업개발, 지방복지후생과 같은 사업을 겸한 종합적 문화시설로 만들고 싶다고 생각하면, 그런 의미에서 문부행정의 틀을 전기한 것이었다.'고 말하고 있다.(데라나카 사쿠오, 「공민관과 스즈키(鈴木) 씨」, 스즈키(鈴木)문고 간담회 편, 『스즈키켄지로(鈴木健次郎)집3』, 재단법인 아키타(秋田)현 청년회관, 1976. 1, p338.)
13) 슈젠지 순조, 『공민관의 원점-그 발상에서 창설까지』, 1985, 전국공민관연합회, p178.

공민관과 헌법 · 교육기본법제

이와 같이 제2차 세계대전 이후부터 생겨난 공민관은 각 시정촌(市町村)으로 급속하게 퍼져 가는데, 한편으로는 전쟁 이전의 교육에 대한 깊은 반성으로부터 나온 헌법 · 교육기본법제 하에 국민의 평생 교육권을 보장하는 사회교육시설로서의 의의를 더욱 명확히 해 나간 것이라 볼 수 있다[14]. 이는 다음의 2가지로 정리할 수 있다.

첫 번째, 일본국헌법(1946년)은 다른 여러 헌법적 권리와 밀접하게 관여되면서 제26조로 '교육을 받을 권리'가 사상 처음으로 규정되어, 모든 사람의 보편적인 기본적 인권으로서의 교육권이 확립되었다. 앞서 말한 바와 같이 헌법을 기초로 성립된 교육기본법에 공민관이 사회교육시설로서 명시되어 있어, 국민의 교육에의 권리를 실현하는 사회교육시설로서 확실히 자리매김된 것이다.

두 번째, 교육기본법(1947년)에는 '우리는 앞서 일본국헌법을 확정하여, 민주적이고 문화적인 국가를 건설해 세계의 평화와 인류의 복지에 공헌할 결의를 나타냈다. 이 이상(理想)의 실현은 교육의 힘에 기대해야 할 것이다(교육기본법 전문)'라는 교육에 대한 높은 기대가 표명되었으며, 제2조(교육의 방침) '교육의 목적은 모든 기회에, 모든 장소에서 실현되

---

14) 정촌(町村)에서 공민관설립운동을 추진했던 시대에 비해 교육기관으로서의 성격이 둔화되었다는 점에 대해서는 공민관의 사업이 오히려 협소해졌다는 비판이 오늘날까지 이어지고 있다. 필자는 교육기관으로서의 존재와 '지역진흥의 저력을 창출하는 장소'와는 모순되지 않는다고 생각한다. '주체적인 배움과 마을 만들기를 연계해 나가는 방법적 시점'을 가진 공민관 활동이 실로 요구되고 있다. 바람직한 공민관의 모습이다.

어야 한다'를 비롯한 다른 조문들에서도 사회교육이 다음과 같이 규정되고 있다.

제7조   가정교육 및 근로 장소, 그 외에 사회에서 이루어지는 교육은 국가 및 지방 공공단체에 의해 장려되어야 한다.
　　　② 국가 및 지방 공공단체는 도서관, 박물관, 공민관 시설 등의 설치, 학교시설의 이용, 그 외에도 다른 적합한 방법을 통해 교육의 목적 실현에 임해야 한다.

여기에서는 특히, 국가 및 자치단체의 사회교육 '장려'의 책무가 명기되어 그 '장려' 책무의 구체적인 방법의 하나로서 공민관의 '시설의 설치'가 명시되었던 것은, 공민관이 헌법·교육기본법제 상의 법 개념으로서 자리 잡은 사실을 명확하게 나타내는 것으로서 주목받고 있다.

주민의 배울 권리 실현과 공민관의 법제화

이 헌법·교육 기본법을 수용하여 1949년에 사회교육법이 제정되었다.

당시 문부성의 사회교육국 사회교육과장이었던 데라나카는 그 법제화의 목적이 '지방공공단체와 같은 권력적인 조직과의 관계에 있어 항상 그 책임과 부담을 분명히 밝히는 것으로 사회교육의 자유 분야를 보장한다'[15)는 부분에 있다고 말하고 있다. 이와 같이 사회교육법은

---

15) 데라나카 사쿠오,『사회교육법해설』, 1949.

'사회교육의 자유'의 이념을 법으로 강하게 일관시키는 동시에, 권리로
서의 사회교육을 구체적으로 보장하는 방법을 규정한 점에서 중요하다.

법의 구성은 제1장 총칙, 제2장 사회교육주사(主事) 및 사회교육주사
보(主事補), 제3장 사회교육 관계 단체, 제4장 사회교육위원, 제5장
공민관, 제6장 학교 시설의 이용, 제7장 통신교육, 그리고 부칙(附則)으
로 이루어져 있다. 물론 지금과 비교하면 시대적인 제약도 많아 법으로
서의 약점도 있지만 여기서는 공민관에 관한 사회교육법의 특징만을
살펴보겠다.

제1은 국민의 자주적인 교육·문화·스포츠 활동을 '모든 국민이
모든 기회·모든 장소를 이용하여 스스로 실제생활에 적합한 문화적
교양을 높일 수 있다(제3조)'는 행위로 파악하여 정부와 지방자치단체의
공적인 '환경 양성(釀成)' 책무(제3조)를 명확히 하고, 지역주민의 학습권
을 보장하는 사회교육시설로서 공민관의 법제적 정비를 도모한 점이다.

제2는 공민관의 목적을 '공민관은 시정촌(市町村)과 그 외 일정구역
내의 주민을 위하여, 실생활에 맞는 교육·학술 및 문화에 관한 각종사
업을 실시하고, 그에 따른 주민의 교양향상과 건강증진, 정서순화를
도모함과 동시에 생활문화의 진흥, 사회복지의 증진에 개입할 것을
목적으로 한다(제20조)'라고 하여 사회교육기관으로서의 성격을 명시한
점이다.

제3은 '공민관은 시정촌(市町村)이 설치한다(제21조)'라고 하여, 설치
의 주체를 시정촌(市町村)으로 규정하는 등 지역성을 중시하는 이념을
가지는 점이라 할 수 있다. 광역시설이 아닌 '일정구역 내의 주민을

위하여', 그리고 지역에 구애받는 점에서 공민관이 왜 공민관인지를
알 수 있다.

이러한 의미에서 보면, 중학교 구(区)나 초등학교 구를 일정구역으로
정해 직원을 배치한 지구공민관과 조례 상으로 명기된 분관(分館), 그리
고 공민관 유사시설(부락공민관, 쵸(町)내 공민관, 자치적 공민관) 등에 지역
공민관 활동의 발전 가능성을 엿볼 수 있다[16].

제4는 주민들의 사회교육에 대한 자유를 지키기 위하여 권력의 통제
를 강하게 금지하고 있는 점이다. 이는 문부대신·교육위원회의 사회
교육 관계 단체에 대한 '요구에 따른' 지원의 방향(제11조), 정부 및
지방공공단체는 '사회교육 관계 단체에 대하여 부당한 통제적 지배를
해서는 안 되며, 또한 그 사업에 간섭해서도 안 된다(제12조)'에서 볼
수 있다.[17] 공민관과 이용 그룹·서클과의 관계에 있어서도 이 정신을
살려야 할 것이다.

제5는 공민관의 운영에 있어 주민의 참가와 주민자치를 규정한 점이
라 할 수 있다.

---

16) 『주민에 의한 마을 만들기를 위하여－마을 내 공민관 활동의 첫걸음《제1차
   개정판》』, 1979, 마쓰모토(松本)시 교육위원회 참조.
   나가노(長野)현 마쓰모토시에서는 약 370개 마을내의 공민관이 다채로운 활동
   을 전개하고 있다.
17) 특히 제12조와 관련하여 제정 당시 제13조에서는 '국가 및 지방공공단체는
   사회교육관계단체에 보조금을 지원해서는 안된다'라고 하여 보조금지출을 명
   백히 금지하고 있다는 점이 주목된다. 현재는 1959년의 사회교육법 '대개정'에
   의한 구13조 전면삭제로 보조금지출이 가능해졌으나 특정 단체에 보조금을
   지출하는 현재의 방법은 사회교육재정의 민주적 운용이라는 관점에서 본 과제
   가 남아있다.

공민관의 운영에 주민이 실질적으로 참가할 수 있도록 '관장의 자문
에 따라 공민관의 각종 사업기획·실시에 대해 조사 및 심의'를 행하는
공민관 운영심의회[18]를 반드시 두기로 하고, 그 구성은 1호 위원으로
'해당 시정촌(市町村)의 구역 내에 설치된 각 학교장', 2호 위원으로
'해당 시정촌(市町村)의 구역 내에 사무소가 있는 교육, 학술, 문화,
산업, 노동, 사회사업 등에 관한 단체 또는 기관으로, 제20조의 목적
달성에 협력하는 자', 그리고 3호 위원으로 '학식 경험자'가 결정되었다.

특히, 2호 위원의 위촉에 대해서는 '각각의 단체 또는 기관에서
선거 또는 그 외의 방법에 의해 추천된 자'로 규정하여 지역 내의
여러 단체가 자주적으로 위원을 선출할 수 있는 시스템을 가지며(제30조
2항), 또한 '…관장의 임명에 관해서는, 먼저 제29조에서 규정하고 있는
공민관 운영심의회의 의견을 들어야 한다(제28조 2항)'로 공민관장 인사
에 대한 공민관 운영심의회의 선의권(先議權)도 규정되어 있다.

관장 임명에 대해서는 '교육위원회가 임명한다는 것은 이른바 형식
적 수속이며, 실제로는 가능한 한 공민관 운영심의회의 의견을 존중해,
공민관 운영심의회에서 전형을 실시하고 그 곳에서 내정한 관장(직원을
포함하여) 후보자에 대해 교육위원회가 사령(辭令)을 내리는 것'[19]이라
고 여겨지고 있었던 것이다.

---

18) 데라나카 사쿠오와 함께 문부성에서 근무하며 공민관 보급 업무에 실천적으로
   관여한 스즈키 켄지로(鈴木健次郞)는 '결의기관'인 공선제 공민관 위원회에서
   관장의 '자문기관'으로 바뀌면서 '심의회는 오히려 소극적인 기능으로 몰리고
   있다'고 지적하고 있다. 스즈키(鈴木)문고 간담회편, 상게서, p254.
19) 데라나카 사쿠오, 상게서.

이러한 공민관의 주민참가·주민자치 시스템은 주민이 주체가 되는 공민관 운영을 보장하기 위한 방법이면서 동시에 공민관 운영심의회에 대한 구체적인 참가를 통해, 주민들이 자신의 자치능력을 형성하는 구체적인 장소이고, 주민자치의 살아있는 학습의 장소라는 사실은 좀 더 주목받아야 한다.[20].

제6은 공민관이 행정으로부터 독립된 교육기관으로서 자리매김 되어 있는 점이다.

법적으로는 지방교육행정의 조직 및 운영에 관한 법률 제30조로 명확하게 교육기관의 자격으로 명시되어 있다[21]. 제5장 공민관의 제20조에서 제42조까지의 조문은 교육기관으로서 성립되기 위한 공민관의 요건으로 볼 수 있을 것이다.

그러나 제7에서 지적해 둘 사항은 사회교육법의 공민관 관련 조문에 중대한 약점도 존재한다는 사실이다.

예를 들면, 교육위원회의 사무(사회교육법 제5조 각 행정구역의 사무)와 제22조 공민관의 사업이 중복되면서, 교육위원회 사무국의 '사무'와 공민관의 '사업'의 구별과 관련이 애매해져 교육기관으로서의 독자성이 애매하게 인식되어 온 것을 들 수 있다. 교육의 생명은 사람이고,

---

20) 일전의 전국 페미니스트의원연맹이 조사한 결과에 따르면 각종 심의회중에서 여성위원의 비율이 높은 심의회로 공민관 운영심의회를 들고 있는 점은 대단히 흥미롭다.

21) '교육기관'이란 교육, 학술 및 문화(이하 '교육'으로 칭함)에 관한 사업 또는 교육에 관한 학문적·기술적 사항의 연구 또는 교육관계 직원의 연수, 보건, 복리, 후생 등의 교육과 밀접한 관련이 있는 사업을 행하는 것을 주목적으로 하고, 전속관리 하에 자신의 의지로 계속적으로 사업의 운영을 이루어 나가는 기관이다.(1957년 6월 11일, 슈쵸(初中) 국장)

공민관의 생명은 직원 체제라고 할 수 있는데, 관장은 반드시 두기로 되어 있으면서 '주사'는 임의 설치에 그치는 등[22], 공민관의 전문직 제도는 극히 빈약한 상태에 놓여 왔다.

교육공무원특례법에서 전문적 교육직원이라고 규정되어 있는 사회교육주사나 '전문적 직원'이라 하여 도서관법·박물관법으로 법적 위치를 명확하게 가지고 있는 도서관 사서·박물관 큐레이터와 비교해 보아도 그 차이는 역력하다.

또한 1959년의 사회교육법 개정으로 사회교육법 제23조의 2항의 규정에 근거해 '공민관의 설치 및 운영에 관한 기준(1959년 12월 28일 문부성 고시)'이 설립되어 '공민관의 건물 면적은 330평방미터 이상으로 한다(제3조)', 직원에 대해서는 '공민관에는 전임관장 및 주사를 두어, 공민관의 규모 및 활동 상황에 따라 주사의 수를 증가하도록 한다. 2 공민관의 관장 및 주사는 사회 교육에 관한 식견과 경험을 가지는 동시에 공민관의 사업에 관한 전문적인 지식과 기술을 가지는 자로 충당하도록 한다(제5조)'고 규정되었지만, 공민관의 직원은 일반 행정의 단기유용형 인사가 지배적이기 때문에 '문부성의 고시(告示)'가 요구하는 수준이 충분히 도달하지 못한 것이 실상이다[23].

---

22) '주사(主事)' 규정은 1959년의 사회교육법개정으로 처음 규정되었는데, 일반 행정직원의 보직명과 같아 본래는 공민관주사로 명명해야 했다.
23) 공민관 제도의 충실화를 위하여, 특히 전문직 제도 확립의 방향으로 사회교육법 자체를 문자 그대로 '개정'해야 하는 과제가 우리들 앞에 존재함에는 틀림없다. 하지만 현재 국가의 정책적 동향은 사회교육법의 '존폐(지방분권추진위원회, 「중간보고」, 1996년 3월 29일)'를 검토과제로 삼고, '고시(告示)'의 폐지(지방분권추진위원회 제2차권고, 1997년 7월 8일)'를 현실적 과제로 삼고 있는 상황에

이러한 모순된 상황 속에서 전후(戰後) 일본에서는 다양한 공민관
상·공민관 직원상이 모색되어 온 것이다.

공민관 기준법제 확립을 위한 자치적 노력과
바람직한 공민관상의 모색

전후(戰後)의 공민관 활동과 체제는 그야말로 공민관 관계자의 땀과
노력에 의해 각 지역마다 쌓아올려져 왔다. 하지만 1948년 교육위원회
법 성립에 의한 공민관의 행정적 위치 변화, 1950년대의 정촌(町村)
합병에 의한 공민관 체제의 재편과 후퇴, 1956년 지방교육행정법의
강행 성립에 의한 교육위원회의 공선제에서 임명제로의 반동적 전환,
공민관 관계자에 의한 공민관단행법 운동, 사회교육에 대한 국가통제의
강화를 불러온 1959년의 사회교육법 개정 등, 공민관 관계자의 열렬한
노력과는 반대로 직원의 전문직화와 신분 보장 규정은 낮은 수준에
머물러, 공민관을 둘러싼 어려운 상황이 계속되어 왔다. 그 중에서도
공민관에 있어서의 이른바 시빌 미니멈(civil minimum)론, 즉 이것을
가령 공민관 기준법제라고 한다면, 전후(戰後) 공민관의 역사는 공민관
의 기준법제를 구축하려는 노력의 모든 과정이라고도 할 수 있을 것이다.
그런 의미에서 중요시해야 하는 것은 역시 1959년의 '공민관의 설치
및 운영에 관한 기준'이다. 이는 '이상적 수준을 규정한 것'은 아니지만,

_____

서는 상당히 어렵다고 할 수 있다.

'설치자는 설치하는 공민관의 내용이 이 기준에 이르도록 계획을 세워 그 실현을 위해 노력함은 물론, 나아가 수준의 향상을 위하여 노력한다 ('공민관의 설치 및 운영에 관한 기준'의 취급에 대해, 1960년2월 4일, 文社施 54호, 문부성 사회교육국장으로부터 도도부현(都道府県) 교육위원회에 통달)'라고 하여, 동(同) 문서에서 구체적으로 '공민관의 주된 대상에 대해서는 일반적으로 시(市)는 중학교의 통학구역, 쵸(町)와 촌(村)은 초등학교의 통학 구역을 고려하는 것이 실정에 적합하다고 사료된다'고 하였으며, 또한 '지금까지의 공민관 활동의 실적에 의하면, 공민관을 중심으로 대상 구역의 면적이 16평방킬로미터 이내의 경우 이용 상의 효율이 가장 높다'라고 구체적인 수치까지 주어져 있었던 것이다. 도도부현(都道府県)의 교육위원회가 '실상에 적합한 기준을 설정'해 지도·지원할 것을 요구하고 있던 것도, 자치단체에 있어서의 공민관 기준법제의 확립을 요구했던 것으로 주목할 수 있을 것이다.

그 후, 고도 경제성장에 따른 '사회 변모'에 대응하여 문부성 사회교육국은 '진전하는 사회와 공민관의 운영(1963년)'을 명확하게 하고, '공민관란 어떤 곳인가'에서

① 공민관은 지역주민 모두에게 봉사하는, 이를테면 개방적인 생활을 위한 학습과 문화 활동의 장소

② 공민관은 주민들의 일상생활에서 발생하는 문제의 해결을 돕는 장소

③ 공민관은 다른 전문적인 시설이나 기관과 주민들과의 연결고리가 되는 장소

④ 공민관은 친구를 사귀는(지역주민들의 인간관계를 적절히 하는) 장소 등을 들고, '공민관의 시설과 설비를 둘러싼 문제'에서는 '일반적으로 공민관에 필요한 방'으로 10개를 내거는 등, 이념적으로도 구체적으로도 시설기준을 정비해 나가려는 노력을 볼 수 있다. 같은 해에는 공민관 연구회 편찬의 『공민관의 경영(제국지방행정학회, 1963)』이 나오고[24], 또 사회교육심의회의 보고 '공민관의 충실한 진흥방책에 대해서(1967년 6월 23일)'도 '개선방책'이 나오는 등, '교육법 개정' 이후의 60년대에 시설정비를 위한 논의가 거듭되었다.

그 성과의 하나로서 주목하고자 하는 것은 전국 공민관연합회가 1965년 6월 '사회교육 관계의 학자·지방행정 담당자·평론가 등을 전문위원'으로, 3년 남짓 걸려 완성안을 얻었다는 '공민관의 본래의 취지와 현재적 지표'이다. 거기서는 '공민관의 본래의 취지'로 ① 공민관 활동의 기저는 인간 존중의 정신에 있다. 공민관은 모든 인간을 존경하고 친애하며, 인간의 생명과 행복을 지킬 것을 기본이념으로 삼아 그 활동을 전개해야 한다. ② 공민관 활동의 핵심은 국민의 평생학습 태세를 확립하는 것에 있다. 공민관은 학교와 함께 전 국민의 교육

---

24) '공민관 건축의 설계'에서는 '공민관이 민주주의를 목표로 하는 근대사회의 커뮤니케이션 센터라면 공민관 건축에 표현되는 조형이야말로 지역사회의 주민생활의 전통을 기초로 한 주민들의 조형이어야 한다. 그것이 구체적으로 어떠한 조형표현이 될지는 주민들의 생활의 전통을 인식하고, 나아가 근대민주주의의 이해에 바탕을 둔 우수한 민주주의적 민중의 건축가에 의해 해결될 것이다. 건축은 사상이다…'라고 지적하고 있다. 지금 읽어 보아도 참으로 신선한 느낌을 주는 문장이다. 공민관 연구회 편, 『공민관의 경영』, 제국지방행정학회, 1963. 3, p48.

태세를 확립하고, 주민들의 교육의 기회균등을 보장하는 시설이 되어야 한다. ③ 공민관 활동의 궁극적인 목적은 주민의 자치능력 향상에 있다. 공민관은 사회연대·자타공존의 생활감정을 육성해 주민자치의 열매를 맺는 장소가 되어야 한다는 등 3가지를 들고 있다. 그리고 공민관의 '역할'로 '집회와 활용, 학습과 창조, 종합과 조정'을, '특성'으로는 '지역성, 시설성, 전문성, 공공성'을, '현재적 지표'로는 '기획의 과학화, 사업의 근대화, 운영의 효율화, 관리의 적정화'를 내걸고 있다.

나아가 '바람직한 공민관의 체제와 배치'에 대해 '시정촌(市町村) 공민관의 체제는 본관(本館)의 병립 방식이 적당하다'고 하여 '통합 방식(중앙관 방식)'이 아닌 '병립 방식(지구관 중심)'을 제안하고 있는 것도 중요한 사실이다. '본관의 면적은 1000평방미터 정도를 확보하는 것이 바람직하다', 운영심의회에 대해서는 '각 관 마다 운영심의회를 둔다', 운영심의회의 선임에 대해서는 '공민관의 이용자를 대표하는 자가 포함되도록 한다', 또 직원에 대해서는 '본관에는 최소한 이하 기재하는 4명의 직원을 둘 것. 관장·공민관 주사·사무직원·용무원 등' 등을 제안하고 있다.

이 문서는 지금 읽어도 신선한 내용을 포함하고 있으며, 특히 공민관 직원들이 스스로 본래의 취지를 집단적으로 잘 다듬어 놓았다는 점을 보면 그 당시의 시대상황을 그대로 전하고 있다고 볼 수 있다.

그 후 이른바 산타마(三多摩)강령이라 불리는 '새로운 공민관상을 지향하여(도쿄(東京)도 교육청, 1974)'가 나오게 된다. 그것은, 60년대 이후 권리로서의 사회교육을 희망하는 사람들 사이에서 나온 '사회 교육을 모든 시민에게(오사카(大阪)부 히라카타(枚方)시 교육위원회, 1963, 통칭 '히라카타 강령'25))', 뒤에 서술할 1965년의 시모이나(下伊那)강령, 도시의 공민관 활동을 구조화한 공민관 3층 건설론26) 등을 계승하고, '60년대 중반부터 본격화된 산타마 지역의 도시화와 주민운동의 고양, 그리고 70년대 안보 투쟁을 거쳐 본격적인 도시 공민관론으로서 제안된'27) 것이다.

여기서는 '공민관이란 무엇인가―4개의 역할'로 다음과 같이 설명하고 있다.

① 공민관은 주민의 자유로운 집합장소여야 한다.

② 공민관은 주민의 집단 활동의 거점이어야 한다.

③ 공민관은 주민에게 있어 '나의 대학'이어야 한다.

④ 공민관은 주민에 의한 문화 창조의 광장이어야 한다.

그리고 '공민관 운영의 기본―7개의 원칙'으로 ① 자유와 균등의 원칙, ② 무료의 원칙, ③ 학습 문화기관으로서의 독자성의 원칙, ④ 직원 필치(必置)의 원칙, ⑤ 지역 배치의 원칙, ⑥ 풍부한 시설 정비의 원칙, ⑦ 주민참가의 원칙 등을 제안하고 있다.

---

25) '제1장 사회교육이란 무엇인가'에서는 '① 사회교육의 주체는 시민이다, ② 사회교육은 국민의 권리이다, ③ 사회교육의 본질은 헌법의 학습이다, ④ 사회교육은 주민자치의 힘이 되는 것이다, ⑤ 사회교육은 대중운동의 교육적 측면이다, ⑥ 사회교육은 민주주의를 기르고 배양하고 지키는 것이다'라고 명시되어 있다.

26) 산타마(三多摩)사회교육간담회, '산타마의 사회교육―산타마 사회교육간담회 연구집록 제1집' 참조.

27) 사회교육추진전국협의회 산타마지부, 『산타마의 사회교육ⅩⅤ―새로운 '산타마강령'을 위하여』, 1994.3, p8.

그 의의를 사회교육추진전국협의회 산타마 지부에서는 '권리로서의 사회 교육의 이론화·운동화를 공민관을 통해 구체적으로 제기', '70년 대 도시공민관론의 제기', '공민관 설립운동의 견인 역할'등 3개로 정리하고 있다[28].

산타마 강령은 시설정비 면에서 중학교구(区)를 기준으로 한 공민관 의 지역 배치와 표준적 시설규모(약 2000평방미터·직원 8명)를 제안(이는 '공민관의 본래의 취지와 현재적 지표'에서 언급된 1000평방미터·직원 4명의 2배 규모이다)하고 있다.

이러한 관계자의 노력 아래 70년대 이후 공민관은 전체적으로는 발전했으나, 한편으로는 1959년의 '공민관의 설치 및 운영에 관한 기 준' 이후 40년 가까이 법령 수준의 구체적 수치를 수반한 공민관 기준법 제가 미정비된 채로 이어져 왔다. 또 그에 가세해, 자치단체의 재정력이 나 그 자치단체가 가지는 공민관 정책에 의존해 오면서, 공민관의 정비 에 있어 자치단체 간의 격차 혹은 불균등 발전이 계속된 것도 사실이다.

1991년 6월에 문부성에 설치된 평생학습심의회 사회교육분과심의 회 시설부회가 '공민관의 정비 및 운영의 실태에 대해'를 제안했는데, 이념적인 제기로서는 중요하다고 생각되나 공민관 기준법제의 정비의 관점에서 보면 여전히 과제는 남아 있다고 할 수 있겠다.

---

28) 한편 산타마강령이 제안된 지 20년 이상이 경과한 시점에서 그 과제와 한계가 '① 지역론·지방민주주의론의 전개부족, ② 지방분권이라 일컬어지는 가운데 지방자치를 담당할 주체형성의 시점의 취약함, ③ 자치단체의 행정 및 재정에 대한 계획화의 약점, ④ 학습을 통한 성인의 발달(인식)론 전개의 빈약함, ⑤ 전문직 제도의 확립에 대한 시점의 안이함' 등으로 지적되고 있다. 사회교육 추진전국협의회 산타마 지부, 상게서.

공민관 직원의 전문직화를 지향하며

지역에 바탕을 둔 공민관의 사업전개와 공민관의 운영에 있어 주민 자치의 발전을 전망할 때 그 중심이 되는 것이 공민관의 직원이다. 그러나 지금까지 본 바와 같이, 공민관 주사의 전문적 직원으로서의 법적 근거는 극히 취약하고 오늘날에 이르기까지도 그 근본적 해결은 이루어지지 않고 있다.

역사적으로는 데라나카 사쿠오(寺中作雄)가 '공민교육의 진흥과 공민관의 구상(1946)'에서 이미 '공민관 직원 제도의 창설'을 제안한 적이 있지만, 그 후의 전개는 1951년의 사회교육법 개정(사회교육주사 제도의 신설), 1959년의 사회교육법 '대개정(사회교육주사 제도의 시정촌(市町村) 필치규정)'에서 볼 수 있듯이, 일관적으로 교육위원회 사무국에 배치되는 사회교육주사 제도가 중시되어 왔다. 1959년에 발표된 문부성 고시 (告示) 등에서 관련법제정비에 대한 노력은 볼 수 있지만, 교육기관인 공민관 직원으로서의 공민관주사의 제도화는 항상 경시되어 온 것이다.

따라서 공민관 주사의 전문직화는 1959년 사회교육법 개정 이후, 자치단체 독자적인 자치적·창조적 운동 과제로 존재해 왔다. 공민관 주사의 전문성을 강하게 문제삼은 것으로는 주로 50년대 이후 오늘날까지 계속 되어 온 공민관 직원의 '부당한 인사이동'과 '부당한 인사이동에 대한 투쟁'[29]이 있다.

---

29) 사회교육추진전국협의회, 『부당한 인사이동에 대항하기 위한 안내서』, 1983. 2 참조. 근래의 사례로는 『쓰루가시마(鶴ヶ島)공민관 직원의 부당한 인사이동에 대한 투쟁보고집(쓰루가시마시 직원조합·쓰루가시마의 사회교육과 부당

즉, 공민관 주사의 강권적 인사이동은 주민들의 배울 권리를 침해함과 동시에, 공민관 직원의 노동기본권도 침해한다는 의미에서 이중의 부당성을 지니는 것이다. 이러한 인사이동은, 전후(戰後) 교육개혁의 핵심이었던 일반 행정과 교육 행정의 분리를 애매하게 만들어, 교육의 자주성과 국민에 대한 직접책임성(교육기본법 제10조)을 보장하는 교육위원회의 인사권을 위반한다는 의미에서 지극히 중대한 문제를 내재하고 있다.

이러한 '부당한 인사이동'과 함께 공민관 주사를 둘러싼 논의도 심화되어 왔다.

1965년에는 나가노(長野)현 이이다(飯田)·시모이나(下伊那)주사회가 '공민관 주사의 성격과 역할(이른바 시모이나 강령)'을 명확하게 하여, 공민관 주사의 성격을 '교육의 전문직'과 '자치단체노동자'의 양면으로 파악하고, 공민관 주사의 역할을 '일하는 국민대중으로부터 배워 학습 내용을 편성하는 일', '사회교육행정의 민주화를 주민들과 함께 이루어가는 일'이라고 정했다.

특히 '일하는 국민대중운동으로부터 배운다'라는 제기는, 지역주민운동에서 살아있는 공공적 과제를 추출해 여기에 주목하여 학습 내용의 편성을 추진한다는 점을 내세운 점에서 특히 주목할 만하다.

또 앞에서 언급한 산타마 강령은 공민관 주사의 직무 내용을 ① 시설의 제공과 정비, ② 상담, ③ 집단에의 지원, ④ 자료 제공, ⑤

한 인사배정자를 모두가 함께 지키는 모임, 1993. 8)』·『하야마(葉山)의 정기에 둘러싸여 실행한 부당한 인사이동에 대한 철회투쟁 1131일째의 승리(시라타카마치(白鷹町)의 사회교육을 개선시키는 모임·시라타카마치 직원노동조합·자치노동 야마가타(山形)현 본부치사총지부, 부나노키출판사, 1992. 3)』 참조.

편성, ⑥ 홍보, ⑦ 서무·경리의 7항목으로 정리하고 있으며, 다음과
같은 공민관 주사의 선언(제안)을 실시하였다.

> '모든 주민들이 자유롭게 집회하고, 자주적으로 학습하며, 문화 창조
> 를 지향하는 것은 민주주의 사회에 있어서의 주민의 권리입니다.
> 　공민관의 존재 이유는, 이 집회·학습·문화 창조의 권리를 구체적
> 으로 보장해 나가는 것에 있습니다.
> 　이 임무를 완수하기 위하여, 공민관 직원은 다음과 같은 일을 확인하
> 고 실천합니다.
> 1. 공민관 직원은 언제나 주민의 입장에 섭니다.
> 2. 공민관 직원은 주민자치를 위해서 적극적으로 노력합니다.
> 3, 공민관 직원은 과학의 성과를 존중하고 지역의 문화 창조를 지향합니다.
> 4. 공민관 직원은 집회·학습의 자유를 보장하고 집단의 비밀을 지킵니다.
> 5. 공민관 직원은 노동자로서 스스로의 권리를 지킵니다.'

공민관 직원의 전문직화를 둘러싼 논의는 이와 같이 자치단체의
노력에 의해 지지되어 왔다.

원칙대로라면 사회교육법 제 27조의 '주사'규정을 '공민관 주사'로
전문직화해 이를 위한 양성·채용·연수제도를 확립해야 하겠지만,
정부와 자치단체가 오히려 전문직을 부정적으로 생각하고 있는 현상
하에서는 자치단체의 노력에 의지하지 않을 수 없다. 예를 들면 일반
행정과는 별도로 사회교육주사 유자격자를 별도로 채용하거나[30], 교육
위원회의 규칙에 공민관 주사를 전문직으로 규정하는 방법이 있다[31].

---

30) 오사카(大阪)부 가이즈카(貝塚)시, 군마(群馬)현 가사가케(笠懸)쵸, 사이타마
　　(埼玉)현 쓰루가시마(鶴ヶ島)시, 치바(千葉)현 기미쓰(君津)시·기사라즈(木更
　　津)시·노다(野田)시·요쓰카이도(匹街道)시 등.

어떤 형태로든 사회교육직원·공민관 직원의 전문직 제도를 자치적으로 창조해 가는 노력이 요구되고 있는 것이다.

시대와 지역을 여는 공민관의 현대적 과제

이상, 공민관을 둘러싼 이념과 역사를 몇 가지로 정리해 보았다. 아직도 해명해야할 과제와 논점은 산재해 있지만, 역사를 바탕으로 공민관의 풍부한 가능성을 추구해 나가기 위하여, 마지막으로 필자 나름대로 공민관을 둘러싼 현대적 과제를 제시해 보고자 한다.

첫 번째는 공민관의 사업을 항상 주민 개개인의 생활 과제(자기개발)와 지역 과제(마을 만들기)와의 연결고리로 재검토해 보는 마음가짐이다.

공민관은 주민이 자치와 배움의 주인공으로서 자신을 발전시키는 것을 돕고, 주민들의 배움을 통해 마을 만들기를 추진하는 기관이라고도 할 수 있다. 한 사람 한 사람의 과제를 소중히 하면서 이를 마을 만들기로 연결해 가려는 마음가짐이 필요하다.

마을 만들기와 관련해서는 마을의 방재 계획을 생각하는 강좌·환경 문제를 생각하는 강좌·지역 복지를 생각하는 강좌·집단 따돌림 문제나 지역의 교육 과제를 생각하는 강좌, 또는 농업·어업을 포함한 지역경제를 생각하는 강좌 등 공민관에서 다루어야 하는, 말하자면 필수강좌와 같은 것이 각 지역, 그리고 그 지역의 공민관에 있을 것이다.

---

31) 나가노(長野)현 마쓰모토(松本)시, 오사카(大阪)부 가이즈카(貝塚)시 등

물론 공민관은 건물 안에서만 행해지고 마는 잘못된 학급강좌주의에 빠져서는 안 되고, 항상 지역과의 연대를 가지고 그 지역에서 생활하는 사람들과의 관계를 가지며 역동적으로 사업을 전개해 나가는 것이 필요하다.

두 번째는 주민과 직원이 협동하여 지방자치를 창조하는 자세이다. 학급·강좌에 주민이 참가한 준비회·운영위원회·기획위원회 방식을 적극적으로 도입하고, 주민이 참가하는 공민관 신문 편집위원회, 주민자치를 강화하는 방향의 공민관 운영심의회 활성화 등, 주민들과 함께 공민관의 배움의 장을 창조하는 자세가 필요하다.

이 점과 관련하여 예를 들면, 강좌 등에서 직원은 처음에 인사말만 하고 나가 버리는 것을 여러 차례 본 적이 있다. 물론 강좌나 학급의 성격상, 또는 담당 강좌의 수가 많아 물리적으로 강사에게 맡길 수밖에 없는 경우도 있으므로 일률적으로 말할 수는 없겠지만, 직원 스스로가 강좌에 참가해 주민들의 학습과정을 실감하고 공유하지 않으면 배움을 함께 창조하고 주민의 학습을 돕는 공민관 직원으로서의 전문성을 발휘할 수 없을 것이라 생각한다.

공민관 운영심의회에 대해서는 예를 들어 위원선출에 있어서의 '준공선제(準公選制)'가 요구된다고 볼 수 있다.

예를 들면 도쿄(東京)도 호야(保谷)시에서는 공민관 운영심의회의 위원을 선출할 때 시에서 발간한 신문 등으로 널리 알리고 공모하여, 경우에 따라서는 투표로 결정하는 시스템을 취하고 있다. 이와 같은 실천은 도쿄도 마치다(町田)시·코쿠분지(国分寺)시(공민관 운영심의회) 등에서도 실시되어 왔다. 또한 국제화를 반영하여 공민관 운영심의회에 외국인이 위촉되는 사례(도쿄도 쿠니타치(国立)시·호야(保谷)시, 치바(千葉)현 나라시노(習志野)시)도 생겨나고 있다.

세 번째는 지역 내의 이문화(異文化) 교류·다문화(多文化) 교류를 토대로, 다문화(多文化)·민족공생사회를 창조하는 과제이다.

지역은 아이, 청년, 여성, 성인남자, 장애를 가진 사람들, 고령자, 외국인, 농업·어업·상업 등의 산업에 종사하고 있는 사람 등 다양한 문화적 배경을 가진 사람들이 생활을 영위하고 있는 장소이다.

예를 들면 정상화(normalization)의 이념에 맞는 마을 만들기를 추진하기 위해 장애인(청년) 학급 등에 있어서는 장애를 가진 사람들의 배울 권리를 학교 외에서도 널리 보장해 나가는 것, 또한 최근에 차 마시는 공간을 마련하고 있는 공민관이 늘고 있는 것에서도 볼 수 있듯이 직장과 일을 통해 장애인의 자기실현에 도움을 주는 것이 공민관의 중요한 과제가 되고 있다[32].

또 일본의 국제화에 따라 일본 내에 거주하는 외국인도 160만명에 이르고(재일한국인, 중국인 등 기존의 재일외국인인 올드커머(Old Comer) 약 60만명과 70년대 후반 이후 증가한 뉴커머(New Comer) 약 100만명 등), 그 존재 형태도 점점 단기체재에서 정주화의 양상을 띠고 있다. 특히 외국인이 일본에서 생활하는 경우 언어의 장벽과 장애는 크다. 1990년 국제 문맹퇴치의 해를 계기로 공민관의 일본어교실의 의의가 재검토되

---

32) 팸플릿『한잔의 커피에서-장애를 가진 사람들이 주역인 찻집 안내서(유종토북 렛시리즈, 1996. 2. 24)』참조.

어 오고 있는데[33], 외국인의 경제적인 어려움을 생각하면 무료로 또는 교재비 등 실비(実費) 정도로 수강이 가능한 공적인 일본어교실이 요구되고 있다. 제2차 세계대전 이전의 식민지 지배와 결부되는 동화(同化) 교육의 부활이 아니라, 역사적으로 형성되어 온 아시아 제국 멸시의 차별 의식을 극복하여 대등한 관계에 선 이문화(異文化)간 교류를 토대로 일본의 다문화(多文化)·민족공생사회를 가능하게 하는 공민관 실천이 요구되고 있다.

특히 여기서 강조하고 싶은 것은 공민관이라는 공적 보장의 중요성이다. '행정개혁'의 진행 아래 공민관의 유료화와 사용료·수강료의 인상이 잇따르고 있는데, 공적인 교육기관이기에 더욱 더 사회적으로 소외된 사람들의 배울 권리의 보장을 실현할 수 있는 것이며, 또한 실현해 갈 공적 책무가 있는 것이다.

덧붙여, 정보화 시대에 공민관 신문의 발행은 물론이고 최근에는 인터넷 상에 홈페이지를 여는 공민관이 늘어나고 있다. 홍보 등에 있어서도 올드미디어·뉴미디어를 포함한 다양한 전개가 요구되는 시대이다.

그리고 네 번째로 재차 시대와 지역을 여는 배움의 의의를 확인해야 한다. 공민관의 배움에서 우리의 삶의 방식, 지역, 그리고 지구의 미래를 볼 수 있다. 이러한 배움을 많은 사람들과의 협동의 고리로부터 창조해 나가는 자세가 요구되고 있는 것이다.

나가사와 세이지(長澤成次)

---

33) 예를 들면 『당신의 마을에 있는 일본어교실』, 보소(房總)일본어자원봉사네트워크, 1996. 9 참조.

제1장 **2** 자치와 문화를 육성하는 공민관의 과제

공민관의 자치와
분권 창조

들어가며

오늘날 일본에서 일어나고 있는 교육 개혁의 움직임은 고이즈미(小泉) 수상의 '구조개혁' 노선 하에 지방분권, 규제완화, 행정개혁 등이 한층 더 강화되어 진행되고 있다. 또한 교육의 민영화, 시장화를 지향하는 신자유주의적 개혁이 진행됨과 동시에 한편으로는 교육기본법 개정 문제로 상징되는 복고주의적 신보수주의적인 교육 개혁도 진행되고 있다.

지방분권 방식은 전후(戰後)의 교육 개혁에서 확인된 중요한 원리로

서, 제2차 세계대전 이전의 중앙집권적인 교육 방식에 대한 반성에서 생겨난 것이다. 예를 들어, 전후(戰後)에 발족한 교육위원회 제도는 1956년에 공선제에서 임명제로 바뀌면서 오히려 제도가 악화되기는 했지만, 교육기본법 제10조(교육행정)의 '교육은 부당한 지배에 따르지 않고, 모든 국민에 대하여 직접적으로 책임을 지고 행해져야 한다. ② 교육 행정은 이러한 원리에 입각하여 교육의 목적을 수행할 때 필요한 여러 가지 조건들의 정비 및 확립을 목표로 하여 이루어져야 한다.'는 원칙을 받아들여 교육의 지방분권 내지는 지방자치(주민자치와 단체자치)를 보증하는 제도로서 구상되었던 것이다.

그러나 1999년의 지방분권일괄법은 국가의 기관 위임 사무를 없애는 등 적극적인 성향을 띠면서도 사회교육법에 있어서는 오히려 중앙집권적인 개정이 이루어져 극히 모순적인 개정이 되었다. 지방분권·규제완화를 말하면서도 지역주민들의 사회교육 행정에 관한 자기 결정권은 약화되고, 공민관의 자치와 이를 실현시키는 분권이 현저히 약화된 것이다.

다음으로 지방분권일괄법의 개정과 그 후 공민관을 둘러싼 국가의 동향을 살펴보고 공민관의 자치와 분권 창조의 과제를 제시하고자 한다.

지방분권 일괄법의 시행 이후 공민관을 둘러싼 동향

▌▌1. 지방분권 일괄법과 공민관

1999년 7월 8일 사회교육 관련법 '개정'을 포함하는 '지방분권 추진을 도모하기 위한 관계법률의 정비 등과 관련된 법률안(지방분권일괄법안)'이 가결되어, 2000년 4월부터 시행되었다. 이 개정은 공민관과 관련된 중요한 개정 법안을 포함한 것으로써 그 이후의 공민관 운영에 큰 영향을 주고 있다.

공민관과 관련된 개정 부분을 살펴보면, 제16조의 '……사회교육위원은 제29조에서 규정하고 있는 공민관 운영심의회의 위원으로 충당할 수 있다'라는 조문(条文)이 공민관 운영심의회의 임의설치화와 함께 전문 삭제되었다. 또 제28조 공민관장의 임명에 관한 공민관 운영심의회의 의견 청취 의무가 폐지되었으며, 제29조(공민관 운영심의회)의 공민관 운영심의회의 필치제(必置制)가 폐지되었다.

특히, 공민관 운영심의의 위원구성이 간소화되어 '학교교육 및 사회교육 관계자나 학식 경험이 있는 자'라는 규정에 따라 위원 선출의 범위는 '개정' 전보다도 오히려 협소해졌다.[1] 또 구(旧)규정의 2호 위원에 관한 '각각의 단체 또는 기관에서 선거 또는 그 외의 방법에 의하여 추천된 자에 대해 실시한다'는 각종 단체의 자주적 위원 선임권도

---

1) 개정 전의 사회교육법 제30조는 공민관 운영심의회 위원 선출의 모체로서 '각 학교장(1호 위원)', '해당 시정촌(市町村)의 구획 내에 사무소를 가지는 교육, 학술, 문화, 산업, 노동, 사회 업무에 관한 단체 또는 기관(2호 위원)', '학식경험자(3호 위원)'로 되어 있다.

부정하고 있다.

전체적으로 볼 때, 공민관의 주민 자치를 확충하는 지방분권은커녕 오히려 더욱 후퇴한 '개정'이었다. 또 청년학급진흥법 폐지에 따라 사회교육법에 규정되었던 관련 조문과 공민관과 관련해서는 제22조(공민관의 사업)에서 '1 청년 학급을 실시할 것'이 삭제되었다.

게다가 지방분권추진위원회의 제2차 권고에 근거하여 '공민관에는 전임 관장 및 주사를 두고…(문부성 령 '공민관의 설치 및 운영에 관한 기준')'에서 '전임'이라는 두 글자가 삭제되었다. 지방분권추진위원회는 지방자치단체의 자주조직권을 침해한다는 이유로 전문직 필치제에 대해 부정적이었으면서, 사회교육법에서 사회교육주사 필치제는 그대로 두고 문부성이 명한 직원전임제를 문제시하는 것은 명백한 모순이다.

이러한 흐름은 각 지역의 공민관 관리 및 운영 방침에 큰 영향을 끼쳐 왔다. 법령 지정도시에 한해서만도 몇 가지의 예를 찾아 볼 수 있다. 센다이(仙台)시에서는 2001년 4월부터 공민관인 지구시민센터의 정규 직원을 없앴으며 각 행정구역의 지구관(地区館)은 센다이시의 사람·지역사회 교류 재단에 전면 위탁되었다. 나고야(名古屋)시에서는 각 구당 한 개씩 배치되어 있던 사회교육법 상의 공민관인 나고야시의 평생학습센터가 2000년 4월부터 구청으로 이관되어 비(非)공민관화가 강행되고 있다. 교토(京都)시에서는 2001년 7월에 평생학습종합센터의 조례에서 공민관 운영심의회를 삭제·폐지하였고, 히로시마(広島)시에서는 이미 1997년에 히로시마 시내의 공민관 63관을 재단 법인 '히로시마시 사람·지역사회 네트워크'에 위탁했다. 또 후쿠오카(福岡)시에서도 2001년 4월부터 시민센터가 구청으로 이관되었으며, 북규슈(北九州) 시에서는 1994년부터 공민관을 시민복지센터로 재편하는 일이 진행되고 있다.

한편, 치바현 내에서는 지방분권일괄법에 의한 사회교육법의 개정에 따라 지방자치단체의 사회교육 관련 조례의 재검토와 개정이 실시되었다.

공민관 운영심의회에 대해서는 치바현 공민관연락협의회가 실시한 '시정촌(市町村) 조례 개정에 따른 공민관 운영심의회에 대한 조사(2000년 4월 1일)'에 따르면, 공민관 운영심의회에 대하여 '설치한다'가 60곳(27市30町3村), '설치할 수 있다'가 9곳(3市5町1村), '폐지'가 5곳(1市3町1村)이었다. 법으로 필치제를 폐지했음에도 불구하고 조례에서 '설치한다'라고 필치제를 명기한 것은 큰 의미를 갖지만, 그 후의 경과를 보면 공민관 운영심의회의 통폐합과 폐지가 진행되고 있다(뒤에 서술할 다카세(高瀬)의 논문 등 참조).

▌▎2. 교육 개혁 국민회의와 사회교육법 일부 개정

2001년 7월부터 새롭게 개정된 사회교육법이 시행되었다. 이는 교육기본법 개정을 인식한 교육개혁국민회의의 최종보고(2000년 12월)와 그것을 수용한 문부과학성의 '21세기 교육 신생계획'의 구체화한 것으로부터 나온 것이다.

이 개정은 사회교육법의 근간을 이루는 제3조에 제2항을 신설하고, 더불어 청소년에 대한 사회봉사 체험활동 등을 규정한 것이 큰 특징이다.

신설된 제3조 2항은 '국가 및 지방 공공단체는 전항(前項)의 임무를 수행함에 있어서, 사회교육이 학교교육 및 가정교육과 밀접한 관련성을 지니는 것을 감안하여 학교교육과의 제휴에 힘쓰며 동시에 가정교육의 향상에 이바지하도록 필요한 배려를 하도록 한다.'는 것이다.

현행 사회교육법 제1조에는 '교육기본법의 정신에 따라(제1조)'라고 명기되어 있고, 교육기본법 제7조에서는 사회 교육을 명확하게 가정교육을 포함한 개념으로 정하고 있다. 이 조항들에 비추어 생각하면, 특별히 '학교교육과의 제휴 확보', '가정교육의 향상에 이바지한다'라는 문언을 첨가하여 사회교육 행정에 방향성을 부여하는 것은 '사회 교육의 자유분야(데라나카 사쿠오(寺中作雄), 『사회교육법 해설』, 1949)'를 보장하려는 사회교육법의 입법 이념을 왜곡하는 것이 될 것이다. 더욱이 제5조에는 '시정촌(市町村)교육위원회의 사무'에서 '가정교육에 관한 학습 기회를 제공하기 위한 강좌의 개설…(7)', '청소년에게 자원봉사 활동 등 사회봉사 체험 활동과 자연 체험 활동, 그 외의 체험 활동 기회를 제공하는 사업의 실시…(12)'가 추가되었다. 특히 사업이라는 개념을 교육위원회 사무의 예로 추가한 점은 현행 사회교육법의 교육위원회의 '사무'와 교육기관(공민관)의 '사업' 간 구별을 한층 애매하게 만드는 것으로 입법 기술로서도 문제가 있다.[2]

---

2) 문부성은 일찍이 '시정촌(市町村)의 교육위원회는 공민관 그리고 그 외의 사회 교육 시설 확충에 힘쓰고, 이 시설을 통하여 사회교육사업을 수행할 것을 원칙으로 한다. 그리고 직접적으로 마을 주민을 대상으로 하는 사회교육사업을 실시하는 것은 될 수 있는 한 억제한다. ('사회 교육 심의회 답변 『급변하는 사회 구조에 대처하는 사회 교육의 양상에 대하여』의 사본에 대하여', 1971년

또한, 이번에 사회교육위원·공민관 운영심의회 위원에 '가정교육의 향상에 이바지하는 활동을 행하는 자'로 위원 규정을 추가한 것은 앞서 말한 지방분권일괄법의 개정 논거인 위원 규정의 '탄력화'라는 논리에도 어긋난다.

▌▌3. '공민관의 설치 및 운영에 관한 기준'의 재검토에 대하여

현재 문부과학성에서는 1959년에 고지된 '공민관의 설치 및 운영에 관한 기준'의 재검토 작업이 추진되고 있다. 이는 2001년 7월 내각총리대신의 자문기관으로서 설치된 지방분권개혁추진회의가 정리한 '사무·사업의 방향에 관한 의견─자주·자립적인 지역 사회를 지향하여(2002년 10월 30일)' 중에서 '공립 박물관과 공민관의 설치 및 운영에 관한 기준에 대해서는 이에 적합한 기준을 정하여 제시한 것으로 되어 있는데, 이는 2002년을 목표로 개요화·탄력화를 추진하고, 국가 개입의 한정과 지역의 자유 향상에 힘쓴다'는 내용을 받아들인 것이다. 평생학습심의회의 답신인 '사회의 변화에 대응한 향후 사회교육행정의 방향에 대하여(1999년 9월)'에서도 '공민관은 지역과 밀착된 활동이 요구되는 시설로서, 획일적이고 상세한 기준을 규정하는 것은 적합하지 않으므로 앞으로 이러한 기준에 대해서는 공민관에서 필요로 할 만한 내용을 최대한 개요화, 탄력화하도록 검토할 필요가 있다'라고 지적하고 있다.

5월 15일, 문부성 통첩 제 105호, 사회 교육국장 통지)' 라고 지적하고 있다.

'공민관의 설치 및 운영에 관한 기준'은 제1조(취지)에서 '……공민관의 설치자는 이 기준에 따라 공민관의 수준 유지, 향상 도모에 힘써야 한다'고 규정하고 있으며, 공민관의 건물 면적을 330평방미터 이상으로 설정하는 등 자치단체의 '공민관의 수준 유지 및 향상'에 관한 책무를 규정하고 있다.

문부성은 당시 '……현 단계에서 공민관의 사업 달성과 수행에 있어 적어도 필요로 하는 내용을 제시한 것으로, 이상적인 수준을 규정한 것은 아니다(사회 교육국장 통지, 1960년 2월 4일)'라고 지적하였다. 또한, 자치단체에 정비에 대한 노력을 더욱 강화할 것을 강조해 왔으나, 이 기준 자체는 그 후에도 제대로 이행 되거나 정비되기는커녕 앞서 언급했듯 지방분권·규제완화라는 명목 아래 제5조(직원)의 '전임의'라는 문구가 삭제되었으며(1998년), 이번 재검토 작업에서는 주사직의 임의 설치화 방안까지 검토되고 있다.[3]

사회교육시설 기준법제는 교육기본법 제10조의 '모든 조건의 정비 및 확립'을 수용하여 수량적으로 정확하게 제시되어야만 의미가 있다. 명확하게 제시되지 않은 기준은 본래의 기준법제의 가능성을 잃고, 공민관의 사업 내용에 대한 국가의 통제적 성격이 드러날 가능성이 있다.

한편 이 '사무·사업의 방향에 관한 의견'은 '21세기에 적합한 분권

---

3) 이미 알고 있듯이 현행 사회교육법 제27조는 관장을 반드시 두면서도 주사는 임의로 설치하고 있지만, '공민관 관계자의 직원신분보장 요구를 계기로 공민관에는 관장 및 주사를 두고'라고 되어 있다.

형 행정시스템의 구축'이라는 구호를 내걸고, 개혁의 방향으로 '국가와 지방의 역할 분담의 적정화' 등을 지적하면서 '지방분권의 달성'에서 '각 지역마다의 최적의 상태를 의미하는 "지역·최적 조건(local optimum)"의 실현'으로의 방향을 제시하고 있다. 또한 '아직 다수의 법령에 의한 의무와 필치제 등이 잔존해 있다'라는 인식을 표명하였으며, 다음 지방자치법 개정에 맞추어 '현 행정법 상, 공동단체·공동적 단체 및 이른바 제3섹터[4] 등에 한정되어 있는 지방 자치법 제244조 2항의 공공시설 관리 수탁자의 범위를 민간 사업자에게까지 확대한다'고 규정하고 있다.[5] 사회 교육 시설을 더욱 더 민영화, 시장화하려는 의도가 나타나 있는 것이다.

■■■ 4. 시정촌(市町村)합병이 공민관에 초래한 영향

지방분권추진위원회의 지방분권 개혁 논의 아래, '각 시정촌(市町村)

---

4) 역주 : 국가·지방공공단체·민간이 공동 출자한 기업체.

5) 공민관을 비롯한 사회 교육 시설의 민간 위탁은 주민 서비스의 질적 향상이라는 메리트가 선전된다. 하지만 한편으로는 ① 교육 위원회의 직접 경영을 원칙으로 하는 교육 관련법 규정에 위배, ② 수익자 부담에 의한 교육의 기회 균등(교육 기본법 제3조) 침해, ③ 자치단체 파견직원과 재단 고유 직원 등 직원 체제의 차별적인 계층화에 따른 교육 기관으로서의 성격 약화, ④ 재단 위탁비에 대한 회의 체크 기능 약화, ⑤ 퇴직 직원·교원에 의한 재고용처 부정행위화, ⑥ 공민관 운영심의회 등 시설 운영의 주민 자치 약화, ⑦ 재단 사무국 출현에 의한 재정 부담 강화, ⑧ 교육법의 근거를 잃게 되면서 주민 학습이 침해될 위험성, ⑨ 전문직 제도와 전문직 채용을 둘러싼 각각의 문제점, ⑩ 정원을 속이는 등의 여러 가지 문제점도 지적되어 결국 주민들에게 서비스의 질적 저하를 초래하는 실정이다. (치바(千葉)현 공민관 연락협의회 편, 「제2차 임시 행정조사회 행정개혁에서 생활학습 진흥법 성립까지」, 『치바(千葉)현 공민관 史Ⅱ』, 2002, p117)

의 규모 등에 적합한 권한 위임'을 실현하기 위해 현재 시정촌(市町村)합병이 추진되고 있다. 주로 초등학교 사무의 처리를 목적으로 300호~500호를 표준으로 실행한 '메이지(明治) 대합병', 주로 중학교 사무의 처리를 목적으로 인구 8,000명을 표준으로 실시한 '쇼와(昭和) 대합병'에 이어, '헤이세이(平成) 대합병'이 국가에 의해 강력하게 진행되어 약 3,300개의 자치단체가 1,000개 정도로 줄었다. 게다가 자치단체를 300개까지 줄이려는 정부 당국에 의한 시나리오까지 구상되고 있다. '시정촌(市町村) 합병 특례에 관한 법률(합병특례법)'은 2005년 3월 31일까지 실시하는 시정촌(市町村)합병에 적용되었으며, 합병특례채 등의 재정 유도에 의하여 '자주적인 시정촌(市町村)의 합병(동법 제1조)'은 명목뿐인 정부에 의해 강력한 시정촌(市町村) 합병으로서 추진되고 있다.

2002년 11월에는 이른바 니시오(西尾) 사안('향후 기초적인 자치단체의 방향에 대하여 <私案>', 지방 제도조사회)이 나와, 여기에서 '인구에 대해서는 행정구역 시(市) 정도의 사무 처리와 권한행사를 위하여, 예를 들어 인구 OO 미만인 단체는 해체시킬 것을 목표로 삼아야 할 것이다'라고 말하고 있다. 또한 합병특례법 기한 이후에는 '합병에 의해 해결될 시정촌(市町村)의 인구 규모(예 : 인구 OO)를 법률상 명시하여, 도도부현(都道府県)의 지방단체와 국가는 해당 인구 규모 미만인 시정촌(市町村)의 해결을 목표로, 재정 지원에 의존하지 않고 합병을 추진하는 방책을 취하도록 한다'라고 명시하고 있다. 그럼에도 불구하고 합병이 되지 않을 경우에는 '장(長)과 의회(또는 정촌(町村)총회)를 두도록 하나 의원은 원칙적으로 급료를 받지 않는 것으로 하는 규정을 검토한다. 또 장(長)의 보좌직, 회계사무원, 교육위원회, 농업위원회 등은 두지 않을 것에 대해서도 검토한다'는 등 '사무배분 특례 방식'과 '내부단체 이행 방식'도 제안되고 있다. 그야말로 소규모 자치단체의 권한 축소, 말살로 이어지는 사안이 나온 것이다.

시정촌(市町村)의 합병은 공민관의 매우 중요한 문제이다. 이는 광역(교육)행정이 생겨남으로써 공민관의 통폐합·직원삭감·주민참가의 약화와 같은 문제가 발생하여 결과적으로는 지역주민의 배울 권리가 확실히 줄어들기 때문이다.

1953년 정촌(町村)합병촉진법에 의해 시행된 '쇼와(昭和) 대합병' 때는 약 일만 개였던 시정촌(市町村)이 1961년에 약 3,500개까지 감소되었고, 공민관의 수도 34,248관(1953년)에서 20,183관(1963년)으로 감소하였다. 합병 이후 공민관의 배치 패턴에 대해서는 데라나카 사쿠오(寺中作雄) 감수·오와다 타케노리(小和田武紀) 편저, 『공민관 도설(1954)』에서 다루고 있는데, 합병에 의하여 본관(本館)은 분관(分館)이 되고, 분관을 가지고 있던 공민관은 지관(支館)이 되었으며, 합병이 반복되면서 과속화가 진행되어 결국 공민관이 사라져 갔다는 자치단체도 적지 않다. 자치단체에 따라서는 자치적인 공민관으로 재편된 곳도 있으나, 어찌되었든 시정촌(市町村)의 합병은 공민관의 운영에 막대한 영향을 끼쳤던 것이다.

오늘날 '헤이세이(平成) 대합병'을 맞이하고 있는 이 시점에서 중요한 사실은 각각의 공민관이 자신의 지역과 자치단체를 좌우할 시정촌(市

町村) 합병을 가장 중요한 학습 과제로 인식하고 내부적인 발전 방향을 모색하여, 작지만 그렇기에 더욱 빛이 나는 마을 만들기, 자치 단체 만들기의 추진이 요구되는 것이다.

공민관의 자치와 분권을 둘러싼 과제

▌▌1. 공민관 운영에 있어서의 다양한 주민자치 창조

오늘날 공민관의 운영에 있어 공민관 운영심의회와 같은 주민참가 시스템은 결코 빼 놓을 수 없다. 공민관 운영심의회를 활성화시키기 위해서는 공민관 운영심의회를 각 관별로 배치해야 하며, 적어도 월 1회 정도는 회의를 개최해야 한다. 또 관장에게 자문을 받아 조언을 정리하거나, 필요하다면 관장에게 의견을 제시하거나 건의하는 것도 중요하다. '공민관 신문' 외에도 독자적인 '공민관 운영심의회 소식지' 등의 발행도 생각해 볼 수 있다. 그러나 각 시정촌(市町村)의 중앙 공민관 으로 통일화된 공민관 운영심의회는 각 공민관의 과제에 대하여 제대로 논의하지 못하고, 주민들과의 직접적인 대화가 가능한 심의회에 직원들의 출석이 보장되지 않는 등 많은 문제점이 있다.

한편 현 상황에서는 공민관 운영심의회의 임의설치화가 자치단체의 행정 개혁과 연동되어 공민관 운영심의회를 폐지하는 자치단체가 생기고 있다. 주민 입장에서 보면 공민관의 운영에 주민의 의사를 반영시킬 법적 근거를 가진 주민참가 방법이 끊긴 이상 재설치를 요구하거나

새로운 시스템을 모색할 수밖에 없다. 물론 공민관의 운영에 있어서의 주민자치시스템은 공민관 운영심의회뿐만 아니라, 주민이 주체가 되는 학급·강좌의 기획 및 편성, 이용자 간담회·공민관 동아리연락협의회 등을 통한 주민의 참가 등, 그 지역과 공민관의 실정에 맞추어 다양하고 계층적으로 편성해 갈 필요가 있다.

사회교육위원·공민관 운영심의회 위원에게는 '보수 및 급료(사회교육법 구 19조)'를 지급하지 않다가 1959년의 사회교육법 개정에 의해 지급하도록 된 것이 공민관 운영심의회를 '구체화'시킨 요인이라는 지적도 있다. 앞으로는 '직무를 수행하는데 필요한 비용을 변상(구 19조 제2항)'하는 것으로 규정하는 것도 좋은 방안이라 하겠다.

▌▌2. 주민에게 가장 가까운 지구관(地区)이야말로 분권의 확립을

공민관의 지역 배치에 있어서 공민관 운영심의회를 중앙 공민관에만 한정하여 두는 중앙 공민관 ─ 지구관(분관)방식이 아니라, 공민관 운영심의회가 각 관마다 배치되어 각각 자신의 지역에 책임감을 가지게 하는 독립관 병렬 방식이 바람직하다는 것은 공민관 관계자들도 인정해 온 사실이다.[6]

지방교육행정법에 명확하게 교육 기관으로 자리 잡고 있는 공민관은 자율적이고 지속적으로 공민관 사업을 전개시켜 가기 위한 제도적인 보장으로 독립관으로서의 자리매김과 관장결재권의 보장이 필요하며,

---

6) 예를 들면, 전국공민관연합회, 『공민관의 바람직한 방향성과 오늘날의 지표 총집판』, 1982 참조.

교육위원회사무국은 이에 대해 교육 기관으로서의 공민관이 충분히 사업을 전개할 수 있도록 모든 조건에 대한 정비를 시행해야 할 것이다.

관장결재권에는 '각종 사업의 기획·실시권, 예산 청구권·지출권, 사무처리 상의 관리권, 직원연수 실시권, 인사 보고권, 공민관 운영심의회 위원의 선정권, 시설 권리권, 여행 명령권[7]'이 있다. 이러한 결재권이야말로 지역에 배치된 독립 공민관에 위임되어 분권화될 필요가 있다. 그리고 이러한 공민관에서야말로 공민관 주사가 그 전문적인 역량[8]을 발휘할 수 있게 되는 것이다.

▪▮ 3. 주민과 함께 자치와 분권을 책임지는 공민관 전문직 제도의 확립

공민관에서 주민들과 함께 자치와 분권을 책임지는 것이 공민관의 직원(관장, 주사, 그 외 필요한 직원)이다.

공민관의 전문직 제도의 확립을 위하여 전국의 자치단체에서는 많은 노력을 기울여 왔다. 치바(千葉)현에서는 1970년부터 1971년까지 치바현 교육위원회 사회교육과가 중개하여, 현 내 12곳의 자치단체에 30명 정도의 전문직을 채용했다. 또한, 기미쓰(君津)시·기사라즈(木更津)

---

7) 나가노(長野)현 공민관 운영협의회, 『공민관의 기초지식 2001년도 개정판』, 2001. 7, p50. 또 같은 페이지에 '비정규직 관장이라 하더라도 일반직 과장과 동등한 결재권을 갖는 사례도 있어'로 명시되어 있다.
8) 전게서 『공민관의 기초 지식 2001년도 개정판』에서는 공민관 주사에게 요구되는 전문성과 자질에 대하여 '① 사회 교육에 관한 체계적인 지식과 기술, ② 지역과 주민 및 사회 교육 실천 활동에 관한 지식과 기술, ③ 학습 지원자로서의 인식, ④ 주민들의 생활 배경에 있는 사회 인식, ⑤ 사회 교육 활동에 대한 강한 의욕과 열정'을 열거하고 있다.

시·노다(野田)시 등에서는 일반 행정직과는 별도로 사회교육주사 유자
격자를 채용해 왔다.9) 그러나 전체적으로는 지방분권·규제완화·행
정개혁 아래 자치단체의 구조조정이 진행되어 공민관의 정규 직원들은
없어지고, 공민관 직원의 비정규 근무가 행해져 왔다. 인사이동의 주기
가 빨라지면서 공민관 직원의 역량 형성이 저지되고, 결과적으로는
주민들의 배울 권리를 지지했던 공민관의 노력이 약해지고 있는 실정이
다. 그렇다면 어떤 방법으로 이 사태를 해결해 가야 할 것인가. 굉장히
어려운 과제이지만 굳이 방법을 강구해 보자면 다음과 같다.

　우선 첫 번째로, 공민관의 직원, 그 중에서도 공민관 사업을 중심적으
로 담당하는 공민관 주사의 특별 채용을 요구하는 방법이 있다. 일반
행정직의 인사이동에 의한 직원배치가 아니라, 직원 스스로의 일에
대한 의욕을 보더라도 사회교육주사 유자격자를 별도로 채용하는 것이
합리적이며, 나아가 장기적으로는 인건비 절약의 효과도 있다는 것을
당국에 정책적으로 알려야 할 것이다.

　원칙대로라면 도서관 사서·박물관의 큐레이터와 같이 공민관주사
의 자격도 법으로 규정해야 하지만, 현행 법체계 하에서는 차선책으로
사회교육주사 유자격자를 공민관에 배치해야 할 것이다. 이 경우에는
현재 대학에서 많은 사회교육주사가 양성되고 있는 실정을 감안하여,
강습(講習)으로 자격을 부여하는 1951년부터 시작된 사회교육주사 강
습은 폐지해야 한다.

---

9) 치바(千葉)현 공민관연락협의회 편, 『치바(千葉)현 공민관史』, 1985, pp395~
　 396 참조.

둘째, 그럼에도 불구하고 현실적으로 공민관의 재단위탁에 의해 재단고유직원과 직원의 비정규직화가 진행되고 있다는 상황에서는, 오카야마(岡山)시에서 전개된 바와 같이 정규직원화를 위한 운동이나, 노동조건개선과 시민의 학습권 보장 운동을 노동조합·시민들과 함께 전개해야 할 것이다. 그리고 세 번째로, 사회교육법 제28조의 2항에 명시되어 있는 공민관 직원의 연수에 자주 연수권도 포함시키는 것이다. 사회가 급격히 변화해 가는 시대에 있어 공민관 직원에게도 항상 새로운 배움이 요구되고 있기 때문이다.

이상, 지방분권일괄법이 시행된 이후 공민관을 둘러싼 정책 동향을 살펴보고, 그와 관련해 공민관의 자치와 분권을 둘러싼 과제를 몇 가지 제시해 보았다. 현 공민관은 굉장히 어려운 상황에 처해 있다. 그러나 본서의 제2장, 제3장에서 여러 공민관의 실천 경영을 통해 제시한 바와 같이 공민관의 가능성 또한 무한하다. 그 가능성을 실현시키기 위해서는 주민들과 공민관의 직원들이 공민관에서의 배움을 자치적이며 협동적으로 창조하고, 그 배움을 의식적으로 마을 만들기로 연결시켜 가는 노력이 필요하다. 이러한 노력들이 바로 지역사회와 주민들을 행복하게 만드는 귀중한 배움의 공동공간 창조로 이어질 것이다.

나가사와 세이지(長澤成次)

제1장 **3** 자치와 문화를 육성하는 공민관의 과제

공민관 '기간관基幹館 체제'와 '행정 개혁'

들어가며

2002년 4월 현재 인구 약 55만 5천 명의 후나바시(船橋)시는 2003년 4월 치바(千葉)현의 첫 중핵도시로서 다시 태어났다. 공민관의 '기간관(基幹館) 체제'는 인원 삭감, 경비 삭감이라는 '행정개혁' 추진의 일환으로 2000년 4월부터 실시되었다.

기간관 체제의 형성 배경

후나바시시의 '행정개혁 개요'를 바탕으로 1995년에 '공민관 운영문제 검토위원회'가 공민관 직원과 사회교육과 직원 약 10명의 직원을 두고 설치되었고 사무국은 사회교육과에 마련되었다. 검토 과제로서는 ①사회교육시설 등의 이용 시스템, ② 공민관 운영심의회, ③ 사회교육법 23조의 해석, ④ 회장(會場)의 대여시간대 및 공민관 사용료 감면기준의 재검토, ⑤ 휴관일의 시민 이용 가능여부, ⑥ 시설의 관리 및 운영에 정년퇴직자 인재활용 등이 1998년도까지 검토되었다. 또한 1999년도에는 이와 관련하여 ① 기간관 체제, ② 휴관일의 축소 등이 검토되었다.

이러한 검토 과제에 대하여 1999년 4월에 제출된 제3차 행정개혁 실시계획서는 시설의 이용일·이용 시간의 재검토, 휴관일 시민 이용, 시간단위별 대여, 복합시설의 조직·관리의 일원화, 정년 퇴직자 등의 인재활용 등을 목표로 하였다. 그리하여 공민관 시설의 방향성에 있어 장래의 평생학습계획을 직시하여 사무 개선, 인원 배치의 재검토를 목적으로 하고, 기간관 체제에 대해서도 검토를 실시한다고 명기되어 있다. 이 자료는 후나바시시 직원노동조합 및 후나바시시 직원노동조합 사회교육시설지부(이하 사회교육시설지부)가 교육위원회와 기간관 체제 문제를 두고 벌인 협의와 교섭에서 제시된 것이다.

사회교육시설지부의 노력

기간관체제안이 직장에 제안된 것은 1999년 12월 14일 평생학습부 공민관 관장회에서였다. 사회교육시설지부에도 같은 날 제안되어, 12월 16일에 교육위원회의 제안에 대한 설명이 이루어졌다. 그 후 각 직장에서 협의가 이루어져 이 때 약간 수정된 것이 12월 22일에 다시 제안되었다. 사회교육시설지부와의 제1차 협의는 2000년 1월 7일에 개최되어 이번 기간관체제안의 개요가 교환되었다.

기간관체제안의 개요는 다음과 같다. '실시의 목적'은 현재의 병렬관(24관) 체제에서 기간관(5관) 체제로 바꾸고, 기간관에는 사회교육주사 유자격의 지역사업지도담당자(지구담당자)를 두어 사회교육기능을 강화한다. 각 관의 서무 담당직원을 없애고 서무를 기간관으로 일원화한다. 시설 유지는 교육위원회의 관리부 시설과가 담당한다. 공민관 전체의 정원수를 삭감한다(106명에서 99명으로). '실시 형태'는 기간관 5관은 7~8명 체제(관장, 관장 보좌, 지역사업지도 담당 1명, 사무 4~5명)로 하고, 기간관 외의 20관(2000년 5월에 가이진(海神)공민관이 개관)은 3명 체제(관장 1명, 사무 2명)로 한다. 또한, 기간관 이외의 관장에 대해서는 단계적으로 6급(부주간(副主幹))관장으로 한다. 또, 현재의 미야모토(宮本), 가사이(葛飾), 후타와(二和)의 각 공민관 기술(기능직)직원은 지금과 같이 배치한다. '사무 처리'에서 재무 처리, 예산 작성 및 세출에 관한 사무, 위탁계약관계 사무는 기간관에서 집중적으로 실시하며, 기간관 외의 관(館)은 사용료 징수 및 은행에 납부하는 일을 한다. 복무 지휘에 대한 결재는 기간관 외의 관(館)인 경우 시간 외 근무 임명·휴가의 승인 등은 해당 관내에서 처리 가능하도록 한다. 기간관 외의 관의 결재는 사무직원 → 관장 → 기간관 관장 → 평생학습부 차장 → 부장의 순으로 한다. '개관일의 재검토'는 현재의 휴관일의 경우 ① 월요일, ② 5월 3일~5일(중앙 공민관 제외), ③ 12월 29일~1월 3일이지만, 앞으로의 휴관일은 ④ 공휴일, ⑤ 12월 29일~1월 3일로 한다(이것으로 개관 일수가 45일 늘어난다). 근무 체제는 로테이션으로 모든 개관일에 정규직원 최소 1명이 상주하도록 한다. '시설 유지'는 관리부 시설과에 정기적인 관리를 이관한다. 사회교육시설지부는 2000년 1월 17일에 사회교육시 설지부 뉴스 특별호를 발행하여 직장에서 토의할 경우 참고로 하였다.

[표 1-1] 공민관 구역 분할과 구역별 배치정원 수

공민관명	관장	관장 보좌	지역사업 지도담당	사무 (주로 사업)	사무 (주로 서무)	기능원	합계
1. 츄오(中央)	1	1	1	2	2		7
2. 하마마치(浜町)	1			2			3
3. 미야모토(宮本)	1			2		1	4
4. 가이진(海神)	1			2			3
5. 토우부(東部)	1	1	1	2	2		7
6. 미타(三田)	1			2			3
7. 하사마(飯山滿)	1			2			3
8. 나라시노다이(習志野台)	1			2			3
9. 야쿠엔다이(藥円台)	1			2			3
10. 세이부(西部)	1	1	1	2	2		7
11. 호텐(法典)	1			2			3
12. 마루야마(丸山)	1			2			3
13. 쓰카다(塚田)	1			2			3
14. 가사이(葛西)	1			2		1	4
15. 호쿠부(北部)	1	1	1	2	3		8

16. 후타와(二和)	1			2		1	4
17. 미사키(三咲)	1			2			3
18. 야기가야(八木が谷)	1			2			3
19. 고무로(小室)	1			2			3
20. 마쓰가오카(松が丘)	1			2			3
21. 에비가사쿠(海老が作)	1			2			3
22. 다카네다이(高根台)	1	1	1	2	2		7
23. 나쓰미(夏見)	1			2			3
24. 다카네(高根)	1			2			3
25. 신타카네(新高根)	1			2			3
	25	5	5	50	11	3	99

　기간관 체제가 2000년 4월부터 실시된다는 어려운 조건 하에서 사회교육시설지부는 직장 동료들과 겨우 3개월이라는 짧은 기간 동안 여러 가지 노력(운동)을 해 왔다. 1월 17일에는 여직원을 중심으로 한 서무 담당 토론회를 개최하였고, 1월 15일에는 직장 설문조사를 실시하여 2월 초순에는 이를 회수·분석·보고하였다. 또, 2월 4일에 사회교육시설지부의 요구서를 교육위원회에 제출하여 10일에 그 회답을 받아 곧바로 사회교육시설지부의 뉴스로 직장에 보고했다.

　단, 사회교육시설지부에서는 시민들과의 연대를 중요하게 여겨 많은 노력을 기울여 왔다. 2000년 2월 16일자 신문과 함께 배부된 전단지에는 '시민들의 배울 권리가 위험하다!'라는 타이틀로 공민관의 현황을 시민들에게 호소했다.

　동시에 2000년 2월 22일에 직원(타 도시 직원 포함)과 시민(의원 포함)이 함께 기획한 학습회에서는 치바대학교 교육학부의 나가사와 세이지(長澤成次) 교수를 초청하여 '오늘날 직원들에게 무엇이 요구되고 있는가'

에 대한 강연이 이루어졌다. 이 강연에는 46명이 참가하여 뜻 깊은 자리를 빛냈다.

시민들의 배울 권리가 위험하다!!
우리들은 공민관의 서비스 질적 저하에 반대합니다.
자치노동연합 후나바시(船橋)시청 직원노동조합 사회교육시설지부
(후나바시시 미나토마치(湊町)2－10－25)

공민관은 어떤 곳인가?

지금 후나바시(船橋)시에는 24개의 공민관이 있습니다. 내년에는 가이진(海神)에 1개관이 더 개관되어 25관이 됩니다. 공민관은 시민들이 생활하는 각 지역에서 이용하기 편리하도록 누구나 쉽게 찾아갈 수 있는 곳에 세워야 한다는 원칙이 있습니다.

공민관은 시민들의 학습과 문화생활을 지지하는 곳입니다.

● 공민관에서는 여러 가지 강좌와 교실, 강연회 등을 열고 있습니다. 이 프로그램들은 대부분 무료로, 혹은 재료비 등의 실질적인 비용만 지불하면 참가할 수 있습니다. 또한 이 프로그램들의 기획과정에서 시민들이 희망하는 주제 등을 제시하여 담당직원과 함께 프로그램을 만들고 운영하는 형태도 이루어지고 있습니다.

● 시민들의 단체 활동에 필요한 시설을 제공하고 있습니다. 후나바시시에서는 일정 조건을 충족하여 등록한 단체 이 외에는 원칙적으로 사용료를 부가하도록 되어 있습니다. 하지만 이 경우 또한 무료 지원을 원칙으로 해야 한다고 생각합니다. 공립 도서관과 박물관은 무료로 제공하도록 법률로 규정되어 있습니다. 공민관을 무료로 제공한다는 규정이 법률에 명시되어 있지는 않지만, 그것은 제도화할 당시 공민관은 주민의 학습문화 활동을 보장하기 위한 시설이기 때문에 무료로 하는 것이 당연하다고 여겨졌기 때문입니다.

● 시민들의 학습문화활동을 도와주는 전임직원이 있습니다. 전문적인 지식을 가지고 강좌와 교실, 그 외의 행사를 기획·실시하거나 그룹 활동을 돕는 것이 사회교육법으로 정해져 있는 관장과 공민관 주사의 일입니다.

● 현재 공민관은 토요일과 일요일, 공휴일에도 개관하고 있습니다. 토·일요일과 공휴일은 전임직원들이 교대로 근무하고 있습니다.

공민관도 구조조정?

● 시청의 '행정개혁' 계획에서 경비 삭감을 위해 공민관 직원을 줄이자는 의견이 작년 12월에 갑자기 제안되었습니다. 우리는 한정된 예산으로 효율적인 운영을 하는 것에 대해서는 찬성하지만 공민관 활동을 정체시키거나 시민들의 학습문화활동에 대한 서비스가 질적으로 저하되는 것은 반대합니다.

● 교육위원회에서는 중앙·동부·서부·북부·다카네다이(高根台)의 5관은 '기간관'으로 하여 7명~8명의 전임직원을 두고, 그 외의 관은 '지구관'으로 하여 현재 각 관에 있는 사무(서무) 담당직원을 한 명씩 줄이려는

계획을 세우고 있습니다.

● 교육위원회에서는 '기간관'에는 사회교육의 '전문적인 직원'을 두어 '고도의 학습 프로그램'을 실시하고, '지구관'에서는 '지역 행사'를 실시하는 것이 좋겠다는 의견을 내놓고 있습니다. 이는 '지구관'의 사업이 현 수준보다 더 낮아져도 어쩔 수 없다며 방치하는 것과 같은 것입니다.

● 현재 휴관일인 월요일에도 개관하자는 제안이 있습니다. 만약 이 제안이 실행된다면 '지구관'에서는 대부분이 토·일·월요일에 전임직원 1명만이 근무를 하게 됩니다.

공민관의 구조조정, 무엇이 문제인가?

● 제안된 대로 전임 직원 1명만이 근무하게 되는 공민관에서 토·일요일에 행사 등의 프로그램을 실시한다는 것은 매우 어려운 일입니다.

교육위원회의 제안대로라면 공민관 활동의 질을 '높은 질'로 실시하는 곳과 그렇지 않아도 되는 곳을 구별하게 되므로 시민들에게 제공되는 서비스에 차별이 생기게 됩니다. 공민관은 본래 각각 서비스를 제공하는 구역을 분담하여 사업을 실시하는 것이 원칙입니다. 교육위원회는 어떤 지역에 살고 있는 주민이라도 평등하게 공민관을 이용할 수 있도록 조건을 갖출 책임이 있기 때문입니다. 이 책임을 수행하기 위해서는 어떤 공민관이든 똑같이 수준 높은 서비스를 제공할 수 있는 직원, 시설 등의 체제를 가질 필요가 있습니다.

● 복잡한 교대제 근무방식이나 소수인원에 의한 공민관 운영으로 근무조건이 악화되어 지금보다 직원의 교체가 더 빈번해지는 것은 아닌지 걱정입니다. 그렇게 되면 공민관 일에 대한 지식과 경험을 쌓기가 어렵게 되어 시민들에게 제공되는 서비스가 불충분해질 수 있습니다.

● 월요일에도 개관하게 되면 시민들이 공민관을 이용할 수 있는 시간은 늘어나게 됩니다. 이는 서비스의 질적 향상으로 이어질 수 있지만, 한편으로는 직원 수를 줄임으로써 강좌 등 주요 사업의 양과 질이 저하되기라도 한다면 본말전도(本末轉倒)의 사태가 발생하게 됩니다. 공민관은 장소

대여만을 위해서 존재하는 것이 아니기 때문입니다.

● 학습, 문화, 스포츠 등의 활동은 시민들의 여유롭고 풍요로운 생활을 위해 빼놓을 수 없는 권리입니다. 그러나 실제로는 현 공민관과 도서관, 향토자료관, 체육관 등의 사회교육시설을 이용하기 힘든 상황에 있는 시민들도 적지 않습니다. 모든 시민들이 누구라도, 언제든지, 어디서라도 이용할 수 있도록 좀 더 사회교육시설을 늘리고 설비와 직원, 사업 등의 내용도 충실히 해야 할 것입니다. 하지만 이번에 제안된 공민관 구조조정 계획은 단순히 직원을 줄이려는 것이 목적으로 공민관 서비스의 질적 저하로 연결될 것입니다.

● 우리는 이번에 제안된 공민관 구조조정 계획에 반대하며, 오히려 지금보다도 직원을 더 늘려서 서비스의 질적 향상을 도모할 것을 요구합니다.

> 공민관과 사회교육에 대한 학습회를 개최합니다.
>
> 2월 22일(화) 오후 6시 45분부터
> 후나바시(船橋)시 중앙공민관 시청각실
> 공민관이 하는 일, 그 역할과 시민들의 생활에 대해 생각해보자
> 강사 나가사와 세이지(長澤成次) (치바(千葉)대학교 교육학부 조교수)
> 누구나 참가할 수 있습니다

공민관 운영심의회의 변경

공민관 기간관 체제에 맞춰 공민관 운영심의회의 변경도 제안되었다. 변경 내용은 4개의 공민관 운영심의회를 5개로 하자는 것이다. 현재의 ① 중앙 공민관 운영심의회 10명, ② 동부 공민관 운영심의회

10명, ③ 서부 공민관 운영심의회 10명, ④ 북부 공민관 운영심의회 10명을 ⑤ 중앙 공민관 운영심의회 7명, ⑥ 동부 공민관 운영심의회 8명, ⑦ 서부 공민관 운영심의회 8명, ⑧ 북부 공민관 운영심의회 10명, ⑨ 다카네다이(高根台) 공민관 운영심의회 7명으로 변경한다. 총 인원 수(40명)는 변하지 않는다.

기간관 체제의 문제점과 과제 그리고 성과

계획에서 실시되기까지 4개월도 채 되지 않는 짧은 기간 동안의 준비과정 속에서 사회교육시설지부 탄생 이래 관여해 온 지부 활동 중 가장 큰 보람을 느꼈다. 이번 계획 수행 시에 교육위원회 총무과 담당자와의 조합교섭 이전에 몇 십 번이고 서로 성의를 가지고 다양한 협의를 나누었다. '우선 기간관 체제안을 1년간 실시하면서 문제점과 과제를 정리해 나갈 것은 없을까', '전국에 내세울 만한 후나바시시의 공민관 병렬 체제 기능이 기간관 체제로 인하여 없어지는 것은 아닐까', '106명이라는 세 자리 수에서 99명이라는 두 자리 수로 줄임으로써 인원삭감을 행정개혁의 성과로 삼는 것은 아닌가', '월요일 개관시 시설관리면에서의 유지는 어떻게 할 것이며, 정기적인 청소는 언제 할 것인가', '1인 근무인 토·일·월요일에 지구관에서 긴급 사태가 발생하면 어떻게 대응할 것인가', '공민관의 직원을 사무직으로 취급하고 있는데, 사회교육법에 근거하여 공민관 주사로서 발령시킬 수는

없는가', '재무 합계 단말기의 회선을 지구관에서 철거하면 강사정보·
채권자등록·예산집행상황 등의 검색이 불가능하게 되어 매우 불편해
진다. 기간관과 지구관의 연락 체제에 대하여 다섯 구역에서 공통적인
이해를 얻을 수 있을 것인가', '기간관에 새롭게 배치된 지역사업지도
담당자(사회교육주사 유자격자)가 직무 내용에 대해 공통적인 인식을 가질
수 잇을 것인가', '지구관의 3인 체제로 인해 시민들에 대한 서비스의
질적 저하를 초래하는 것은 아닌가' 등의 문제점과 과제를 안은 채
제한시간은 눈앞으로 다가왔다.

기간관 체제의 4월 실시를 눈앞에 두고 사회교육시설지부와 총무과
담당직원은 서로 노력하여 최종적인 협의를 두세 번 개최했다. 그 중에
는 교육위원회 교육장과의 간담회도 있었다. 교육장의 이야기 중, '기간
관 체제는 결코 인원 삭감이 아니다. 기간관 체제 실시 중 직원 부족
사태가 발생하면 곧바로 인원을 충원할 것이다.'라는 긍정적인 발언도
있었다. 그리고 최종적인 협의에서 다음과 같은 성과를 얻을 수 있었다.

'① 1인 근무인 지구관의 토·일·월요일은 임시 직원을 1명 더
추가하여 복수근무로 함, ② 매달 마지막 월요일을 휴관일로 하고,
시설유지·정기청소 등을 실시함, ③ 지구관의 사업 결재는 기간관과
같이 평생학습부장까지의 결재 이외에는 지구관이 수행하고, 기간관
관장의 합의는 필요하지 않음, ④ 교육위원회에서 보내는 사무 메일(민
간 회사에 위탁)의 집배 횟수를 늘림' 등이다. 이러한 과제를 안은 채
2000년 4월 1일 기간관 체제는 실시되었다. 그 후 2002년 4월 1일에는
새롭게 시청 퇴직자(60세)의 재고용 제도(2명이 교대로 1주일에 3일씩 근무

함)가 실시되어 기간관 1관에 배치되었다. 또 2003년 3월 말에는 지구관
(20관)의 모든 관장들이 6급 관장이 될 예정이다. 아직 미숙한 단계의
기간관 체제이지만 문제점이 발생하면 재검토와 함께 사회교육시설지
부와 협의하도록 되어 있다. 마지막으로 '공민관 체제'를 '종래의 체제'
와 '기간관 체제'로 나누어 비교한 표를 소개하고자 한다.

야마다 신지(山田慎二)

[표 1-2] 후나바시(船橋)시 공민관 체제비교

	종래의 체제	기간관 체제
구역	4구역 (중앙·동부·서부·북부)	5구역 (남부·중부·동부·서부·북부)
관 수	24관 (병렬)	25관
직원 수	106명	99명
공민관 운영 심의회	4개, 합계40명(각10명) 사무는 4개 공민관에서	5개, 합계40명(7-10명) 사무는 기간관인 5개 공민관에서
관장	중앙8급(참사급) 3관은 7급 (과장급) 그 외 7급(주간급)	중앙8급(참사급) 기간관7급(과장급) 지구관7급(주간급) 6급(부주간급)
직원체제	원칙4명(이상) 관장1, 사업2, 서무1	· 지구관 원칙3명/ 관장1, 사업2 · 기간관 7-8명/ 관장1, 보좌1, 지역사 무 담당1, 서무2, 사업2
예산 집행 등	예산편성, 집행, 계약사무 등은 각 관에서 시행함	예산편성, 집행, 계약사무 등은 구역 내 지구관 분을 포함하여 기간관이 시행함
휴관일	·월요일 ·연말연시	·공휴일·마지막 주 월요일·연말연시
근무체제	· 직원을 2그룹으로 나누어 격주 로테이션으로 근무 · 토요일은 상근2명 근무 · 야간, 오후 5시15분~9시 30분은 당직대행원(비상 근)이 근무	· 직원을 3그룹으로 나누어 로테이션으 로 근무 · 지구관의 토·일·월요일은 상근1명 +비상근 1명 근무 · 야간, 오후 5시15분~9시30분은 당직 대행원(비상근)이 근무

제1장 **4** 자치와 문화를 육성하는 공민관의 과제

공민관 운영심의회의
의의와 역할

배움의 장에 주민의 참가율이 위태롭다

1997년 8월 지방분권 추진위원회의 제2차 권고에서 공민관 운영심의회를 임의로 설치해도 좋다는 제안을 했다.

같은 시기에 마쓰도(松戶)시는 '사무·사업의 효율화'를 위해 사무 재검토 작업에 힘을 쏟는 가운데 사회교육위원과 청소년문제협의회위원의 정원 수 재검토 작업에 착수했다. 그 결과 청소년문제협의회위원(정원 20명) 중 시(市) 보좌와 관계부국장 등의 인원수를 삭감하여 정원을 10명으로 하고, 사회교육위원과 공민관 운영위원의 겸임을 해제할 것

이 결정되었다.

나는 이것을 1998년 8월 야마나시(山梨)현 가와구치코(河口湖)쵸(町)에서 개최된 '제30회 관동(関東)지방 고신에쓰(甲信越)¹⁾ 시즈카(静) 공민관 연구대회'에서 보고했다.

> '우리 시는 다른 자치단체에 비해 많이 뒤쳐져 있었지만 노력한 결과 겨우 오늘에까지 이를 수 있었다. 공민관 운영심의회의 단독설치에 대해서는 지금까지 몇 번이나 검토한 결과 구조 재편성을 단행하면서 설치하기로 결정하였으며, 이는 사회교육법 제29조 제1항의 필치규정을 바탕으로 의논해 온 것이다. 이러한 우리 시의 입장에서 보면 "지방분권추진계획"과 "평생학습심의회(답신)"는 사실상 무의미하다는 느낌이 든다. 과연 지방분권이라는 이름 하에 자치단체의 공민관 제도를 교란시켜도 되는 것일까 하는 의문을 가질 수밖에 없다.'

보통 지방의 행정운영은 정부의 시책과 움직임에 영향을 받기 쉽지만 이번 마쓰도시의 경우는 조금 달랐다.

그 당시 정부는 '분권형사회의 창조'를 주장하면서 사회교육분야에 맹렬한 공격을 퍼붓고 있었다. '지방분권추진위원회'는 '국고보조를 받는 경우 도서관장의 사서 자격 요건의 폐지와 박물관 큐레이터 정원 수 규제의 완화, 공민관 운영심의회의 공민관장 임명 시 의견 청취 의무의 폐지, 공민관장·주사 전임요건의 완화, 공민관 운영심의회의 임의 설치' 등의 규제를 정하는 데 문부성을 끌어들여, 다음의 사회교육법 '개정'을 위해 지방분권 추진위원회가 적극적으로 나서고 있었다.

---

1) 역주 : 야마나시(山梨)현, 니가타(新潟)현, 나가노(長野)현 3현의 통칭

치바현 내에서는 이미 공민관 운영심의회의 통폐합을 결정한 자치단체도 나오기 시작했다.

마쓰도시의 공민관 운영심의회

1998년 6월 1일 단독으로 설치된 공민관 운영심의회의 제1회 회의가 개최되었다. 위원구성을 살펴보면, 1호 위원은 시(市) 내의 교장회로부터 추천한 자, 2호 위원은 동아리·단체의 대표자이며, 3호 위원은 학식경험자 중에서도 학급 및 강좌의 강사 경험자와 강좌공모에 의한 기획 준비 위원 등으로 모두 공민관과 어떤 연계로든 관계가 있는 사람들로 정하였다.

사회교육위원과 겸임하는 경우는 공민관이나 학급 또는 강좌와 거의 관련 없는 사람들이며 토의 내용은 공민관의 사업 내용보다 시(市) 내 전체의 사회교육에 대한 것이 중심이 되었다.

마쓰도시에서는 공민관 관할 하에 청소년 사회교육시설로 청소년회관을 선정하고, 그곳에서 활동하는 청년 동아리연락협의회의 청년 2명을 선발하기로 결정했다.

사회교육위원과 겸임하는 경우를 제외하였기 때문에 정원은 각각 10명으로 하였고, 남녀는 같은 비율을 차지하도록 하였다. 치바현 내에서는 여성 위원의 참가에 큰 힘을 쏟는 자치단체가 많아지고 있다. 공민관과 관련된 분야에는 압도적으로 여성이 많기 때문에 지극히 당연한 일이지만, 많은 노력을 기울이지 않으면 남성 위원이 다수를 차지한다는 점은 아직도 남성중심사회라는 사실을 반영하고 있으며, 이것은 앞으로 해결해야 할 과제일 것이다.

청년이 공민관 운영심의회의 위원으로 있는 곳은 아직 적은 것 같다. 이전에는 공민관의 일에 관여했던 주민 중 다수가 청년들이었으나, 현재는 공민관에서 청년의 모습을 거의 볼 수 없다. 미래를 창조해 나갈 청년들의 의견 표명의 장을 의도적으로 준비해 나가야 할 것이다.

마쓰도시에서는 최근 성인식의 실행위원과 청소년회관의 청년강좌 기획준비위원 등으로 청년들이 매우 활발하게 활동하고 있는 모습을 볼 수 있다. 공민관 운영심의회의 무대에서도 크게 활약하기를 바라는 바이다. 이번 청년 공민관 운영심의회의 위원은 연극동아리와 4H클럽 (농업청소년클럽)에서 선발된 청년들이다.

회의는 평일 야간과 토·일요일에 개최하여 청년들과 직장인도 참가할 수 있도록 하였다. 개최횟수는 3회로 적다고 할 수 있다. 자문에 응하여 조사 및 심의를 실시하고, 답신하는 과정에 있어 이 횟수는 너무 적다. 이는 위원 보수 등 예산과 관련된 과제를 남겨놓고 있어, 우선은 위원의 이해를 얻어 임시적으로 회의와 연수의 장(공민관 연구대회 등)을 마련하고 있다.

공민관 운영심의회에 관계된 예산은 공민관 운영심의회의 단독 설치 이후 그 액수가 증가하여, 보수·여비·수요비 등 전년도 예산에 46만 엔이 추가되었다. 재정상황이 어려워 마이너스 최고치가 계속되고 있는 시기에 공민관에 있어서는 좋은 소식이라 할 수 있다.

최근, 자치단체의 정보공개가 진행되고 있다. 사회교육, 그 중에서도 공민관에는 지역의 주민들에게 여러 가지 정보를 제공하고 학습활동을 할 수 있는 근원지로서의 역할이 요구되고 있다.

마쓰도시는 '공민관 운영심의회 방청 요령'을 작성하여 공민관 운영 심의회를 공개하고, 사전의 '홍보'로 개최 일시, 회장, 의안에 대한 문의 취지를 게재하였다. 유감스럽게도 지금까지 방청 희망자는 없다.

2000년 3월 공민관 운영심의회는 '마쓰도시 공민관 사업에 대하여— 평생학습대학 신설과정에 관한 제언(38, 39페이지 참조)'을 개최하였다. 마쓰도시에서는 처음으로 공민관 운영심의회가 제안한 것이었다.

'평생학습대학'은 종래의 '노인대학·고령자학급'을 합하여 명칭을 변경한 것이다. 이 명칭은 1985년의 수강생 참가로 결정되었다. 기획 단계부터 실행위원을 결성하고 내용을 구성하여 학습을 이어나가고 있다. 이른바 '자유대학'이라 할 수 있다.

이 '평생학습대학'은 입학 희망자가 계속 늘어나고 있는데, 현재 700명이나 응모하여 공민관 운영심의회는 어떻게 이 학습 요구에 응해 나갈 것인가에 대해 고민하고 있다.

'제언'은 평생학습대학 수료자를 대상으로 학습을 행동으로 옮기기 위해 필요한 힘과 실천력의 배양을 목적으로 워크숍을 도입한 소수 그룹 학습의 기회를 제공하였다.

공민관 운영심의회의 '제언'을 바탕으로 예산을 요구하여 보상비 등이 큰 폭으로 증가하였다. 자치단체의 재정이 어려운 상황 속에서 이루어진 예산 증가였다. 법으로 규정된 심의회의 결정에 의한 예산

요구는 설득력이 있다. 바로 공민관 운영심의회의 단독설치에 의한
성과라 할 수 있다.

치바(千葉)현 내 공민관 운영심의회의 설치 상황

'규제완화'와 '행정개혁' 등 이른바 자치단체의 구조 재편성이 추진
되고 있는 가운데, '구조 재편성'은 '재구축'의 의미이며, 지역사회
만들기·마을 만들기를 위하여 당연히 필요하다는 생각으로 마쓰도시
는 공민관 운영심의회를 단독으로 설치하였다.

1997년 공민관 운영심의회 필치 규정의 폐지 권고를 비롯하여, 다음
해의 '평생학습심의회' 답신, 그리고 1999년의 지방분권일괄법에 따른
사회교육법 '개정'이라는 흐름 속에서 현(県)내의 공민관 운영심의회
설치 상황은 다양한 동향을 보였으며, 사회교육법 '개정' 이후, 폐지와
통합의 움직임은 현저해졌다.

치바(千葉)시는 45개의 공민관 전관(全館)에 배치되어 있던 공민관
운영심의회를 6구역 당 1관의 중핵관으로 일원화하고, 450명의 위원을
90명으로 삭감시켰다. 후나바시(船橋)시도 25개의 공민관을 5개의 그룹
으로 나눠, 5개의 기간(基幹) 공민관에 각각 공민관 운영심의회를 배치
하였다(위원 정원은 40명으로, 그 이전과 같음).

폐지의 움직임은 히가시카사이(東葛飾)·가이소(海匝)·산부(山武)
·쵸세아와(長生安房)지구로 확대되어, 사회교육법 '개정'의 영향이 크

다는 것을 알 수 있다.

모바라(茂原)시가 공민관 운영심의회의 배치를 일원화하였기 때문에 현내에서는 하나의 공민관에 하나의 공민관 운영심의회를 배치한 곳은 이치하라(市原)시뿐이다.

그러나 일전에 시로이(白井)쵸·구쥬쿠리(九十九里)쵸 등은 공민관 운영심의회를 단독으로 설치했고, 나가레야마(流山)시는 회의횟수를 늘렸으며, 기사라즈(木更津)시는 위원 정원을 18명에서 20명으로 늘리고 앞으로 각 관에 배치할 수 있도록 조례를 개정하는 등, 활성화를 위해 크게 한 걸음 내딛기 시작했다.(『치바현 공민관사 Ⅱ』, 치바현 공민관 연락 협의회, 2002년, 『공민관의 나침반－공민관 운영심의회에 관한 조사·연구』, 치바현 공민관 연구보고 Vol.14, 2000년에 상세하게 기술되어 있음)

평생학습대학 신설코스에 관한 제언 마쓰도(松戸)시 공민관 운영심의회

제 언

1. 목적

종래의 평생학습대학은 문화의 격동적인 시대에 자신의 생활과제에 직면한 학습이 필수이고, 그것을 심화시키면서 고령자가 지역사회의 행동주체가 되는 것을 목적으로 한다. 그러나 '대학'이라는 이름에 걸맞은 내용의 커리큘럼을 제공하기는 하나, 수강희망자를 최대한 받아들이기 위해 회장(會場)능력의 한도까지를 정원으로 하는 등의 여러 제약 하에 '지역사회 내에서 행동하는 주체가 된다'라는 밀도 높은 강좌라고 말하기는 어렵다.

따라서 신설코스는 스스로 마을을 자신의 손으로 만들어 나간다는 이념 아래 평생학습대학의 취지를 보다 구체화한 '학습을 행동으로 옮기기 위해 필요한 힘, 실천력 배양'을 목적으로 한다.

2. 대상자

평생학습대학의 수료자로 한다. 단 학습의욕이 높은 시민의 참가를 얻을 수 있도록 노력한다.

3. 내용

첨부하는 '전체 테마와 내용'에서, 수강자의 요구사항도 반영하여 테마를 선택하여 실시한다.

전 커리큘럼은 전기(前期)와 후기(後期)로 나눈다. 전기는 강좌전체에 관련된 테마에 대한 학습을 실시하고, 후기는 그룹학습을 실시한다. 특히 후기에는 강의만이 아닌 야외조사나 워크숍 학습 등을 넣은 수강자의 상호학습과, 스스로 문제의 과제화가 가능한 학습을 배려한다. 수강수료자에 대해서는 수업리포트의 제출을 의무화하지는 않으나 어떤 형태든 학습 성과를 나타내는 작품 제출 또는 학습발표·보고와 같은 것을 실시한다.

평생학습대학은 그 긴 역사로 말미암아 수료자가 시 전역에 상당수 있는데, 수료연도가 각각 다르다는 점을 고려하여 공통이해·인식을 도모할 수 있는 내용으로 실시한다.

4. 모집내용

왕복엽서로 신청을 하도록 됐다. 기재요건은 다음과 같다.

① 이름 ② 연령
③ 성별 ④ 주소·전화번호
⑤ 평생학습대학 수료연도 ⑥ 응모동기

5. 정원

1그룹 당 15명, 6그룹(합계 90명)로 한다.

6. 개최회장

그룹학습의 활동형태 등으로부터 주된 장소는 야기리(矢切)공민관이 적당하다고 사료된다.

전체 테마	내용 (소주제)
1.마츠도(松戶)를 자세히 알아보자 2.마츠도(松戶)의 마을 만들기 3.지역에서 주체적으로 살아간다는 것은	1. 역사와 문화 　① 시내관광지도(상공관광과)와는 별도로 자신만의 관광코스지도를 만들어 본다. 　② 시의 내력과 변천사를 알아본다. 2. 자연과 환경 　① 마쓰도(松戶)의 수질(하천, 생활하수)환경 　　⇒생활의 검토 　② 쓰레기문제·재활용 이용 　　⇒생활의 검토 　③ 경관·녹지 지도⇒숲의 보존·형성 　④ 지구환경과 시민생활의 연쇄구조를 살펴본다. 3. 안전과 재해방지 　① 피난경로를 걸어보고 지도를 만든다. 　　(거치는 도로를 확인하면서 본다.) 　② 지역재해방지조직의 일원으로서의 마음가짐 4. 고령화 사회에서의 삶 　① 장수하는 식습관의 학습－시식·평가까지 　② 건강관리(몸과 마음)의 체험학습과 정리 　③ 고령자에게 필요한 법률지식 일람 　　(현행코스의 자료로서 활용가능) 　④ 배리어프리(Barrier Free)(실내·실외) 생활연구 　　ex. 고령자의 눈으로 본 마츠도(松戶)지도 5. 세대간의 교류 　① 전통놀이·전통풍습·마쓰도(松戶)의 방언 연구 　② ①을 바탕으로 지역의 어린이회, 학교와의 교류 6. 다문화공생사회 7. 자원봉사활동·상호부조

평생학습대학 신설코스의 전체테마와 내용

[표 1-3] 치바(千葉)현 내 '공민관 운영심의회'의 설치상황

연도	공민관 운영심의회의 동향
1997년	· 노다(野田)시 일원화 　　　　　　· 시로이(白井)쵸 단독설치
1998년	· 나가레야마(流山)시 횟수증대 　· 마츠도(松戶)시 단독설치 · 구쥬쿠리(九十九里)쵸 단독설치
1999년	· 기미쓰(君津)시 3구역 일원화
2000년	· 기사라즈(木更津)시 정원 수 증대 · 치바(千葉)시 중핵(中核) 공민관으로 일원화 · 후나바시(船橋)시 기간(基幹) 공민관으로 일원화 · 쵸시(銚子)시 폐지 ·가모가와(鴨川)시 폐지 ·나루토(成東)쵸 폐지 · 시바야마(芝山)쵸 폐지
2001년	· 모바라(茂原)시 일원화 　　　　· 가마가야(鎌ヶ谷)시 폐지 · 아비코(我孫子)시 폐지 　　　　· 히카리(光)쵸 폐지 · 도미우라(富浦)쵸 폐지

공민관 운영심의회의 의의와 앞으로의 과제

'공민관 운영심의회 제도에 새로운 생명력을'이라며, 야마자키 마사히데(山崎眞秀) 씨(전 고쿠분지(国分寺) 시장·당시 시즈오카(静岡)대학)는 '공민관 운영심의회제도를 중심으로 한 사회교육에 있어 주민참가의 법적 보장은 사법행정 영역의 검찰심사회제도와 함께 전후(戰後)의 민

주적 개혁 속에서 오늘날까지 지켜져 온 얼마 되지 않는 제도 중 하나이다. 이를 초심으로 더욱 발전시키는 것이 …(중략)… 민주주의 재창조의 세계적 태동에 연동하는 것이라고 할 수 있을 것이다. …(중략)… 공민관 운영심의회의 제도에 새로운 생명력을 불어넣는 것이 헌법·교육기본법체제의 형해화(形骸化)를 극복하는 현실적인 방법이며, 사회교육에 종사하는 모든 사람들의 역사적 사명·역할이라고 할 수 있다'며, '월간사회교육(国土社, 1990년 4월호)'의 책머리에 공민관 운영심의회의 법정적 의의를 헌법·교육기본법 '개정' 문제가 현재 도마 위에 올라 있는 2003년을 응시하며 주장하고 있다.

공민관 운영심의회의 발족 정신은 '각 지역주민의 전체의사에 따라 공민관을 설치하고, 운영하는 것(데라나카 사쿠오(寺中作雄),『공민관의 건설』)'으로, 공민관 위원회를 설치하여 '각 지역의 주민 선거에 의해 선출(문부차관 통첩, 1946)'한다. 그리고 공민관 위원회의 임무는 공민관 운영 계획과 구체적인 방법의 결정, 경비의 조달, 각종 단체와의 연락 조정, 공민관장·공민관주사의 선출 등, 실로 민주적인 것이었다. 이 공민관 위원회가 사회교육법에 의하여 공민관 운영심의회로서 설치된 것이다. 따라서 사회교육법 '개정'에 따른 공민관 운영심의회 기능의 취약화는 헌법·교육기본법체제의 붕괴와 연결되고 있다.

그렇다면 공민관 운영심의회 제도를 지키고, 각 지역의 지속적인 실천을 통하여 진정한 지방분권을 실현해 가기 위해서는 무엇이 필요한 것일까.

치바현 공민관 연락협의회의 공민관 연구위원회는 2000년 8월에

현 내에 공민관이 있는 시정촌(市町村)을 대상으로 공민관 운영심의회와 관련된 설문조사를 실시하였다. '공민관 운영심의회를 활성화시키기 위해서는 무엇이 필요할까'라는 질문에 대하여, 공민관 및 공민관 운영심의회에 대한 이해를 넓히기 위한 학습회의 개최·속마음을 터놓고 이야기할 수 있는 분위기 조성·공민관 운영심의회의 위원과 직원과의 일상적인 의견교환 및 인간적 교류·위원 공모제의 도입·임기 중 한 번은 자문할 것 등, '연구회·학습회의 기회 충실화', '회의 방법의 고안', '위원의 선출', '직원 측의 과제'에 대하여 제안하고 있다.(전게 『공민관의 나침반』)

사회교육법의 공민관 운영심의회 설치에 관한 조문이 임의 설치로 '개정'되어 현 내의 적지 않은 자치단체에서 조문을 변경하거나 혹은 폐지의 움직임을 보이고 있는 가운데, 공민관 운영심의회의 활성화를 위하여 많은 자치단체가 그 구체적 방법에 대하여 모색하고 있으며, 현 내의 공민관 운영심의회의 방향성에 대하여 기대하고 있다.

치바현에서도 공민관 직원의 인사이동 주기가 짧아지고 있다. 주민들의 얼굴을 기억하고 공민관 운영심의회의 위원들과 친해졌을 때 쯤 이동하게 되는 것이 현 상황이다. 다행히 치바현 공민관 연락협의회는 직원의 연수기회를 중요하게 생각하여 초임(1년)에서 관장연수까지 '주민이 주인공'임을 관철하는 자세를 강조하고 있으며, 공민관의 기본이념과 주민참가, 직원의 역할 그리고 공민관 운영심의회의 의의 등에 대한 학습의 장을 중요하게 여긴다.

또한 연구 활동도 중시하고, 모든 과제에 대하여 연구·토의하며,

보고서를 작성하여 각 공민관에 배부하도록 하고 있다.

치바현 공민관 연락협의회에서 이루어지고 있는 이러한 일련의 활동 속에서 주민이 주체가 되는 공민관의 바람직한 모습을 추구함과 동시에 공민관 운영심의회의 활성화를 위해 노력할 것을 현 내의 공민관 전 직원에게 강조하고 있다.

이는 '공민관 연락협의회'의 존재가 흔들리고 있는 도도부현(都道府 県)에 실제로 큰 역할을 하고 있다.

공민관의 근본이념을 무너뜨리려는 정책과 공격이 가해지고 있는 오늘날, 치바현 공민관 연락협의회에 모인 직원들의 상호적인 배움이야 말로 주민자치를 지키고 발전시키는 큰 힘이 될 것임에 틀림없다.

다카세 요시아키(高瀬義彰)

제1장 **5** 자치와 문화를 육성하는 공민관의 과제

지역문화의 창조와
공민관

전후(戰後) 사회교육의 〈초심〉에 바탕을 둔 지역문화 창조

교육기본법의 '개정' 문제로부터 상징되듯, 현재는 전후(戰後) 교육
의 큰 전환의 시기를 맞이하고 있다. 이러한 상황 속에서 먼저, 교육기본
법과 사회교육법에 나타나 있는 전후(戰後) 개혁기의 사회교육의 기본
이념, 이른바 그 '초심'이라고 할 수 있는 것을 명확히 해둘 필요가
있지 않을까. 평화와 인권, 국제연대의 정신, 교육의 자유와 평등의
원칙과 함께 문화의 창조 또한 전후(戰後) 개혁기의 중요한 교육이념
중 하나였다. 교육기본법의 전문에는 '보편적이면서도 개성이 풍부한

문화의 창조를 지향하는 교육'의 철저한 보급이 강조되고 있고, 제2조에는 '학문의 자유를 존중하고, 실생활에 입각해서 생각하며, 자발적 정신을 양성하고, 자타의 경애와 협력에 의하여 문화의 창조와 발전에 기여한다'라는 문구가 교육의 기본방침으로 명시되어 있다. '평화국가', '문화국가'라는 새로운 나라 구축의 이상을 실현함에 있어서 '교육의 힘'은 그 근본을 이루어야 하는 것으로 기대되고 있다. 문화와 교육을 하나로 파악하고, 문화 창조의 주체 형성을 교육의 목적으로 삼은 것은, 초대 문부대신이었던 모리 아리노리(森有礼)로 대표되는 '학문·문화와 교육은 별개'라는 교육관으로 일관하던 메이지(明治) 이후의 일본 교육을 근본적으로 바꿀 수 있는 가능성을 지닌 것이었다.

문화와 교육을 하나로 파악하는 전후(戰後) 개혁기의 교육 이념은 사회교육에서도 일관되었다고 볼 수 있다. 예를 들어 사회교육법 제3조에는 '모든 국민이 모든 기회, 모든 장소를 이용하여 스스로 실제생활에 맞는 문화적 교양을 높일 수 있는 환경을 양성한다'는 조문이 정부·지방공공단체의 임무로 규정되어 있다. 또한 전후(戰後) 초기 공민관 구상의 작성에 관여한 중심인물인 데라나카 사쿠오(寺中作雄)는 사회교육의 새로운 방법으로서 '영화, 슬라이드, 그림 연극, 방송, 회화, 사진, 도표 그 외 여러 종류의 문화적 기자재를 이용하는 방법'의 중요성을 지적하고, '연극, 미술, 음악 등의 예술적 분위기를 수반하는 것이 효과적이다'라고 언급했으며, 문화·레크리에이션·예술 활동과 사회교육의 밀접한 관련성을 강조하였다(데라나카 사쿠오, 『공민관의 건설』, 1946). 긴 전쟁으로 매우 황폐해진 지역사회를 재건하고, 지역주민이 '실제생활에 맞는 문화적 교양'을 쌓아가는 과정에서 문화예술 활동은 하나의 중요한 방법으로 자리 잡을 수 있었던 것이다.

또한 국제적인 시점에서 보면, 1948년 UN총회에서 채택된 세계인권선언에서는 제26조의 '교육에 관한 권리'와는 별도로 제24조 '노동시간의 제한·휴식의 권리', 제27조 '문화생활에 관한 권리'가 규정되어 여가를 즐기고, 예술문화 활동을 향수·창조하는 행위가 기본적인 인권으로 자리 잡았다. 그리고 이 규정은 1966년 UN에서 채택된 경제적, 사회적, 문화적 권리에 관한 국제규약의 제15조 '문화에의 권리'로 결실을 맺어, 이 문화 권리의 이념이 국제적으로 발전·정착되어 간다. 이 '문화에의 권리'는 교육의 권리와는 상대적으로 구별되는 독자적 권리이지만, 교육권·학습권과 밀접한 관계를 가진 권리로 파악해야 할 것이다.

이와 같이 전후(戰後) 사회교육의 '초심'은 교육과 문화가 밀접한 관계를 가진 것으로 파악하였고 국제적인 수준으로 보아도 문화의 향수와 창조를 하나의 기본적인 인권으로 정착시키려는 노력이 이루어지고 있었다. 그러나 그 후의 일본 사회 교육의 발자취를 더듬어 보면 이러한 '초심'을 충분히 발전시켰다고는 말할 수 없는 상황이다. 정부·자치단체 행정의 새로운 과제로서 '문화'가 주목받기 시작하고 문화와 사회교육과의 관계가 사회교육 관계 분야에 종사하는 사람들 사이에서 관심을 끌게 된 것은 '경제대국' 만을 지향하며 힘차게 전진해 온 일본사회의 일그러진 모습이 현저하게 드러난 1970~1980년대였다. 그 배경은 무엇이고 그것이 묻고 있는 '지역문화'의 질이란 것은 어떠한 것이었는지 다음에서 검토해 보자.

'문화의 시대'의 도래와 지역문화 창조에의 관심 고조

고도경제성장을 거쳐 저성장시대로 옮겨간 1970년대 후반~1980년 대의 시기는 '문화의 시대', '지방의 시대'라는 슬로건에 나타나 있는 것처럼 중앙집권적인 경제성장 지상주의의 개발정책이 재검토되기 시작한, 전후(戰後) 일본에 있어서의 큰 시대적 전환기였다. 사회교육 분야에서 '지역문화의 창조'라는 테마가 주목받은 것도 이러한 새로운 시대의 흐름과 관계있는 것이었다. 구체적인 배경으로는 다음의 3가지 사항을 들 수 있다.

첫째는 1960년대 후반부터 퍼지기 시작한 오야꼬(부모와 자식)극 장[1] · 오야꼬영화[2] · 지역문고 등, 지역에 정착한 어린이 문화의 보급 · 창조 운동에 따른 영향이다. 50년대 후반부터 시작된 고도경제성 장은 문화 영역에도 큰 영향을 주어 이윤제일주의의 자본의 논리에 의해 양질의 문화가 버려지거나, 문화를 보호하고 창조하는 기반인 지역사회가 급속한 개발과 도시화에 의해 파괴되기 시작하였다. 이렇게 새로운 세대를 키워 나가는 지역사회 · 지역문화가 일그러지고 있는

---

1) 역주 : 부모와 자식이 함께 연극을 감상하거나 다른 가족들과 여러 활동을 함께 하면서 어린이의 감성을 풍부하게 하는 것을 목적으로 하는 단체의 명칭. 오야꼬(親子)의 의미는 부모와 자식.
2) 역주 : 부모와 자식이 같이 영화를 보고 즐기는 활동.

것에 대한 저항으로 시작된 것이 오야꼬극장을 비롯한 지역문화운동이
었다. 이것은 이른바 어린이 권리조약의 제31조 '휴식·여가, 놀이,
문화적·예술적 활동에의 참가'의 정신을 따르는 일본의 진취적인 실
천운동이었다고 할 수 있을 것이다.

둘째는 자신의 역사·지역역사학습 등 자신의 삶과 지역의 역사를
돌아보고 발굴하여 기록하는 학습문화운동의 확산이다. 전쟁체험과
공습의 기록화, 아이누민족·재일한국인·재일조선인 등 차별과 억압
으로 고통 받아 온 사람들의 생활사 기록, 전쟁의 가해자로서의 체험
기록화 등, 가혹한 고통으로 얼룩진 '과거의 기억'을 떠올려 기록화하고
다음 세대로 계승하는 작업이 이 시기에 진행되었다. 일찍이 1950년대
생활기록운동의 지도적인 존재였던 스루미 카즈코(鶴見和子)는 70~80
년대를 '다양하고 새로운 모습으로 생활기록운동이 되살아나고 있다'
는 생활기록운동의 '재생기'로 보고 있다(생활기록운동의 전후와 현재,
'국민문화', 1986년 1월호). 이와 같은 작업은 바로 '사람들을 흐름에 따라
가는 객체에서 스스로 역사를 만드는 주체로 바꿔나가는' 학습(유네스코
학습관 선언)이고, 지역문화를 뿌리 깊게 일군다는 의의를 가지고 있었다.

셋째는 이 시기에 정부·지방자치단체의 문화행정이 새로운 전개를
보여, 종래의 사회교육행정과의 관계성에 대해 논의되어 가는 것이다.
1968년에 정부의 문화행정주관 조직인 문화청이 창설되었고, 70년대
에는 도도부현(都道府県) 지사부국에 직속하는 형태로 문화진흥실과
문화국 등의 명칭으로 문화행정을 담당하는 부서가 설치되어, 문화행정
에 관한 자치단체간의 교류와 연락을 위한 회의도 개최되기 시작했다.

그리고 80년대 이후에는 문화시설의 설립, 문화이벤트의 개최, 지역문화를 살린 마을 만들기, 문화진흥조례의 제정 등과 같은 시정촌(市町村)에서의 문화행정 실천이 활발히 이루어지고 있다. 이러한 가운데, 자치단체 문화행정과 사회교육행정의 관계를 어떻게 생각해야 할 것인가에 대한 문제가 사회교육 관련 분야에 종사하는 사람들 사이에서 논의되어 왔다.

현대의 지역문화 창조와 공민관의 과제

21세기를 맞이한 현재, '지역문화를 창조한다'라는 의미에 대해 생각해보고 공민관이 해야 할 고유의 역할과 의의를 고찰해 보자.

첫 번째로 주목하고 싶은 것은 사람의 자립과 자기변혁에 있어서 문화활동과 표현활동이 중요한 의미를 가진다는 사실이다. 글짓기, 노래, 연기－이러한 자기표현 활동에는 다양한 만남과 발견의 경험이 담겨있다. 예를 들어 최근 중년 이상의 세대에서 성악·합창·피아노 등 음악활동에 열중하는 사람이 늘고 있다. 매년 연말에는 시민 누구나가 각지에서 베토벤의 '교향곡 제9번'을 합창하고 있다. 지금까지는 전혀 음악과 인연이 없었던 사람이 이러한 경험을 통하여 자신의 세계를 넓히고, 평생학습으로서 음악활동을 지속적으로 해 나가는 예가 많다. 히노(日野)시에는 공민관이 개설한 '고령자의 신체표현 강좌'에서 발전시킨 고령자 극단 '곳타니(ごったに)'라는 그룹이 있다. 이 강좌를

구성한 사회교육직원은 강좌의 의도를 '오랫동안 잊혀졌던 "소꿉놀이"의 장을 고령자들에게 공민관 강좌를 통하여 체험할 수 있도록 하고 싶었다'고 말하며, '소꿉놀이'의 경험은 '또 다른 자신의 존재에 놀라고 다른 자신의 모습을 재발견하며, 새롭게 자신을 보고, 불가능했던 것에 대한 도전 정신이 생겨나는' 기회가 된다며 그 의의를 설명했다(사토 아키오(佐藤章夫), '연극 강좌를 기획하고', 『고령화 사회와 고령자 학습을 생각하는 세미나 보고서』, 1997). 표현활동은 이렇게 새로운 자기 자신과의 만남과 재발견, 자기변혁으로의 힘을 창조하는 계기를 지닌다.

두 번째는 지역사회 구축, 지역의 자발적인 발전에 지역문화가 가지는 의미가 주목된다는 것이다. 70년대 말~80년대에 걸쳐서 지역에 정착한 산업, 문화, 지역의 고유한 자연과 풍토·경관, 역사적 건조물과 전통적인 문화유산을 중요시하면서 지역사회의 개성적인 발전도모를 이론적·실천적으로 추구해 왔다. 이러한 '자발적인 지역사회 구축'의 열쇠로 주목받은 것이 지역문화였다. 매년 여름에 사회교육추진 전국협의회의 주최로 열리는 연구집회의 '지역문화의 창조와 사회교육' 분과회의 실천 리포트에서는 최근 수년간 이러한 지역 구축과 관련된 문화활동의 사례가 보고되고 있다. 고베(神戸)에서 열린 집회에서는 효고(兵庫)현의 나카(中)쵸라는 인구 3만명 정도의 자치단체의 문화회관 활동이 주목받았다. 이곳에는 회관의 자주적인 사업을 기획·운영하는 주민참가의 운영평의회, 무대의 뒤를 담당하는 자원봉사 오퍼레이터 클럽, 회관 동호회 등, 회관 활동을 지원하는 몇 개의 주민조직이 있다. 그리고 자주사업의 일환으로 지역의 특산품인 쌀 '야마다 니시키(山田錦)'에서

연유한 '일본주(酒)의 날 콘서트'와 주민의 기획제안에 따라 사업을
하는 등, 지역에 정착한 회관 활동이 활발히 진행되고 있다(제37회 사회교
육연구 전국집회자료집, 「일본의 사회교육실천·1997」). 또한 에히메(愛媛)의
이소자키(五十崎)쵸에서는 '요모다 학원'을 중심으로 마을 만들기 운동
이 진행되었으며, 마을에 흐르는 오다(小田)강의 하천개수공사를 계기
로 '아름다운 강'을 만들기 위한 활동이 진행되었다. 이 아름다운 강
조성을 위한 과정에서 국내·국제 연수여행과 국제하천심포지엄이
기획되는 등의 운동도 널리 전개되어 갔다. 이는 바로 '아름다움'이라는
가치를 축으로 한 지역 구축(미적 연대) 운동이었다고 할 수 있을 것이다
(다무라 아키라(田村明), 『마을 만들기의 실천』, 이와나미신쇼(岩波新書), 1999).

세 번째는 지역에 '평화의 문화'를 펼쳐간다는 과제를 들 수 있다.
2000년은 '평화의 문화국제의 해'로서 UN과 유네스코 등 여러 가지
국제기관의 활동을 볼 수 있었다(「일본의 과학자」, 1999년 11월호에서는
'평화의 문화'에 관한 특집을 실었다). 또한 1998년 UN총회의 결의에서
2001년~2010년을 '세계 어린이를 위한 평화와 비폭력의 10년'으로
정하였고, 현재 세계 각지에서 '평화의 문화' 창조활동을 위한 노력이
계속되고 있다. '평화의 문화'는 종래의 '전쟁에 대립하는 평화'라는
개념을 넘는 넓은 의미를 가진 것이다. 여기에는 생명·인권의 존중,
대화와 민주주의, 지속 가능한 개발, 남녀평등, 정보공개, 문화적 다양성
의 존중 등 가치관·태도·행동양식·생활양식이 포함되어 있다. 이
러한 제기의 배경에는 '전쟁과 폭력, 환경파괴의 세기'였던 20세기의
경험을 깊이 반성하고 21세기를 '평화·비폭력·자연과의 공존'을

실현하는 시대로 만들고 싶다는 인류적인 바람이 담겨 있다. 앞으로의 '지역문화'의 방향을 생각함에 있어서도 이러한 시점은 불가결한 것이라고 생각한다. 지역 속에 묻혀 있는 전쟁의 상처 자국을 드러내거나 여성·재일한국인·재일조선인·오키나와 사람과 아이누족 등 차별과 억압 속에서 고통받은 사람들의 권리 획득과 해방의 역사를 지역 속에서 찾는 것은 '평화의 문화'를 사람들 사이에 뿌리 내리게 하는 데 중요한 역할을 할 것이다. 또한 10년에 걸쳐 계속되고 있는 '뮤지컬 I LOVE 헌법'은 약물오용으로 인한 에이즈·의료와 인권·전후(戰後) 50년·원폭 50년·기업구조조정에 의한 해고·종군위안부·조선인 강제연행·고베 대지진·오키나와의 기지문제 등, 여러 가지 당시의 평화와 인권에 관한 테마를 주제로 삼아 뮤지컬이라는 표현예술로 결실을 맺고 있다. 참가자의 세대와 직업은 실제로 매우 다양한데, 그러한 차이를 넘어 하나의 사회적 테마를 찾아 예술로 창조해 가는 과정은 실로 '평화문화' 창조의 실천이라고 할 수 있다.

2001년 12월에 공포·시행된 '문화예술진흥기본법'은 일본 문화행정의 기본이념과 정책지침을 나타낸 것으로 주목받았는데, 이는 지역문화의 창조를 목표로 한 사회교육에서도 중요한 의미를 가지고 있다. 유럽의 많은 나라에서는 제2차 세계대전 후, 복지국가라는 이념에 바탕을 둔 나라 건설에 있어 문화를 중요한 요소로 생각하여, 자유권과 사회권이라는 두 측면에서 국민의 문화권이 보장되어 왔다. 일본에서는 1960년대 이후, 지역민중의 문화운동이 진행되었고 정부·자치단체의 문화행정도 1970~1980년대에 걸쳐서 급속히 진전되었다. 그러나 문화의 향수와 창조를 국민의 기본적인 인권으로 파악하는 의식은 아직 충분히 자리 잡았다고는 할 수 없는 상황이다. 자치단체 레벨에서의 문화진흥조례 제정의 움직임도 조금씩 진행되고 있다고는 하나, 그것은 아직 손에 꼽을 정도로 적다. 문화예술진흥기본법도 그 배경에 예단협(일본예능실연가단체협의회)의 오랜 기간에 걸친 연구와 운동, 그리고 문화운동단체의 정책 형성을 지향하는 노력이 있었다고는 하나, 같은 의원 입법으로서 제출된 NPO법과 비교해 보면 시민적인 논의가 극히 불충분하였다. 그 결과, 당초 제출된 법안에는 문화권의 시점이 애매했으며 '국가는 자금제공을 하지만 그 배분에 관해서는 전문가에게 맡긴다'는 영국 문화정책의 중요한 이념인 '팔길이 원칙(arm's length principle)'도 명확히 나타나지 않았다. 이러한 문제점은 국회의 심의 과정에서 수정되었다고는 하지만 이 법의 이념을 실질화하기 위해서는 지역 시민들의 학습과 논의가 불가결할 것이다. 지역의 문화창조와 문화행정에 관한 시민들의 학습과 논의 장소의 구축도 앞으로의 공민관 활동에 주어진 커다란 과제일 것이다.

구사노 시게유키(草野滋之)

'공민관의 노래(자유의 아침)'
미나미보소(南房總) 다테야마(館山)의 한 작사가로부터의 메시지

'평화의 봄, 새로이 향토를 부흥시키는 기쁨도 공민관의 모임에서'

공민관의 구상이 확립되고 어느덧 반세기. 여전히 전국에서 불리고 있는 노래가 있습니다. 사회교육진흥이라는 호소와 함께 그 거점으로서 전국 각지에서 첫 걸음을 내디딘 공민관. 그 선동역할을 한 '공민관의 노래'에 담겨 있는 작사가의 이야기입니다.

일본 사회교육의 여명기를 담당한 것이 공민관 활동인데, 1945년 문부성(현재의 문부과학성) 내에서 공민관의 구상이 검토된 것이 그 시작입니다. 1946년 7월, 문부성차관의 통첩에 의해 '공민관의 설치'가 장려되었고 이로 인해 9월에 '공민관설치촉진중앙연맹'이 결성되었습니다. 다음해인 1947년, 이 연맹은 마이니치신문사와 협력하여 문부성의 후원으로 공민관 활동의 이념을 나타내는 '공민관의 노래'의 가사를 전국에 공모했습니다. 거기에는 무려 1017편이나 되는 응모가 있었습니다.

가와바타 야스나리(川端康成)를 비롯하여 문부성, 동경음악학교 등에서 조직된 심사위원단의 심사 결과 최고상으로 뽑힌 것은 치바(千葉)현 다테야마(館山)시의 교사, 야마구치 신이치(山口晋一) 씨의 작품이었습니다.

보소(房總)반도의 최남단에 위치하며, 사계절마다 자랑할 만큼 꽃이 많이 피는 미나미보소 다테야마. 전원 풍경이 펼쳐져 있는 산간의 밭에서 농사에 힘쓰고 있는 야마구치 씨의 모습이 있습니다. 당시 43세. '어린 시절부터 책 읽는 것을 아주 좋아했습니다. 단가(短歌), 와카(和歌), 시, 하이쿠(俳句)와 노래를 무엇보다도 좋아합니다. 언제나 농사일을 하면서 노래를 만듭니다.'라고 말하는 야마구치 씨. 밭이 작사의 무대. 좋은 가사가 떠오르면 바로 집에 돌아와 광고지의 뒷면에 적어 두는 것이 일상. 그러한 평범한 생활 속에서 '공민관의 노래'가 태어났습니다.

1947년 '교육과 사회' 6월호에 가사의 당선결과가 발표되었습니다. 수상 당시, 야마구치 씨는 '이번 입선은 저에게도 물론 기쁜 일이지만 이것이 공민관의 설립을 위한 추진력에 도움이 된다면 더욱 더 기쁠 것입니다. 농·산·어촌에 밝은 문화가 확립되어 가기 위해서는 무엇보다도 공민관과 같은 기관이 필요하다고 생각합니다. 교육자로서 공민관의 설립을 위해 모든 노력을 쏟고 싶습니다.'라고 전하고 있습니다.

이 말대로 1949년에 사회교육법이 제정되고 이후 전국에 공민관이 만들어지기 시작했습니다. 바로 이 노래가 추진력으로 작용하여 1951년에는 전국공민관연락협의회(현 사단법인 전국공민관연합회)가 결성되고, 다음 해 전국공민관 대회가 열리는 등 일본의 공민관 활동은 사회교육의 초석으로 정착되었습니다.

공민관이 창설된 이래 반세기. 시내 이곳저곳에서 색깔 고운 꽃이 피는 3월, 다테야마시 중앙 공민관에서는 서클 페스티벌이 성대하게 거행되었습니다. 야마구치 씨가 밭에서 그린 '공민관의 모임'에서 싹을 틔운 '마음의 꽃'은 이곳 다테야마의 땅에서도 계속해서 자라나고 있습니다. '공민관의 노래'는 다음과 같은 가사로 끝맺고 있습니다.

'향토에서 살아가는 즐거움도 공민관의 모임으로부터. 단란한 한 때에 내일을 향한 힘을 기르자.'

'공민관의 노래'는 전국공민관연합회 홈페이지에서도 소개되어 있습니다. 한 번 들러주세요.

야마구치 타카시(山口 孝)

제**2**장
지역사회를 창조하는 자치와 협동 학습

제2장 **1** 지역사회를 창조하는 자치와 협동 학습

모두를 위한
공간 만들기

공민관에서 근무하며 마음에 걸렸던 점이 있다.

공민관 입구에는 '오늘의 일정'이라고 해서 단체 예약한 동아리의 이름이 나열되어 있다. '제1회의실·오전 중·영어회화 동아리'와 같은 내용을 매일 아침 써넣는 것이다. 그리고 입구 근처에서 무언가를 찾고 있는 듯한 시민을 발견하면 '무슨 일이십니까?'라고 웃는 얼굴로 물어보거나 한다.

시민 서비스의 공간인 공민관은 역시 친절하구나 하고 생각하는

한편, 뭔가 이상한 기분도 든다. '무슨 일이십니까?'라는 말의 이면에 공민관은 '용건이 없으면 올 수 없는 장소'와 같은 울림이 느껴지기 때문이다.

이전에 고령자 간호 부서에서 근무했을 때 '어디가 불편하십니까?'라는 말을 그만 습관적으로 해버려, 오히려 '불편하지 않으면 와서는 안 됩니까?'라는 반문에 식은땀을 흘린 적이 있다. 누구에게나 찾아오게 마련인 노후의 대비와 관련해 어떤 간호 제도와 기기가 있는지 궁금해서 한 번 들러 본 것으로 '팸플릿이나 한 장 받아 갈까', '자원봉사센터에서 관계직원과 세상 돌아가는 이야기나 해볼까'라고 생각하고 있었는데 '어디가 불편하십니까?'라는 말은 당치도 않다며 그 시민은 웃어버렸다.

생각해 보면 공민관은 복지의 창구이다. 간병인을 필요로 하는 가족들도, 뭔가 봉사할만한 일을 찾고 있는 학생도, 특별한 용건이 없는 사람도 모두 마음 편하게 들를 수 있어야 한다는 사실을 그 시민을 통해 배우게 되었다. 당연한 일을 그 시민을 통해 새삼스럽게 깨닫게 된 것은 한심하지만, 그 당연한 일을 매일 근무하는 중에 의외로 쉽게 잊고 있다는 것을 느꼈다.

공민관 운영심의위원회로부터의 답신(答申)

내가 근무하고 있는 나가레야마(流山)시 중앙 공민관은 개관한 지 30년이나 되는 낡은 구조로 요즈음의 공공시설과는 달리 여유 공간이 거의 없이 회의실밖에 없어, 그 회의실을 댄스, 꽃꽂이 등의 동아리가 예약하고 사용하는 것이 대부분으로, 그냥 들러서 다른 사람들과 이야기를 나누거나 혼자 와서 책을 읽거나 할 수 있는 공간이 없었다.

마침 『공민관에서 배운다－자기개발과 마을 만들기』가 발간된 1998년, 그때까지 연 3회 개최되고 있던 공민관 운영심의위원회를 연 8회로 늘려 공민관 사업의 방향을 재검토하게 되었는데, 그 중에서 당시 가장 강하게 요구되고 있던 사항이 '마음 편하게 방문할 수 있는 공간 만들기'였다.

예를 들어 도서관 병설의 공민관이라면 혼자 가볍게 들러서 신문을 읽고 돌아갈 수도 있고, 아동센터 병설의 공민관이라면 문득 생각나서 부모와 아이가 함께 놀러 올 수도 있지만, 30년 전에 세워진 공민관에는 그러한 공간이 없었던 것이다.

공민관 운영심의위원회는 다른 기관이나 단체와 제휴하여 공민관이 교류마당의 역할을 수행하도록 하겠다는 사실을 답신에 넣었다.

공민관 운영심의위원회에 국제교류협회에 소속되어 활약 중인 위원이 있어 일본어강좌의 화제에 오르게 되었다. 일본에 시집 온 외국인 여성들은 일본어를 열심히 배우다가도, 아이가 태어나면 같이 배우고 있는 사람들에게 방해가 될까봐 결석하고 만다는 것이다. 아이를 데려와 이야기를 나눌 수 있는 장소가 있었으면 한다는 이야기였다.

국제교류마당의 탄생

특정한 주제가 있는 것도 아니고, 참가도 자유지만 정기적으로 어학 자원봉사자가 있는 장소를 만들면 좋겠다는 이야기를 들었을 때 문득 떠오른 것이 당시 직원들끼리 개최하고 있던 '수요마당'이었다.

수요마당은 평생학습분야에 종사하고 있는 직원들이 근무 후에 자유 롭게 모여 이야기를 나누고자 만든 모임이다. 직원들도 한 번 공민관 이용자의 입장이 되어보자는 생각에서 정기적으로 '그곳에 가면 누군가 가 있는' 장소를 만들어 업무에 관련된 정보와 의견을 교환해 왔다. 공민관 근무 일 년째인 나에게는 선배 직원으로부터 여러 가지 체험담 을 들을 수 있는 기분 좋은 장소였다.

그것을 힌트로 '국제교류마당'이 탄생했다. 명칭은 조금 과장된 느낌 도 있지만, 공민관 측에서 정기적으로 방을 확보해 두면 국제교류협회 의 어학봉사자들은 그곳에 있어 주었으면 하는 정도의 대략적인 내용으 로 출발했다.

아이가 태어나면 어학공부는 지속되기 어렵지만, 일상생활에서 필요 한 정보는 이전보다 더욱 늘어나게 마련이다. 소아검진은 언제 어디서 해야 하는지, 유아원은 어디가 좋은지 등 이러한 정보교환의 장에 아이 를 데리고 마음 편하게 이야기하러 와 주었으면 하는 기획이었다.

국제교류마당은 단지 대화만 나누었던 다과회에서 출발하여 '오늘은 우리 조국의 가정요리를 먹으면서 이야기해요'라든지 '다음엔 우리 조국의 음악을 들으면서 티타임을 즐겨요'와 같은 분위기로 발전하여 참가하는 모자도 늘어가고 있다.

그러나 이것만으로 재일외국인의 어려움이 해소되지는 않았고, 일본어를 배우는데 있어서 어린 아이가 문제가 된다는 현실은 변함없었다.

보육실의 필요성

30년 전에 세워진 낡은 공민관에는 지금이라면 어느 공민관에나 당연히 있는 놀이방과 같은 장소가 없다.

그래서 젊은 어머니들을 대상으로 여성학급 등의 프로그램을 개최하는 경우에는 어머니들이 강좌를 받고 있는 회의실 외의 방을 사용하여 아이를 돌봐 주기로 하였으나, 장소가 없다는 것은 그 장소에서 활동할 인재가 양성되고 있지 않다는 이야기도 되어, 공민관에는 보육봉사자가 없다.

현(縣) 내의 평생학습자원봉사센터에 상담하여 다른 시로부터 보육자원봉사자를 파견 해 달라고 요청하여 겨우 사업을 조직하고 있는 상황이라 도저히 매주 개최하고 있는 일본어강좌의 보육을 부탁할 수 있는 상황이 아니었다.

여담이지만 여성학급의 보육은 공민관에서 매일 활동 하고 있는 프렌드스테이션이라는 단체의 초·중학생들이 몇 번이나 스스로 아이들을 돌보아 주는 일을 해 주었다. 그 초·중학생들은 어떠한 사정으로 인하여 학교에 갈 수 없게 된, 소위 등교거부아동·학생들로 공민관의 두개의 방을 프렌드스테이션이라는 이름으로 개방하여, 학교교육부의 직원이 관여하고 있다. 저출산화로 인해 어린 아이들과 접할 기회가 적은 초·중학생들이 방에서 아이들과 함께 놀고, 안아서 재우고 하는 모습을 보고 마음의 따스함을 느낀 적이 여러 차례 있었다.

육아마당의 기획·운영

여성학급에서는 육아 노이로제와 유아학대, 공원데뷔[1] 등의 키워드를 배경으로 육아 중인 여성을 위한 강좌를 개최해 왔지만, 강좌가 끝난 후의 지원은 어떻게 할 것인가가 언제나 과제로 남아 있었다.

'공민관 사업을 통해서 모처럼 맺게 된 인연인데 앞으로도 정기적으로 만날 수 있는 장소가 있었으면 좋겠다'는 수강생의 의견을 반영하여 그러한 장소를 만들자는 분위기가 고조되었다. 수요마당, 국제교류마당에 이은 '육아마당'의 탄생이었다.

특별한 것은 아니라도, 그곳에 가면 육아에 대한 고민이나 불안감을 가지고 있는 비슷한 사람들이 있으니 함께 이야기하자는 취지로 회의실을 확보하여 의기양양하게 개최 첫 날을 맞았다. 그러나 참가자는 한 쌍의 모자뿐. '감기가 유행 중이라 그런가', '오늘은 춥기도 하고'라고 말하면서 한 쌍이라도 참가해 주었으니, 그 한 쌍이 친구들을 불러준다

---

1) 역주 : 어머니가 아이의 친구를 만들어주기 위해 공원 등 사람이 많이 모이는 곳에 아이를 데리고 나가는 것

면 다음에는 참가자가 단번에 배로 늘어날 것이라고 스스로를 격려해 가며 암중모색하는 나날들이었다.

자원봉사자의 필요성

일본어교실과 여성학급에서 가장 절실했던 것이 바로 보육봉사자이다. 공민관 운영심의회에서도 자원봉사자 등의 인재육성과 활용이 지적되고 있었다. 우리 시(나가레야마시)의 경우 도서관에는 도서관자원봉사조직이 있어 그림책 읽어주거나 도서정리 등의 일을 하고 있었고, 박물관에는 향토사를 연구하는 자원봉사조직이 있었다. 또 체육관에도 커뮤니티스포츠를 지도 보급하는 자원봉사조직이 있었다.

도서관은 '책'을 매개로 하는 자원봉사활동, 박물관은 '향토사'라는 일면에서 시작되는 활동, 체육관은 '가벼운 스포츠'라는 형태로, 전문적 사회교육시설은 그 전문성 덕에 자원봉사자가 자신의 재능여부에 따라 참여하기 쉬운 면이 있지만, 공민관과 같은 종합적 사회교육기관에서는 인재활용을 명확히 하기가 어려운 면이 있었다.

그래서 '보육'에 한정한 자원봉사자 양성강좌를 개최하여 그 수료생들이 보육봉사자 활동을 조직·운영해 가는 것으로 하였다. 2000년 1월 개강, 마침 세계자원봉사자의 해가 시작되기 일 년 전이었다.

수강중의 보육문제에는 일본어교실과 여성학급이라는 절박한 과제도 있었지만, 그뿐만 아니라 보육조건 강좌에서의 설문조사 결과 등에도 문제는 드러나 있었다. 설문조사에 '앞으로 어떠한 내용의 강좌를 원하십니까'라는 질문이 있었는데, 그 질문에 대한 답변으로 '아이만 맡아준다면 어떤 내용이든 좋다'라는 답변이 있었다. 핵가족화와 직주분리(職住分離)로 인해 육아를 어머니 혼자 떠맡게 되어, 24시간 아이와 붙어 있어야 하는 젊은 엄마가 적지 않은 현재에는 어쩔 수 없는 현상인지도 모른다.

그 설문조사 결과로 보아 어머니들의 육아로부터의 일시적 해방이라는 측면뿐만 아니라 아이에게도 항상 엄마와 둘이서만 있는 때가 많아 '아이들끼리 여럿이 어울려 노는' 기회가 적은 것은 아닌가 하고도 생각해 보았다.

다행히 보육봉사자 양성강좌에는 여러 훌륭한 분들이 참가하여, 강좌 종료 후에는 보육봉사단 '양지(ひだまり)'가 조직화되었다. '양지(ひだまり)'의 멤버들은 그 해 4월부터 일본어교실에서 유아 보육을 시작했다. 다만 방에서 아이를 돌본다고는 해도 회의실이 보육용으로 되어 있을 리 없어, 위험을 방지하는 차원에서도 전문적인 보육공간을 설치하자는 이야기가 진행되었다.

그때까지 흡연실이었던 곳을 금연화의 풍조에 따라 칸막이로 나누고, 예산이 없으므로 '집 안 구석 어딘가에 방치되어 있는 장난감을 기증하세요'라는 포스터를 내걸었더니 대량의 인형과 그림책, 장난감, 아기침대와 같은 것들이 모아졌다. 이 방은 '양지방(ひだまりルーム)'이라는 이름으로 공민관 사업에 아이를 데리고 온 분들이 참가할 경우 이용하는 보육실로 정착되었다.

마당 간의 교류

'보육봉사단 양지'는 다양한 생각을 가지고 모인 아이들을 좋아하는 사람들로 구성되어 있기 때문에 '수강중의 보육뿐만 아니라 적극적인 육아의 장으로서 방을 개방하거나 이벤트를 기획하고 싶다'는 소리가 높아져, '육아마당'의 형태를 바꾸어 재개하게 되었다. 인형극이나 마술, 종이 인형극, 간단한 공작, 손놀이, 전래동요, 미니강연회, 그리고 대화의 장으로 '양지'는 계속해서 새로운 기획을 추진해 나갔다.

물론, 당초의 '그저 모일 수 있는 장소'로서의 '육아마당'도 건재하고, 장소를 개방하며 그곳에 가면 보육봉사자가 있는 형태의 모임도 개최하고 있다. 한편으로는 장소를 제공하기만 하는 마당이 있고, 다른 한편으로는 행사를 통해 참가의 계기를 만들고자 하는 마당이 동시에 진행되고 있다.

그러한 행사를 기획하는 마당의 하나로 리코더 미니콘서트가 있었다. 원래 어떠한 기획을 통해 부모와 아이들이 모여서, 거기서 대화의 장이 만들어지고 친구가 생겨 육아의 불안과 고민을 털어놓을 수 있는 장소의 제공이 육아마당의 목적으로, 행사기획 그 자체가 목적은 아니었지만 콘서트는 행사 그 자체가 목적이 되었다.

'아이를 데리고 콘서트에 가는 것은 단념하고 있다', '라이브 음악감상을 아이와 함께하는 것은 무리다'라고 생각하고 있는 분들에게 콘서트를 마련해 주고자 궁리한 것이 바로 '육아마당콘서트'였다.

발표할 무대를 필요로 하는 음악 동아리와 아이와 함께 콘서트를 즐기고 싶어 하는 가족이 있다. 그렇다면 그 양쪽을 이어보고자 생각한 것이지만, 다행히 공민관에는 1,000석의 강당이 병설되어 있어 이를 실현할 수 있었다. 옆 좌석에서 아이에게 젖을 물리고 있어도, 기저귀를 갈고 있어도, 아이가 좀 울거나, 뛰어다니거나 해도, 청중도 연주자도 신경 쓰지 않는다는 약속의 콘서트이다. 1회째에는 약 500명의 가족이 참가하여, 설문조사결과 등을 통해서도 육아 중인 어머니들이 이러한 기회를 얼마나 기다려왔는지 통감했다.

이 육아마당과 이의 연장선상에 있는 이번 콘서트는 출연자도 완전히 무상으로 협력해 주고 있다.

다음 회에는 가족끼리 재즈밴드를 조직하고 있는 시민자원봉사밴드가 출연할 예정으로, 이에 등교거부아동·학생의 모임인 프렌드스테이션에서 밴드를 조직하여 '특별출연하고 싶다'며 지금 열심히 연습을 하고 있다.

♪♩子育てサロン「1月」♪♩♩

「小さな世界」「ミッキーマウスマーチ」ほか「アイルランドの子守唄」では子どもたちもうっとり…ウトウト＊

「さんぽ」「明日があるさ」を正村さん、青木さんの演奏に合わせ皆で歌った＊♪♭あるこう、あるこう…♪♭

今子育て中の皆さんは、どんな子育てしていますか？－と勝谷敦子さん

2002．1．18　am10：30〜12：00
　―オカリナの音色とおしゃべり広場へようこそ！―
　オカリナの音色を小さな子どもたちと日頃忙しいお母さんたちに楽しんでもらおうと、正村雅さんと青木清子さんにディズニー名曲、宮崎駿アニメなどを演奏していただき、さらに「オカリナ」という楽器の説明もして頂きました。
　さわやかな音色を楽しんだ後は、勝谷敬子さんの子育ておしゃべり会。参加者多数のため、幾つかの輪に分かれひとしきり話に花が咲きました。御参加いただいた36組65名の皆さん、会場が狭いなかご協力ありがとうございました。

1월 육아마당

'작은 세계' '미키마우스 행진곡'
그리고 '아일랜드의 자장가'에서는
아이들도 정신없이 꾸벅꾸벅

　　　　　'산책' '내일이 있어'를 마사무라(正村) 씨,
　　　　　아오키(靑木)씨의 연주에 맞춰 모두 불렀다
　　　　　♪ ♭ 걷자, 걷자… ♪ ♭

지금 육아중인 여러분들은, 어떤 육아
방법을 취하고 있습니까? ―라고 말하고 있는
가쓰타니 아쓰코(勝谷敦子) 씨

　　　　　　　2002. 1. 18 am 10:30~12:00
　　　　―오카리나의 음색과 이야기 광장으로 어서 오세요―
　　　오카리나의 음색을 어린 아이들과 평상시에는 바쁜 어머니들이
　　즐길 수 있도록 하기 위해, 마사무라 마사시(正村雅) 씨와 아오키
　　　　　　　　　　키요코(靑木淸子) 씨가
　　디즈니 명곡, 미야자키(宮崎)지브리 애니메이션 등을 연주해주시고,
　　　　　'오카리나'라는 악기의 설명도 해 주셨습니다.
산뜻한 음색을 즐긴 후에는, 가쓰타니 아쓰코(勝谷敦子) 씨의 육아 이야기회.
　　　　　다수의 참가자로, 여러 개의 조로 나누어
　한 동안 이야기꽃을 피웠습니다. 참가해 주신 36쌍 65명의 여러분,
　　　협소한 장소에도 불구하고 협력해 주셔서 감사합니다.

　　최근에는, 평소 국제교류마당에 참가하고 있는 재일외국인 어머니와 어린이가 육아마당에 참가한다든지, 풍선아트와 요요 등의 공연을 선보여 어린이들을 기쁘게 해주는 청년이 프렌드스테이션의 졸업생이라든지 하여, 여러 '공간'의 이용자가 공민관에서 교류를 시작하고 있다.

　　현재 공민관에는 이야기방과 보육실도 설치되어 있어 드디어 마당화가 진행되고 있는 중이다. 예전의 우물가나 토방, 툇마루와 같은 분위기의 공간이 공민관에는 필요하고, 그러한 분위기를 조성하는 것이 '공간 만들기'라고 생각한다. 유명한 학자의 육아이론보다 공민관의 자유공간에서 듣는 어머니들끼리의 이야기가 훨씬 가슴에 와 닿는 경우도 적지 않다. 공민관은 '생활과제의 해결'이라는 초기의 목적을 잊지 않도록 유념하면서 앞으로도 공간 만들기를 해 나가야 한다고 생각하고 있다. 근무 1년째에는 이용자들에게 공간을 제공하고 싶다 등의 잘못된 생각을 가지고 있었지만, 잘 생각해 보면 내 자신의 공간도 공민관의 근무 중에 있었다.

나오이 히데키(直井英樹)

제2장 **2** 지역사회를 창조하는 자치와 협동 학습

작은 네트워크
만들기

『공민관에서의 배운다』로부터 5년

어린이환경강좌로서 시작된 '기미쓰 주니어환경학교'가 이제 곧 6년째를 맞이한다. 『공민관에서 배운다 — 자기개발과 마을 만들기(国土社, 1998)』에 집필할 기회를 얻었을 때, 환경이라는 주제에 공민관이 어떻게 개입해 갈 것인가, 라는 과제에 대해 서술했다. 사실 '기미쓰 주니어 환경학교'는 자신의 문제제기에 대해 자기 나름대로 대처해 나간다는 생각을 가지고 집필한 다음 해부터 시작한 것이다.

그 후 다행히 지금까지 계속 이 사업을 담당할 수 있게 되어 여러

가지로 느껴온 바가 많다. 환경학교의 발족으로부터 지금까지 5년간을 돌이켜보며 '발치에서 시작하는 작은 한걸음'과 '환경에 대해 생각하는 이웃 간의 유대를 넓히고 싶다'는 염원을 담아 시작한 환경학교가 지금은 어떻게 되었는지를 서술하고자 한다.

'기미쓰 주니어환경학교'의 출발점

기미쓰(君津) 중앙 공민관은 기미쓰시의 시가지에 있다. 이 지역에는 대략 2만 6천명이 살고 있다. 면적도 넓어, 지역 내에 네 개의 공립초등학교가 있다. 이곳을 하나의 공민관이 관할하고 있다.

주니어환경학교를 시작하게 된 배경은 다음과 같은 이유에서였다.

먼저, 어린이들이 올 수 있는 공민관으로 만들고 싶었다. 이 기미쓰 지방의 어린이회를 위해 온 힘을 다하고 있던 당시의 공민관 운영심의 회의원 M씨와 S씨로부터 '기미쓰 중앙 공민관에는 어린이가 적다. 지역의 어린이들에 관해 어떤 생각을 가지고 있는 것인가'라는 지적이 회의 때마다 제기되었다. 기미쓰 중앙 공민관은 그 때까지 어린이를 대상으로 한 사업이 결코 왕성하다고는 할 수 없었다. 지적한 바와 같이 지역의 어린이들이 마음 편하게 올 수 있는 분위기의 공민관은 중요하다. 이를 실현시키고자 한 것이 그 첫 번째 이유이다.

그리고 또 한가지는 공민관으로서 사람들의 생활 과제에 대해 어떤 식으로 대응해 나갈 것인가 하는 물음이 새롭게 제기되고 있다는 사실을 깨달았기 때문이다.

『공민관에서 배운다』에서 어린이와 함께 폐식용유비누를 만드는 강좌에 도움을 주었던 T 씨에 대해 언급했었는데, 그녀는 기미쓰 중앙 공민관의 부인학급을 통해 수질문제에 보다 깊은 관심을 가지게 되었다고 했다. 이전의 기미쓰 중앙 공민관에서는 부인학급과 가정교육학급 등을 통해 환경문제, 그리고 환경뿐만 아닌 여러 가지 생활문제에 대해 적극적인 관심을 보였다. 그러나 언제부터인가 생활주제를 정면으로 다루는 자세에서 조금씩 멀어져 가는 듯한 느낌이 들었다. 강좌내용도 이전과는 상당히 다르게 느껴졌다.(이러한 사실에 대한 배경·이유 등은 지면분량 상, 여기서 언급할 수는 없지만 중요한 논점이라 할 수 있겠다). 그러나 지역민들이 생활상의 주제에 대한 관심을 잃고 있는가 하면, 결코 그런 것은 아니다. 이는 평소 별 생각 없이 나누는 일상대화 등에서도 알 수 있다. 정보가 너무 많아서 무엇부터 다루어야 할지 모르는 사정도 있는 듯하다. 이러한 가운데 역시 사람들의 생활이라는 중요한 주제를 생각하는 장으로서의 공민관의 의미는 잃고 싶지 않다. 그 노력의 일환으로 환경문제를 다루어 보자고 생각한 것이다.

이렇게 해서, 환경을 생각하는 데 꼭 필요한 자세인 '발치에서 시작하는 한 걸음'과 '가까이의 작은 네트워크 만들기'를 목표로 '기미쓰 주니어환경학교'가 시작되었다.

발전해가는 '스태프' 네트워크

매년 내용이나 형태 등에서 여러 가지 작은 변화를 보이는 환경학교지만, 이 몇 년 사이에 있었던 가장 큰 변화는 환경학교를 지탱하는 스태프의 형태이다.

첫 해의 프로그램은 필자가 구성했다. 물과 숲에 대한 이야기, 세제가 필요 없는 '아크릴 수세미' 만들기, 비누 만들기 등 한정된 시간과 조건 안에서 작성한 7회의 프로그램이었다.

그런데 어린이들은 학교 등에서 '환경'을 배우므로 환경에 대해 생각할 시간은 오히려 어른들보다 더 많을지도 모른다. 그래서 이 사업을 어린이들로 끝낼 것이 아니라 어떻게든 어른들에게도 넓혀가고 싶다고 생각했다. 환경문제는 지금의 어린이들이 만든 것이 아니라 지금, 혹은 그 이전 시대의 어른들이 만들어 낸 것이다. 어른으로서 이 주제에 동참해 줄 사람들을 찾고 싶었다. 게다가 특별히 환경문제에 대해 흥미가 있는 사람이 아니라, 주변 사람들과 '환경'에 대해 조금이라도 생각해 볼 수 있는 유대관계를 만들고 싶었던 것이다. 그런 의미에서 '환경에 대해서는 잘 모르지만, 아이들과 함께 즐기고 싶다'는 마음으로 참가해 주는 사람을 소중히 하고 싶었다.

즉시 1년째 리더스클럽(중학생 이상이 중심인 어린이회와 같은 조직) 등을 통해 이전부터 공민관에 자주 오던 두 젊은이에게 '참가해 보지 않겠나'라며 말을 건넸다. 이것이 '스태프' 조직의 시작으로, '작은 네트워크 만들기'의 최초의 한 걸음이었다. 첫 해의 환경학교가 끝났을 때, 이

젊은이들과 이야기하는 중에 '성인조직을 늘리자'라는 과제가 대두되었다. 그리하여 다음 해 지역청소년상담원들의 당번제에 따른 운영협력이 실현되었다.

어린이들을 지켜보는 성인조직을 확산시킴으로써 활동도 점차 활성화되었다. 이 때의 프로그램도 직원인 필자가 젊은이들과 상의해가면서 궁리한 결과, 내용은 첫 해의 프로그램에 논농사 체험, 숲에서 놀기, 숯 굽기 체험 등을 더해 활동 횟수는 총 13회로 이전의 배가 되었다. 어린이 참가자수도 첫해의 3배인 50명 정도였다.

2년째가 끝나갈 무렵에는 3년째를 위한 성인조직의 충실화를 궁리하기 시작했다. 2년째의 발전은 말하자면, 어린이에 대한 조력, 안전을 위한 배려와 같은 면에서의 인원확충이었다. 3년째에는 '환경'을 보다 전면에 내세운다는 의미에서 성인조직의 확충을 고려한 것이다.

2년째의 활동이 끝날 때쯤, 환경학교 강사진의 도움을 받아 '아이들만이 아니라 어른들도 한 번 환경에 대해 생각해보지 않겠습니까'라는 주제로 '환경학교 특별편―한밤의 어덜트환경학교'라는 학부모 모임을 개최했다. 바쁜 저녁 시간임에도 불구하고 모임에는 네 명의 학부모가 참가해 주었다. 숫자의 많고 적음은 상관없었다(물론 시간설정이나 홍보 등, 생각해봐야 할 문제는 있다). 함께 생각해보려는 이웃들이 모여 주었다는 것에 대한 의미를 강사진과 학부모 간에 공유할 수 있었고, 학부모 가운데 두 명은 3년째에 함께 스태프로 활동해 주었다. 이처럼 '스태프' 조직의 형태도 조금씩 발전해 가고 있었다.

스태프 그리고 환경학교의 성장

5년째에는 처음부터 참여해 온 젊은이, 그리고 도중에 참가한 사람과 핵심 스태프가 20대부터 70대까지 모두 아홉 명이 되었다. 그 외에도 각 회마다 협력해 준 상담원 등, 어른들 간의 유대가 다양하게 확대되었다. 그 유대를 바탕으로 이번에는 직원이 아니라 스태프 스스로가 프로그램을 조직할 수 있게 되었다.

스태프들은 그때까지의 여러 과제들을 서로 제시했다. 그 후부터 횟수와 모집형태, 내용에 관해 대폭적인 재검토를 실시했다. 예를 들면 '오늘은 물, 오늘은 쓰레기, 오늘은 숲에서 놀기 등, 매번 이것저것 너무 많이 넣게 되면 아이들이 소화불량에 걸리진 않을까?'라는 의견이 나와, 이번에는 지역에 흐르는 강이나 가까운 바다로 한정하기로, 주제를 '물'로 좁혔다. 강사도 스태프의 지인들 중에서 찾기로 했다.

이번 회의는 환경학교뿐만 아니라 공민관의 다른 사업으로도 발전해 갔다. 예를 들면 그때까지 논농사 체험이 환경학교의 인기 프로그램 중 하나였는데 '논농사는 중학생 이상을 대상으로 하는 편이 의미가 깊으니까, 환경학교 졸업생이 "계속생"이 될 수도 있지 않을까'라는 의견을 고려하여, 이번에는 과감히 환경학교에서 떼어내어 그대로 다른 사업으로 옮겨서 중학생 이상을 대상으로 실시하게 되었다<표 2-1, 2-2 참조>.

이러한 수정방법이 최선책이라고는 볼 수 없을지도 모른다. 앞으로도 시행착오를 되풀이 할 것이다. 그러나 틀림없이 말할 수 있는 것은

이 몇 년을 통하여 지금까지 '환경'과 그다지 인연이 없었던 사람들이
주위의 어린이들과 함께 생각하고 우리들의 환경에 관심을 갖기 시작한
다는 것, 비록 조금씩이기는 하지만 전 지역으로 퍼져 나가고 있다는
사실이다.

환경학교의 성과

그렇다면 어린이들은 어떨까. 기쁘게도 중학생이 되어 환경학교의
논농사 실습 경험을 생각하며 쓴 글로 쌀 글짓기콘테스트에서 입상한
어린이와, 강물을 조사했을 때의 상황을 정리한 글로 지역 이과(理科)진
흥 발표회의 참가자로 선발된 어린이 등, 아직 적긴 하나 새로운 발전을
낳고 있는 듯하다. 그러나 이처럼 겉으로 드러난 성과와는 관계없이,
아직 환경학교의 성과에 대해 이야기하는 것은 너무 이른 것은 아닐까.

매년 환경학교에서는 작은 변화와 발견이 많이 이루어지고 있다.
하지만 딱히 커다란 무언가가 이루어진 것이라 말하기는 어렵다. 저마
다의 작은 한 걸음과 다른 사람과의 연결고리를 넓혀가는 일을 정말
사소한 일 하나씩부터 시작하고 있는 것이 이 '환경학교'이다.

각지에서 환경에 대한 실천을 다수 행하고 있고, 그 중에는 지역과
국경을 뛰어넘은 사업으로 발전한 것도 있다. 환경교육 관련행사 등에
서는 각지의 어린이들의 노력도 자주 보고된다. 모두 '굉장한 걸', '대단
하네'라고 생각할 만한 것들이다. 그러한 노력들을 보면, 이 환경학교는

정말 작은 활동에 지나지 않는다.

하지만 그래도 이 작은 활동을 계속해 나가고 싶다. 가까이에 있는 작은 공민관이기 때문에 더욱 여기에서만이 가능한 사소한 활동을 소중히 여기고 싶다. 아직도 지역에는 많은 사람들이 있다. 공민관과는 인연이 없는 사람이 더 많을지도 모른다. 하지만 그 사람들에게도 '환경'은 중요한 공통의 주제이다. 만약 미래의 환경에 대해 보다 깊이 생각해보고 싶어 하는 어린이가 한 명이라도 있다면, 그리고 그에 대해 조금이라도 환경학교가 도움이 될 수 있다면 정말 기쁠 것이다. 여기에서 시작하며, 다음에는 공민관과 인연이 없는 사람들에게까지, 공민관 사업은 그야말로 지역과 국경을 넘어 어디에라도 연결되어 나갈 수 있을 것이다. 그 연결이 비록 직접적으로 보이지는 않지만 환경학교, 그리고 공민관 사업 그 자체의 성과가 아닐까.

[표 2-1] 환경학교 프로그램 (2002년도)

	일시	내용	장소
1	7월30일(화) 오후 3:30~ 저녁 7:00	맛있는 물을 찾으러 가자!! 고이토가와(小糸川)의 시원한 저녁 바람을 맞으며, 맛있는 물을 찾으러 떠납니다. 땀 흘린 후 마시는 자연의 물은 맛있어!	공민관에서 걸어 나와 밖을 거닙니다.
2	8월 9일(금) 오전 9:30~ 오후 1:30	고이토가와에 갓파¹⁾가 살 수 있을까?① (고이토가와의 수질조사①) 물을 떠서 실험해보고… 자, 고이토가와의 물은 얼마나 깨끗할까? 늘 지나치는 고이토가와의 물을 조사합니다.	공민관에서 걸어서 물을 조사하러 갑니다.

---

1) 역주 : 일본의 상상의 물물 동물

3	8월27일(화) 오전 9:30~ 오후 4:00	고이토가와에 갓파가 살 수 있을까?② (고이 토가와의 수질조사②) 고이토가와의 상류와 하류에 가서 물을 조사 해 보자! 산 속, 인가 근처… 하천의 상태는 어떻게 다를까?	버스로 고이토 가와의 하류에 서 상류까지 조 사하러 갑니다.
4	10월12일(토) 오전 9:30~ 오후 1:30	고이토가와에 갓파가 살 수 있을까?③ (고이 토가와의 수질조사③) 가을이 되었습니다. 강의 모습은 여름과 어 떻게 다를까? 고추잠자리, 참억새의 이삭… 가을 강으로 나가보자.	공민관에서 걸 어서 물을 조사 하러 갑니다.
5	12월14일(토) 오전 9:00~ 오후 4:00	갯벌의 신비를 탐험해보자! 갯벌이 뭔지 알고 있니? 갯벌은 여러 생물의 원더랜드. 치바현에 있는 유명한 갯벌을 보 러가요.	야쓰(谷津)갯벌 (나라시노(習志 野)시), 반스(盤 洲)갯벌(기사라 즈(木更津)시) 예 정
6	1월25일(토) 오전 9:30~ 오후 1:30	우리가 지구를 지킨다!① (환경요리에 도전) 즐겁게 맛있게 지구를 위한 「환경요리」에 도전! 물을 깨끗하게, 쓰레기를 버리지 않도 록… 조금만 더 생각해서 지구를 지키자.	공민관
7	2월15일(토) 오전 9:30~ 오후 1:00	우리가 지구를 지킨다!② (폐회식) 즐거웠던 환경학교. 물의 신비, 물의 소중 함…자, 모두 함께 지구를 지키자!	공민관

[표 2-2] 논농사 실습 프로그램

일 시	주 요 내 용
2002년 5월18일(토) 9:30~12:00	모내기 : 벼가 잘 자랄 수 있도록 볏모의 양과 심는 간격을 잘 생각해 가면서 손으로 심습니다.
6월15일(토) 9:30~12:00	논 손질① : 벼의 상태를 보면서 논을 손질합니다.

7월13일(토) 오후부터 밤까지	논 손질② : '米'라는 한자에는 '八十八번의 노력을 거쳐…'라는 의미가 담겨있다는데··
9월14일(토) 9:30~12:00	벼베기 : 낫으로 잘 수확한 벼를 '오다²)'에 두어 햇볕에 건조시킵니다.
9월28일(토) 9:30~12:00	탈곡 : 한 톨 한 톨의 쌀이 차츰 먹을 수 있는 상태에 가까워집니다.
11월 9일(토) 9:30~12:00	수확제 : 쌀의 맛은 어떤가요. 모두의 노력, 그리고 태양, 땅, 비, ……자연에 감사하며 먹어요.
2003년 3월 8일(토) 9:30~12:00	논에 봄이 찾아오면… : 자, 또 다시 기미쓰마을의 1년이 시작됩니다. 논농사를 위한 준비도 시작됩니다.

환경학교의 보다 큰 발전을 목표로

공민관에서는 자주 '계기 만들기'라는 말이 쓰이는데, 앞서 언급한 『공민관에서 배운다』에서는 '계기가 만들어지면 그 다음은 어떻게 고민해 갈 것인가'라는 취지의 말로 결말지었다. 이번에도 그 생각에는 변함없다. 공민관 사업은 방문하는 사람에게 있어 하나의 통과점일지도 모른다. 그것만으로도 충분하다. 그러나 통과점을 지나 그 앞에는 어떠한 발전이 있을 것인가, 어떻게 하면 공민관에 오지 않는 사람에게도 이어나갈 것인가 등에 대해 고려해 보고 싶다. 환경학교 역시 많은 과제를 안고 있다. 그 과제, 그리고 지역 사람들의 생활과제에 대해 앞으로 어떻게 해결해 나갈 것인가, 환경학교의 보다 나은 성장과 발전

---

2) 역주 : 볏단을 말리기 위하여 이삭을 아래로 해서 거는 벼덕의 이바라키(茨城)·치바(千葉)현의 방언

을 목표로 하고자 한다.

얼마 전에 스태프 중 한 사람과 공민관에 놀러 온 고등학생들을 불러 세워 '청경채' 수경재배 실험용 뗏목을 만들었다. 공민관의 연못에 띄워 수질정화 실험을 해보려고 한 것이다. '정말 자라나긴 할까'라고 말하면서도 아주 홍미진진한 모습으로 만들고 있다. '괜찮을거야'라고 말하기는 했지만, 뗏목을 띄운 지 어느덧 한 달. 잎사귀의 색이 아무래도 불안하다.

일전에 다음 견학 장소인 '반즈(盤洲) 갯벌(오비쓰강(小櫃川) 하구)'에 스태프들과 함께 답사를 다녀왔다. 한겨울의 바다라 스태프로부터 '이렇게 추운데 아이들이 괜찮을까?'라는 소리가 끊이지 않았다. '괜찮지 않은 건, 아이들이 아니라 자네들이네'라고, 일 년 내내 '반팔 셔츠'로

◉ 수질조사 모습. 어른들 중 왼쪽이 강사, 오른쪽이 스태프

지내는 스태프 중 최고령(70세)의 남자분이 큰소리로 말했다. 우리들의
웃음소리에 놀라 갯벌의 새들이 일제히 하늘을 향해 날아올랐다.

후세 토시유키(布施利之)

제2장 **3** 지역사회를 창조하는 자치와 협동 학습

어머니들의 학습과
서로 의지하는 육아

들어가며

'모성본능', '모원병(母原病)[1]', '마마보이' 등의 말에서도 알 수 있듯, 육아문제는 육아를 맡은 어머니에게 그 원인이 있다고 여겨져 왔다.

가정교육학급이나 육아강좌에서는 '어머니 행복하십니까'라는 부인들의 자신과 맞는 학습이 시작되어 20년 가까운 시간이 흘렀다.

그 사이 정부에서는 저출산화 대책인 '엔젤플랜'이 등장하여 후생노

---

1) 역주 : 자녀에게 생기는 신체적·정신적인 병은 어머니의 양육방법에 원인이 있다는 설.

동성, 국토교통성, 문부과학성 등 나라 전체적인 '육아지원'시책이 전개
되고 있다.

'양육사정'에 대한 학습이 진행되면서 어머니들은 저출산·고령화
사회에 대한 불안은 지역사회의 공동성이 약해지는 가운데 심각한
사회문제로서, 공동체를 어떻게 부활시켜 나갈 것인가 하는 '어른들의
학습'에 대한 문제제기에도 관심을 갖기 시작했다.

'어머니회'에서 배우기

지금으로부터 25년 전(1978년), 기미쓰(君津)시에서는 지역부녀회를
모태로 한 기미쓰시 연합부녀회 주최의 '부인회'가 개최되었다. 지역사
회의 문제들을 주제로 '① 자원의 절약, ② 교제의 간소화, ③ 부인의
건강을 지키기 위해서(빈혈과 예방), ④ 풍요로운 노후생활을 보내기
위하여, ⑤ 부인 자원봉사활동의 방향'등 다섯 가지로 나누어 토의학습
및 교류가 행해졌다. 한편, 그 1년 전부터 기미쓰 중앙 공민관에서는
한 해 동안의 학습을 서로 공유하는 장으로 부인학급과 가정교육 학급
생, 그룹과 동아리를 대상으로 한 '부인회'가 개최되었다. 분과회의
내용은 '① 부인과 삶의 보람, ② 현명한 소비자가 되기 위해서, ③
부인의 독서활동과 도서관'의 세 가지로, 다음 해에는 '① 어머니의
가사노동에 대해 생각해보기, ② 안전한 식생활의 추구, ③ 부모와
아이가 즐겁게 진행하는 독서활동'이었다.

그리고 기미쓰시 연합부녀회 주최의 제2회 '부인회'(1979년 2월 8일)에서는, '서로를 인정하고 넓은 마음으로 사이좋게 손을 잡자'라는 구호로 두 '모임'이 제휴하여 기미쓰시 어머니회가 탄생했다. 지역사회와 가정의 행복을 추구하고, 모여서 서로의 지혜를 내어 동료와 함께 실천하고, 여성의 입장에서 발언하기 위한 세 가지의 중심 주제 '지역사회문제, 어린이문제, 여성의 삶'으로 여덟 개의 분과회가 성립되었다. 공민관과 사회교육과의 직원들도 학습의 지원자인 동시에 함께 배우는 입장으로 분과회에 참여했다.

이후 24년간 '2월 8일'를 위한 단체와 동아리 간의 교류와 각 개인의 학습 및 실천보고는 모임의 구호 그 자체로서, 자신의 삶을 주시하고 서로 상의하며 결실을 맺어가는 활동이었다. 거기에 직원으로서 참여한 것은 자신의 생활과 삶의 자세는 물론이고 직업에 대한 인식까지도 단련할 수 있었던 기회였다.

> '지식을 습득하는 데 그치지 않고, 행동으로 보이는 것이 중요하다. 자신이 살고 있는 지역에는 많은 어린이가 있다. 그 어린이들이 좋은 환경에서 즐겁고 여유롭게 성장할 수 있도록 협력하고, 학습한 내용을 저마다 동료들과 함께 한 번 더 이야기하고 실천해 주었으면 한다. 우리들만의 힘으로는 해결할 수 없는 일은 모여서 함께 이야기하고 서로 도우며 해결의 방향을 찾아갑시다. 오늘 하루로 끝나는 "모임"은 아무런 의미가 없습니다. ……'라고 제3회 행사의 대표인사말 중에 기미쓰시의 여성들의 학습의 원점이 기술되어 있다.

중심주제의 하나인 '어린이문제'는 젊은 어머니들의 노력으로 '육아를 생각하는 분과회'로 유일하게 현재까지 계속되어, 오늘날의 과제인 '육아 네트워크'의 일환으로 '육아 정보지'를 발행, 특히 다이제스트판은 육아 중인 부모를 위한 정보에 그치지 않고 모자수첩의 발행과 어머니학급 등에서도 활용되고 있다. 그리고 꼭 언급하고 싶은 자랑거리는 기미쓰 시립중앙도서관이 2002년 10월에 개관한 것이다. 이 '부인모임'에서 탄생한 '도서관을 생각하는 모임'의 활동이 큰 임무를 완수한 것, 또한 현재 '이야기봉사단' 활동에 참여하고 있는 젊은 세대에까지 이어지고 있는 것이다. 이 귀중한 활동은 '기미쓰의 도서관 이야기－도서관을 생각하는 모임의 기록－'으로 2003년 3월에 정리되었다.

[표 2-3] 기미쓰시 어머니회 분과회의 활동

회	년	지역사회문제	어린이문제	여성의 삶	기념행사. 비고
1	1978	· 자원의 절약 · 교제의 간소화 · 부인의 건강을 지키기 위해서 · 풍요로운 노후생활을 보내기 위하여 · 부인 자원봉사활동의 방향			· 강연회 · 부인의 현명한 삶의 자세 · 강사 가사기 야치요(笠置八千代)
2	1979	· 안전한 음식을 찾아서 · 지역의 건강 지키기 · 생활의 개선은 교제의 간소화로부터	· 만약 텔레비전이 없었다면 · 부모와 자녀가 함께하는 독서·지역문고의 추천	· 부인 동아리활동의 진행방향 · 독서회운영에 관해서 · 자기만의 스트레스해소법	· 강연회 · 어머니와 아이의 행복을 찾아서 · 강사 사와토메 카쓰모토(早乙女勝元) · 기미쓰시 독서회연락협의회의 발족

3	1980	· 세제에 대해 생각해보기 · 지역의 건강 지키기 · 자원 절약에 대해 생각해보기 · 우리 집의 절약 작전 · 생활의 개선은 교제의 간소화로부터	· 어린이와 성(性) · 부인의 독서 활동과 도서관	· 부인 동아리활동의 진행방향	· 강연회 · 어머니에게 있어 아이란, 아이에게 있어 어머니란 · 강사 와다 노리코(和田典子)
4	1981	· 세제에 대해 생각해보기 · 야채의 자급실태와 생산자의 문제 · 교제비의 간소화를 도모하려면	· 어린이의 건강과 식품공해 · 비행문제 · 어머니와 아이들을 위한 도서관	· 우리들의 살아가는 자세와 생각하는 자세	· '잠시 들러 생각해보기' 모임 발족 · '도서관을 생각하는 모임' 발족
5	1982	· 세제에 대해 생각해보기 · 식품의 안전성 추구 · 교제의 간소화 실천	· 부모로서 당신의 생각은	· 동아리활동의 진행방향 · 시어머니와 며느리의 입장 · 여성 3대의 생활사	· 영화 상영회 · 교육은 죽지 않는다
6	1983	· 물과 세제 · 쓰레기문제에 대해 생각해보기 · 교제의 간소화	· 몸과 마음의 건강	· 늙는다는 것에 대해 · 여성의 삶, 살아가는 자세	
7	1984	· 물과 세제 · 쓰레기문제에 대해 생각해보기	· 몸과 마음의 건강	· 공적 연금에 대해서 생각하다. · 3세대가족의 장점 다시 보기 · 부부란 무엇일까	· 강연회 · 내가 걸어온 길 · 강사 사세 쿄코(佐瀬恭子)
8	1985	· 물과 세제 · 쓰레기를 생각하다	· 설문조사로 살펴보는 부모와 자녀간의 거리	· 공적 연금에 대해서 생각하다. · 지역에 대한 어른들의 역할 · 아르바이트 문제	· 강연회 · 고령사회를 살아가는 여성 · 강사 시마다 토미코(島田とみ子) · 폐식용유를 이용해 비누를 만들기 시작하다

*제10회 일본부인문제회의에서 활동보고 '나에게 있어 UN부인 10년이라고 하는 것은'에 의견을 응모하여 선발됨			
9	1986	특별보고 부인회가 지향하는 것·쌓아온 것 ① 농촌부인으로부터의 메시지 '고이토(小糸)부녀회와 어머니회' ② 전업주부로부터의 메시지 '쓰레기문제에 대처하여' ③ 직업을 가진 부인으로부터의 메시지 '모임·공민관과 나」 분산회 10조	·강연회 ·생활 주변에서 21세기를 전망하다 ·'우리는 무엇을 배우고, 무엇을 목표로, 누구와 손을 잡을 것인가' ·강사 사토 카즈코(佐藤一子)
10	1987	활동보고 ① 밝은 가정 만들기는 '할머니의 지혜로부터' ② 어린이문제 ③ 여성문제 Reform 패션쇼	·강연회 ·가정의 미래를 생각하다 ·강사 마스다 레이코(増田れいこ)
11	1988	활동보고 ① 포플러문고의 활동-부모와 자녀가 함께하는 독서회로부터 10년- ② 도서관을 생각하는 모임의 활동 '어머니회에서 도서관을 생각하는 모임으로' 분산회 10조	·강연회 ·여성의 사회참가와 가정 문제 ·강사 오키토 노리코(沖藤典子)
12	1989	활동보고 '우리가 사용하는 물 수원지로부터 당신의 가정까지' 슬라이드 실연(물을 생각하는 모임) 분산회 10조	·강연회 ·나와 연장자와의 관계 ·강사 다카이 무쓰미(高井睦美)
13	1990	활동보고 ① 물에 흘러버릴 수 없는 이야기 '우리들이 사용한 물' 생활하수의 행선지 ② 지하수 오염과 그 후 '기미쓰시의 지하수 오염 현장에서' 분산회 3조 '밝은 노후생활에 대해서'	·재연 드라마 '노후' ·이럴 때 당신은 어떻게 할 것인가
14	1991	활동보고 ① 순환하는 물·물이 내리는 은총 ② 도서관이 필요해 ③ 여기 여기 붙어라	·강연회 ·보다 풍요로운 노후생활을 보내기 위하여 ·강사 사사키 쇼코(佐々木紹子)

15	1992	활동보고 ① 노후문제 · '복수초 모임'의 1년 ② 지역에 뿌리내린 부녀회의 활동 ③ 물의 은총과 사람들과의 만남	· 헤이세이(平成) 쓰레기에 대한 문답
16	1993	활동보고 ① 지금, 도서관은 ② 쓰레기를 줄이기 위해서 ③ 지역부녀회의 건강관리 프로젝트 ④ 간호실습체험과 쓰레기 문제에 대한 팸플릿 만들기	· 강연회 · 모두 함께 가는 길은 빛의 길 · 강사 노구치 미와코(野口美和子)
17	1994	활동보고 ① 쌀에 대해 생각해보자 '생산자 · 소비자 · 임업자의 입장에서' ② 우리 마을에 여성센터를 만들자	· 강연회 · 농업이 건전해야 건강을 지킬 수 있다. · 강사 쓰루미 타케미치(鶴見式道)
18	1995	활동보고 ① 여성 시책에 대해 생각하다 ② 농업문제를 생각하다 '안전한 식량은 일본의 대지로부터' 수입식품의 양류현장의 견학 · 미요시(三芳)촌을 견학 · 안전한 식량은 일본의 대지로부터 · 미생물을 이용한 음식쓰레기 재활용	· 강연회 · 안전한 식량 확보에 당신의 지혜와 실천을 · 강사 쓰루미 타케미치(鶴見式道)
19	1996	활동보고 ① 안전한 식품을 찾아서 '지역사회의 대처로부터' 생산자의 입장에서 · 소비자의 입장에서 · 음식쓰레기를 줄이기 위하여 · 어머니회 연락회로부터	· 강연회 · (아침장 실시) · 건강을 지키기 위해 환경문제를 다시 보자 · 강사 오구라 케이치(小倉敬一)
20	1997	활동보고 ① 생활을 재평가 하는 환경분과회 ② 육아를 생각하는 분과회 ③ 여자에 대해 논의하는 분과회 ④ 가계부로 생활을 살펴보는 분과회 ⑤ 마음 따스해지는 복지를 위한 분과회 '모임 20년의 발자취' 보고 · 교제의 간소화 · 수질문제 · 쓰레기문제 · 농업문제 · 아동문제 · 도서관문제 · 노후문제	· 강연회 · 사람과 지구의 내일을 바라보며 · 주방에서 세계가 보인다 · 강사 마쓰다 미야코(松田美夜子)

21	1 9 9 8	① 생활을 재평가 하는 환경분과회 ② 식문화를 생각하는 분과회 ③ 여자에 대해 논의하는 분과회 ④ 마음 따스해지는 복지를 위한 분과회 ⑤ 육아를 생각하는 분과회	· 강연회 · 어린이의 성장에 대한 부모와 지역사회의 역할 · 강사 나카무라 노부히로(中村暢宏)
22	1 9 9 9	① 환경 분과회 ② 식문화 분과회 ③ 여자에 대해 논의하는 분과회 ④ 복지 분과회 ⑤ 육아를 생각하는 분과회 토막극 공적 간호보험	· 강연회 · 시민들의 학습, · 실천, 그리고 마을 만들기 · 강사 사토 카즈코(佐藤一子)
23	2 0 0 0	① 환경 분과회 ② 식문화 분과회 ③ 여자에 대해 논의하는 분과회 ④ 복지 분과회 ⑤ 육아를 생각하는 분과회	· 특별발표 · 인재(人材)를 인재(人財)로 만드는 학습
24	2 0 0 1	우리들의 제안 ① 육아를 생각하는 분과회 ② 어린이와 함께하는 독서 분과회 ③ 식생활을 생각하는 분과회 조별 토의 ① 유·아동기란 어떤 시기인가 ② 마음은 많은 체험을 통해 만들어진다 ③ 사춘기의 흔들리는 마음 ④ 최근의 소년사건에서 알 수 있는 사실 ⑤ 어린이가 자라나는 지역의 힘 ⑥ 과거와 현재의 육아 조별 이야기회 : 간단한 놀이·그림책·담소	· 전체토의 · 살기 좋은 지역사회를 만들기 위해 모두 함께 생각해보자-아이 키우기와 좋은 부모 되기

공민관으로 모여드는 배움의 즐거움

고이토(小糸) 공민관으로 옮기게 되었을 때, 당시의 관장(주3일의 비상근 관장이지만 매일같이 출근하던 공민관을 아주 사랑하시는 분)과 공민관이 육아 중인 부모들의 '모임의 장'이 된다면 공민관 활동도 활기를 띠지 않을까하고 이야기한 적이 있다. 1984년경까지 지속적으로 유지된 청년단의 활동이 지역성을 가지고 건재하던 시절에는 청년들이 공민관에서 직장으로 바로 출근한 적도 있다는 에피소드가 있다. 직원의 존재도 커서 개관 20주년 기념사업의 일환이었던 좌담회에서는 '고이토'와 '공민관'의 미래에 대해 열띤 토론을 벌였다.

지금 돌이켜 생각해 보면 부모와 자녀교실이나 가정교육학급은 일종의 그 '모임의 장'을 마련하기 위한 활동이었다. '모임의 장'은 우선 즐겁고, 활기가 넘치며, 친구를 사귈 수 있고, 안심할 수 있는 장소, 자신을 해방시킬 수 있는 장소이기를 바란다.

부모와 자녀교실의 야영이나 스키 체험에서는 당시의 '성년을 축하하는 모임'에서 탄생한 '동아리 5분전'이라는 스키 동아리가 지도와 함께 일대일로 즐겁게 진행해 주었다. 아버지들 사이에서의 교류도 큰 존재감을 가지게 되었다. '고이토'를 알고 접하는 것에 중점을 두었다.

매일 바쁘게 움직이는 어머니들이 느긋하게 여유를 가지고 육아와 자신의 일에 대해 '이야기를 나누고 싶네요'라고 부탁하고, 숯 굽기에 관심을 갖고 있는 아버지들과 어떤 것에든 호기심을 가지고 있는 어린이들의 마음이 합해져 공민관 광장에서의 숯 굽기 체험을 실현시켰다. 공민관에 숙박하며 긴 시간을 부모와 자녀, 가족들끼리 공유하고 기분을 전환시키는 귀중한 체험이었다. 모자교실로부터 탄생한 동아리는 두 개 모두 건재하여 그때의 아이들이 성년을 맞이할 만큼 시간은 흘렀지만 아직도 부모들은 지역과의 유대를 계속하고 있다.

2001년 6월에 개관한 '고이토 놀이방'에 대한 노력도 그 중 하나이다. 후생노동성의 저출산화대책사업으로 고이토 공민관에 건설에 대한 이야기가 있었을 때, '고이토 유아가정교육학급'에서는 정보의 홍수 속에서 자신이 무엇을 중시하며 육아에 임하는지, 부모는 무엇을 해야 하는지, 아버지는 언제나 집을 비우기 일쑤, 아이에게서 가끔은 떨어져 있고 싶다, 공부도 하고 싶다, 다른 아이와 비교하여 침울해지기도 한다, 어떻게 대처해 나가야 하나 등등 고군분투하고 있는 어머니들의 진심이 담긴 이야기가 오갔다.

'아이가 어릴 때에는 좀처럼 가질 수 없었던 나만의 시간. 매달마다 있는 1회 1회가, 동급생들의 사이를 가까이 하여 "뭔가 해보자", "무언가 할 수 있다"라는 힘과 신뢰관계를 모두와 함께 만들어 갔다. 나는 이곳을 통해 휴식하고, 동료를 만들고, 기운도 얻어 움직이기 시작했지만 역시나 고민, 불안은 끊이지 않았다. 육아란 무엇인가, 나는 무엇인가에 대한 답을 찾아 안정을 찾고 싶은 심경이었다'라고 당시를 회상하는 K씨.

놀이방에 대해 상담하자 학급에서는 그 문제를 받아들여 설문조사에 착수했다. 도중에 나는 평생학습과로 이동하게 되고 말았지만 그녀들은 한정된 예산 속에서 이용자 측의 의견을 최대한 살리려는 노력을 전문가와 조력자를 늘려가면서 실현해 갔다. 현재는 운영위원회 '봇코대(隊)(고이토 놀이방의 통칭 볕쬐기(히나타봇코))'를 조직해 운영과 예산 면에서 고전하면서도 편안하고 기분 좋은 놀이방을 만들기 위해 노력하고 있다. 공민관의 학습이 다른 사람을 위한 것이라고는 해도 자신의 학습으로도 이어지고, 아이를 데리고 마음 편히 나설 수 있고, 함께하는 육아를 선택한 실천이며 지역으로부터의 육아 지원이다. 공민관을 거점으로 한 새로운 시도로 여겨지고 있다.

경청봉사단 '서폿토'

2001년, 기미쓰(君津)시에서도 '기미쓰육아지원네트워크의 충실사업(문부과학성 보조사업)'에 착수했다. 중심사항인 '육아지원자'의 양성, 위촉이라는 항목을 어떻게 구성할 것인가는 지금까지 공민관에서 이루어져 온 가정교육학급과 상담심리강좌, 인간관계에 대해 생각해 보는 강좌의 학습과 연결하고 싶다고 생각했다(이 내용은 『공민관에서 배운다』, 国土社, 1998 참조).

이미 '상담심리강좌'의 강사 와타나베 하루요(渡辺晴代) 씨가 주재하는 '상담원연수'에 참가하고 있는 수료자도 있다. 그리하여 상담심리서클의 활동거점이기도 한 야에바라(八重原)공민관과 공동개최라는 형태를 빌려 과거 5년간의 '상담심리강좌' 수료자를 대상으로 '다른 사람을 위해 배워보지 않겠습니까'라는 내용으로 수강생을 모집했다. 이야기를 경청하는 것에 중점을 둔 총 15회의 '육아지원자 양성강좌'는 상담원연수생에게 지도를 의뢰하여 역할놀이를 중심으로 실시했다. 육아학습에서 시작된 그녀들의 계속적인 학습은 이 사업을 진행함에 있어 큰 존재가 되어, 육아지원자의 활동이 시작됨과 동시에 지원단의 고문을 의뢰했다.

강좌의 마지막 날에는 지원단의 위촉을 위해 15분 정도의 면접 테이프와 그 내용을 문장화한 '육아지원자에 응모한 이유'를 주제로 보고서를 받았다. 보고서에는 '어머니들의 생생한 목소리를 반복해 듣던 중, 그녀들이 아이에게 있어 "이런 엄마였으면 좋겠다"고 바라는 마음이 나에게 있어서도 큰 가르침이 된다는 사실을 알게 되었다. 자신의 육아를 돌아볼 수 있는 다시없는 기회라고 생각한다. 언제나 상냥한 어머니상의 속박에서 '왜'라는 물음이 허용되고, 그것에 의해 상냥하지 못해서 고민하고 있는 어머니도 이유를 붙여서 인간으로서 이해받는다. 이는 나를 배움의 즐거움으로 충족시키고, 또한 내 자신을 해방시켰다.' 등등, 고독하고 불안한 육아에서 서로 의지하는 육아로의 전환에 대한 기대가 가득했다. 교육위원회로부터 19명의 육아지원자가 위촉되었다. 그와 병행하여 기미쓰시 육아지원네트워크협의회를 설치했다. 다음 페이지의 도식은 이상적인 육아지원을 위한 하나의 과정으로 이해해주기 바란다.

육아지원단의 애칭을 모두 함께 궁리했다. 지원자(서포터)와 마음 편한(홋토스루) 쉼터를 합쳐서 '서폿토'로 결정. 금년도 활동계획서 작성부터 시작했다. 연수를 중요하게 여길 것. 만남을 통해 뒤돌아보고 상담사업을 실현하기 위해서도, 먼저 서폿토를 알리기 위한 교류회와 공개강좌를 두 반으로 나누어 계획, 실시. 시 내의 육아지원실과 공민관에서 개최하고 있는 가정교육학급과 육아강좌, 임산부를 대상으로 한 어머니학급 등에서도 소개해 왔다.

이렇게 해서, '좋은 육아는 기미쓰에서'라는 구호로 교류회가 시작되었다. '듣고 싶은 것, 이야기 하고 싶은 것이 있지 않습니까? 가볼까……에서 가자!로. 즐거운 육아를 위한 정보교환의 장. 작은 한 걸음으로 육아의 장을 넓혀 보지 않겠습니까'라고 기획해 전단지를 만들고 당일 진행하여, 보육에 대한 염려 등 서로 지혜를 모으는 시간을 가졌다.

기미쓰육아지원네트워크 조직도

```
                    ┌─────────────────┐
                    │ 육아 중인 부모·가정 │
                    └─────────────────┘
                        │  지  원  │
                    ┌─────────────────────┐
                    │ 기미쓰시육아지원네트워크 │ ──── 제휴·정보제공
                    └─────────────────────┘
                    ┌────────┐  ┌────────┐
                    │ 육아지원단 │──│ 운영위원회 │
                    └────────┘  └────────┘
                                • 지원단대표
                                • 평생학습과
  ┌──────┐  ┌────┐  ┌────┐        ┌──────────┐
  │ 학교   │  │육  │  │상  │        │ 민생아동위원 │
  │ 유치원 │  │아  │  │담  │        │ 아동상담소  │
  │ 교육센터│  │지  │  │사  │        │ 시 간호사   │
  │ 공민관 │  │원  │  │업  │        │ 시 아동가정과 │
  │ 도서관 │  │교  │  │    │        │ 어린이센터  │
  │ 등    │  │류  │  │    │        │ 고이토 놀이방 │
  │       │  │사  │  │    │        │ 코알라방    │
  │       │  │업  │  │    │        │ 해피      │
  └──────┘  └────┘  └────┘        │ 등       │
  제휴                              └──────────┘
  정보제공                          제휴 정보활동
            ┌──────────────────┐
            │ 육아지원네트워크협의회 │
            └──────────────────┘
                              02.2.4 작성
```

참가자의 '육아를 함께할 동료를 만들어, 이야기하고 싶었고 또 들어 주길 바랐다. 내 이야기에 귀를 기울여주는 사람이 있다. 이런 장소를 원했다'라는 소감을 다음 단계로 어떻게 이어갈 것인지 운영위원과 상의하여 '이야기광장'을 개최하게 되었다. 경청봉사단으로서 '서폿토'의 활동이 확대되었다. 그러나 꼭 잘되리라는 법은 없었다. 부담감을 느낀다. 잘 되든 못 되든 모두 함께 해냈다는 충실감이 필요하다. 서두르지 말자는 활동 방향에 대해 의문이 생겼다. 활동량이 많은 사람과 적은 사람간의 틈은 어떻게 하면 메울 수 있을까. 활동을 시작하는 것이 초조하고 불안하다. 19명 모두의 진심이 토로되었다.

예를 들면, '서폿토'의 운영요령은 무엇을 추구하고 있는가. 이상은 무엇인가, 예산이 남아서 그냥 하는 일인가, 시에서 요구하는 것을 요구받기 전에 실행해야 한다, 제휴하기 전 먼저 그 의미를 배워갈 시간이 필요하다, 제휴에는 행정·기관과의 제휴도 있거니와 어머니들과의 제휴도 있다, 활동하다보면 자연스럽게 체계가 잡혀갈 것이다, 큰 교류도 있겠지만 조그만 교류 역시 중요하다, 우물가회의라도 좋다, 스스로의 기본자세를 확립하고 싶다, '서폿토'만의 접근방법이 있을 것이다, 일상적으로 경청의 자세를 갖출 수 있는 근본적인 부분이 중요하다, 자원봉사와 행정 간의 관계는 무엇인가, 활동의 거점이 필요하다 등등 반년 간의 활동에서 느낀 여러 가지 생각들이 나왔다. 조언자 역할의 지원단 고문은 정중한 태도로 한 사람, 한 사람의 생각을 지원단 전체의 문제로 돌려 생각했다.

12월에 들어 다음 해에 실시할 크게 네 가지의 활동방안에 대한 회의가 진행되었다. 운영위원장인 N씨와 그간의 감상을 나누었다. 경청의 학습은 자신의 기분을 표현하고, 가치관의 차이를 서로 배우는 시간을 만들 수 있었다. '서폿토'가 지향하는 '좋은 육아는 기미쓰에서'의 창조가 시작되었다고 생각한다. 아직은 불투명한 부분도 있지만 '서폿토'다운 느낌으로 나아가고 싶다고.

그와 병행하여 2002년도 '육아지원자 양성강좌'를 개시했다. 한 해에 걸쳐 전기, 후기 약 80시간에 달하는 학습내용을 계획했다. 전기 10회의 후반에 들어섰다. 학습 프로그램 '나의 육아'는 '서폿토'의 두 사람이 담당해 주고 있다. '마음의 조급함, 사회에서 나를 아무도 필요로 하지 않는다는 소외감. 공민관의 가정교육학급에의 참가로 사람들과 친분을 쌓아가면서 마음이 움직이기 시작했다. 있는 그대로의 내 자신을 받아들일 수 있게 되었다. 아이의 마음에 다가선 느낌. 이웃에게는 늘 감사하게 생각하고 있다.' 수강생들의 앞에 선 두 사람은 답답하고 힘들었던 육아 생활에서 자신과 마주하는 일에 대해 이야기했다. 수강생들은 마이크를 돌려가며 감상을 주고받는다. '있는 그대로의 자신을 받아들이는 일을 통해 주위 사람들에게도 다정해질 수 있었다. 사람은 다른 사람과의 관계 속에서 성장한다. 자신과 마주하는 일이 중요하다는 말. 공감할 수 있었다. 부모도 학습을 통해 변할 수 있다. 남의 말을 들어주는 귀를 가진 내가 된다면 등등'눈 깜짝할 사이에 2시간이 흘러버렸다.

끝으로

강좌가 끝나면 그때의 느낌, 감상을 한마디씩 쓰고, 직원은 다음 시간에 일람을 만들어 모두에게 돌려준다. 많은 사람들이 '더 노력하겠다'라고 쓴다. 나는 나도 모르게, 더 노력하지 않아도 괜찮아요 라며 혼잣말을 하고 만다. 그녀들의 학습을 통해 나 또한 많은 것을 느끼게 되었다. 있는 그대로의 자신을 받아들이는 것으로부터 '즐거운 육아'가 시작된다. '가정의 힘'이 없다고들 한다. 돌이켜 생각해보면 육아는 어머니만의 문제도 아니고 한 가정만의 책임도 아니다. 가정, 학교, 지역에서 스스로의 의지로 책임 분담을 해나갈 힘이 필요하다고 느낀다. '어머니회' 제22회의 강연 '시민들의 학습, 실천, 그리고 마을 만들기'에서, '배움의 공동성'에 관해, 강사 사토 카즈코(佐勝一子)씨는 '사람과 사람이 관계를 맺는 일, 나와 지역이 관계를 맺는 일, 21세기는 남성도 어린이도 지역에 뿌리를 두고 생각하지 않으면 살아갈 수 없는 시대'라는 말로 끝을 맺었다. 기미쓰의 어머니들의 배움이 지역의 육아에 대한 이해를 넓혀가는 커다란 힘이 되는 것은 부인할 수 없는 사실로 공감을 불러일으킬 어른들의 다양한 제휴를 위해 언제나 기대에 부응할 수 있는 직원이 되고 싶다.

스즈키 케이코(鈴木恵子)

제2장 **4** 지역사회를 창조하는 자치와 협동 학습

아버지들이
배우기 시작할 때

공민관은 아버지와 아이의 원더랜드(Wonderland)

아이가 아주 좋아하는 아빠를 향해 말을 거는 장면을 상상하여 이름 붙인 '아빠, 함께 놀아요!'라는 부자(父子) 교실을 2001년 1월부터 기사라즈(木更津)시립 니시키요카와(西清川)공민관의 주최사업으로 열고 있다.

이 사업은 아버지와 아이의 공감대 형성을 목적으로, 2세부터의 미취학아동과 그 아버지를 대상으로 하여 월 1회 개최하고 있다. 매회 교실에서는 강사의 열띤 지도 하에 전반부는 아버지와 아이가 함께 즐기는 게임과 리듬댄스를 하고, 후반부는 따로 나뉘어 아버지는 일상

의 피로를 풀기 위한 스트레칭체조, 아이들은 친구들과 함께 블록 등의 장난감을 가지고 즐겁게 노는 프로그램을 기본으로 하고 있다. 지역주민의 가까운 배움의 장이었던 공민관이 이 때 아버지와 아이만의 커뮤니티공간인 '원더랜드'로 바뀐 것이다. 실천면에서는 시작한지 얼마 되지 않아 아직 발전 중에 있지만, 담당직원으로서 이 교실에 대해 생각한 바를 간단히 언급하고자 한다.

개설까지의 과정

돌이켜 생각해 보면 '이런 교실을 개설하자'고 내 나름대로 이미지를 상상해 형태를 잡아가기 시작했던 것은 1999년의 "아이를 돌보지 않는 남자는 아버지라 부를 수 없다"는 후생성(현 후생노동성)의 저출산화대책・육아캠페인의 포스터가 나왔던 시기였을까. 이 포스터는 유명연예인 부자를 모델로 기용하여 세간의 큰 관심을 끌었었다.

마침 내가 근무하고 있는 공민관에도 이 포스터가 배포되었다. 처음에 나는 이 구호에 대해 별다른 의문을 가지지 않았다. 오히려 '나라(후생성)에서 많은 돈을 들여 이런 포스터까지 만드네' 정도로 밖에는 생각하지 않았던 것 같다. 그러나 세간에서는 이 구호에 대해 '남녀의 의식개혁에 큰 효과가 있다', '남자는 일, 육아는 어머니의 역할이다'라는 성별 역할분담의식에 대한 의견과 '나라가 가정생활에 대해 쓸데없는 참견을 한다', '일 때문에 아무래도 시간이 안 난다'는 후생성에

대한 반발의견이 나오고, 국회의원 간의 논쟁을 일으키는 등 커다란
파문이 일어났다. 또 이 해는 남녀 공동참여 사회기본법의 시행 등으로
공민관에서도 남녀 공동참여의 추진방법을 찾고 있던 시기였다.

한편 당시의 사회적인 상황을 보면 아이를 대상으로 한 '충동'적인
살상(殺傷)사건이 연이어 일어나고, 또 분쿄(文京)구 오토와(音羽)에서
일어난 여아살해사건을 시작으로 육아 중인 어머니들을 둘러싼 사건·
사고가 매스컴 등에서 크게 보도되어 어머니들의 고립화·고독화 문제
와 지역과 가정의 교육력 저하에 대한 관심이 모이고 있던 시기였다.

이러한 문제에 대해 국가와 현, 각 자치단체에서는 신속히 다양한
법제개혁과 시책을 잇달아 진행하였다. 그 대표적인 예가 소년법 '개정'
과 사회교육법 '개정'이다. 각 공민관에서도 지금까지 진행되어 온
'가정교육'에 관한 학급이나 강좌를 늘리고, 특히 유아를 가진 어머니들
의 '치유'와 '동료 만들기'의 장으로서의 자유공간이나 마당 만들기의
바람이 급속하게 퍼져나갔다. 이 가운데 이때까지 육아불안으로 고민하
고 있던 많은 어머니들이 같은 처지의 동료들과 이야기를 나누고, 서로
격려하며 위안 받고, 배움의 장을 넓혀갈 수 있는 기회가 실현되었다.

한편, '아버지'가 육아에 대해 거의 관여하지 않는다는 사실을 둘러싸
고 각종 여론조사를 포함해 맹렬한 비난이 쏟아졌다. 특히 일본의 아버
지들은 모두 "아버지 실격"인 것 같은 착각을 불러일으킬 정도로 '가
사·육아에 대한 남성(아버지)의 참여'에 대한 평가는 혹독했다. '그런
어처구니없는… 오늘날의 아버지들은 예전과는 다르게 노력하고 있다'
고 한 사람의 아버지로서 일본의 아버지들을 옹호하고 싶은 생각이

들었다. 그러나 '만약 그게 진짜라면'이라는 생각을 머릿속에서 완전히 떨칠 수가 없었다.

유모차를 끌고 매일 도시락을 싸들고 다니며 육아동아리에서 열심히 활동하는 어머니들의 모습을 보며 '겨우 공민관 활동에 참가하여, 가령 그 속에서 위안을 얻고 동료들과 이야기를 나눌 수 있게 되었다 해도 집으로 돌아가면 또다시 스트레스를 안게 되는 것은 아닐까?'라는 불안도 컸다. 이러한 갈등 끝에 조금이라도 무언가 과제해결을 위해 할 수 있는 일이 없을까하는 생각을 시작으로 불안 속에서 '아빠, 함께 놀아요!'라는 교실이 첫걸음을 내딛었다.

사실은 어머니가 제일 기뻐한다?

이 교실을 개설하면서 먼저 정기적으로 공민관을 이용하고 있는 육아동아리의 어머니들에게 솔직하게 상담해 보았다. "월 1회 일요일에 아버지와 아이가 함께 즐길 수 있는 교실을 개설해보고 싶은데… 어떻게 생각해요?"라고. 그러자 어머니들은 "(공민관에서)정말 기획해 준다면 남편을 설득해서 꼭 오게 할게요!"라든지, "보통 아빠랑은 잘 놀지 못하니까 아이들도 기뻐할 거예요!"라는 호의적인 반응이었다.

어머니들의 후원도 있고 우선 첫 해에는 상황을 봐서 3회 정도로 계획해보았다. 그리고 공민관 소식지를 통해 모집을 시작했다.

"쉬는 날이면 언제나 아침부터 텔레비전만 보고 있는 아이와 아이를 그렇게 만들고 마는 자신. 마음속으로는 '아이와 함께 근처 공원에라도 갈까'라고 생각하지만, 공원에 가면 언제나 '아이를 데리고 나온 어머니들뿐이라 부끄럽잖아'라고 생각하며 그만 아내에게 육아를 모두 떠맡겨버린다. 당신도 그런 휴일을 보내고 있지는 않습니까? …분명 아이는 집안에서는 볼 수 없는 멋진 표정을 보여줄 것입니다."

이러한 호소 아래 예상 외로 순조롭게 참가자가 모였다. 그렇다고는 해도 앞서 말한 육아동아리에서 활동 중인 분들의 관계자(남편·지인)가 많았고, 그것도 남편의 경우에는 멋대로 집어넣은 후 사후승낙을 받은 경우가 가장 많았다. 그 해에는 12쌍 31명의 부자가 참가했고, 매년 대체로 20대 후반에서 40대 초반의 아버지와 그 아이가 참가하고 있다.

이 교실의 주목적인 아버지와 아이의 대화 만들기라는 대의명분 외에도 실은 '아버지와 아이가 공민관 사업에 참가하고 있는 시간을 어머니가 육아로부터 해방되는 시간으로서 유효하게 활용하기를' 바라는 목적이 있었다. 따라서 어머니에게는 교실 견학은 물론, 그 시간 중에 공민관 출입은 일체금지 시켰다. 또 두 명의 아이 중 하나만 공민관에 데리고 오거나 하는 일 없이 이 시간의 육아는 모두 아버지가 책임진다는 기분으로 가능한 한 아이들 모두를 공민관으로 데려오도록 했다. 결과적으로 부자가 없는 동안 집안 일을 효율적으로 끝낸 경우가 많았으나, 개중에는 미용실이나 쇼핑을 가거나 어머니들끼리 느긋하게 패밀리레스토랑에서 차를 마시거나 한 사람들도 있는 듯하다. 잠시 동안이긴 해도 어머니로서가 아닌 자신만의 시간을 유용하게 보낼 수 있었던 게 아닐까 생각한다.

아빠, 함께 놀아요!

— 당신도 아이와 함께 참가해보지 않겠습니까 —

쉬는 날이면 언제나 아침부터 텔레비전만 보고 있는 아이와 아이를 그렇게 만들고 마는 자신. 마음속으로는 '아이와 함께 근처 공원에라도 갈까'라고 생각하지만, 공원에 가면 언제나 '아이를 데리고 나온 어머니들뿐이라 부끄럽잖아'라고 생각하며, 그만 아내에게 육아를 모두 떠맡겨버린다. 당신도 그런 휴일을 보내고 있지는 않습니까?

니시키요카와(西淸川)공민관에서는 주최사업으로 '아빠, 함께 놀아요!'를 3회에 걸쳐 실시합니다. 이 강좌는 리듬체조와 게임 등을 통해 아버지와 아이 간의 공감대 형성과 아이들끼리의 교류 속에서의 정서 발달을 목적으로 개최하는 행사입니다. 당신도 아이와 함께 참가해보지 않겠습니까? 분명 아이는 집안에서는 볼 수 없는 멋진 표정을 보여줄 것입니다.

대상 2세~취학 전 아동과 아버지 20쌍
비용 무료
강사 지비키 아케미(地曳朱美)(지도자)
신청 전화로 니시키요카와 주민자치센터에
☎23-0286

일 시	시 간	내 용
1월 28일(일)	10:00~11:30	리듬체조
2월 25일(일)	10:00~11:30	&
3월 25일(일)	10:00~11:30	게임 등

아버지들이 배운 것

올해로 3년째를 맞이하지만, 매년 조금씩 커져가며 계속되고 있다. 기쁘게도 여러 번 참가한 사람도 많다.

참가자의 설문조사 결과에 의하면, 참가동기로 '아이와 대화를 나눌 수 있는 좋은 기회라고 생각해서'라는 대답이 많아 '평일에는 아이와 접할 시간이 거의 없어서 휴일에 조금이라도 함께할 시간을 가지기 위해 노력하고 있다(하고 싶다)'는 의식이 있는 듯하다. 하지만 비나 눈이 와도 별로 출석률이 떨어지지도 않고, 놀랍게도 '나고야(名古屋) 출장에서 조금 전에 돌아온 탓에 졸려서!'라고 눈을 비벼가면서도 적극적으로 참가한 "강인"한 아버지도 있을 정도였다. 열심히 아이를 돌보는 그들의 열정적인 모습이 한 측면에서나마 실제로 확인된 것은 이 사업을 통한 하나의 성과였다.

그런데 참가한 아버지들은 도대체 무엇을 배운 것일까. 먼저, 직접 아내의 육아에 대한 부담을 실감할 수 있었다는 것이다. 어머니가 아이의 일로 안절부절 못하는 기분을 이해할 수 있게 되고, 부부의 대화에서 아이의 일상과 그 표정을 떠올릴 수 있게 된 것이다.

또 하나는 교실에서뿐만 아니라 평상시 집에서도 아이가 적극적으로 아버지와 친해지려고 하게 된 것이다. 평소 엄마와 아이 둘이서만 보내는 시간이 많은 가운데, 자신이 아빠로서 자녀에게 인정받고 있다는 사실을 실감할 수 있었던 것이다. 아버지가 아이와의 강한 신뢰관계를 갖게 되고, 이제 겨우 출발선이기는 하지만 어머니와 같은 경기장에 서게 된 순간이기도 하다.

이미 전국 각지의 '부친회'를 시작으로 아버지들의 학습활동은 곳곳에서 훌륭한 실천을 전개해 오고 있다. 이번의 '아빠, 함께 놀아요!'와 같은 사업 축적의 성과가 나아가 지역의 아버지모임을 구축할 수 있을 때까지 전개되었으면 한다.

지금 다시 한 번, 성인남성의 학습을 생각하다

'성인남성'을 대상으로 한 학습은 아주 예전부터 공민관 사업의 과제로서 공민관 직원 모두가 골머리를 앓으며 신경써 온 것 중의 하나이다.

10년 전에는 획기적이었던 '남성요리교실'은 이제 완전히 익숙해진 공민관 활동의 하나라고 할 수 있다. 인터넷에서 검색해보아도 그 수가 상당히 많다는 것을 알 수 있다. 하지만 그 학습내용은 많이 변했다. 특히 일품의 기술과 맛을 자랑하는 '명인·달인'을 의식한 요리교실은 이제 확실히 시들해진 듯하다. 그리고 고령사회를 반영한 '건강', '간호', '노후'가 키워드라 할 수 있는 내용의 요리교실이 증가하고 있다. 현재 나도 요리교실을 담당하고 있는데 참가자의 절실한 마음이 사무치게 전해져 온다. '아내가 갑자기 세상을 떠나 줄곧 인스턴트 음식을 먹었다. 건강을 생각해 스스로 음식을 만들겠다고 마음먹었다', '아픈 어머니를 위해 식사 때마다 시중을 들고 있다. 조금이라도 다양한 음식을 만들고 싶다'라는 비통한 마음이 참가의 동기가 되고 있는 것이다.

당연한 말이지만, 더 이상 '유행'은 필요 없다. 시대에 뒤떨어지더라도 공민관은 '생활자의 시점'을 중요하게 생각해야만 한다. 그리고 성인남성이 지역에서 여유로운 생활자가 될 수 있도록 배움을 실천해야 한다. 상의하달적인 사회의 생활이 몸에 배어 나와서는 필요 없는 직함

아빠…함께 놀아요!

과 프라이드만은 버리지 못한다. 정치와 경제, 역사 등 지식 습득 위주의 강의형식에는 자신 있지만 참가자들끼리 서로 무언가를 결정하거나 매사를 깊게 생각하는 일에는 서툴다. 가치관이 다른 사람의 이야기에는 귀를 기울이려고도 하지 않고 견원지간이 되어버리기도 한다. 그러한 점에서 여성은 현명하다. 지역의 생활자로서 필요한 기술을 공민관에서의 학습을 통해 금세 익혀 나간다. 우선은 성인남성들 스스로 그러한 사실을 빨리 깨달았으면 하나, 그 각성을 위한 고안을 공민관이 어떻게 해나갈 것인지 또한 과제로 남아 있다.

아키모토 쥰(秋元淳)

제2장 **5** 지역사회를 창조하는 자치와 협동 학습

공민관과
학교를 연결하다

'아이들의 본연의 모습이 보이지 않는다',
'아이들이 무엇을 생각하고 있는지 모르겠다'

교육과 어린이를 둘러싼 여러 가지 문제가 발생하는 가운데 학교가
문제시되고, 가정이 문제시되고, 학교와 지역의 관계가 재차 논의되고
있다.

집단 따돌림, 교내폭력, 등교거부, 학급붕괴, 흉악한 청소년범죄의
속출, 또 미래에 대한 꿈과 희망을 펼치는데 초석이라 할 수 있는
취업은 초빙하기(超氷河期) 상태로, 고교생의 취업률은 50%를 밑돌고

있다.

이처럼 막막한 상황 속에서 어른사회의 표면과 속내도 어른들의 여러 가지 일과 행동에 대해 편견을 가지고 보고 있는 아이들……. 아이들의 많은 저항·반응 속에서 다양한 개혁이 이루어지고 있다. '여유'를 만들어내기 위한 주5일등교제, '살아가는 힘'을 키우기 위한 종합적 학습, '국제화'를 위한 초등학교 때부터의 영어교육, '열린 학교'를 위한 학교평가위원제도와 학교평가시스템, 학교지원 자원봉사제도 등 '교육개혁'이 진행되고 있는 것이다.

이러한 흐름을 단적으로 보여주는 예로 교육개혁국민회의보고(2000년 12월)에서 '청소년의 문제행동의 배경에는 오늘날의 가정, 지역의 교육적 힘이 저하되고 있는 현실이 있다'며 '교육의 원점은 가정에 있다는 사실을 자각한다', '학교가 사회에 대해 폐쇄적이라는 지적이 누차 들려오고 있다. 학교와 지역에 따라 사정은 다르지만……, 어린이의 육성이 학교·가정·지역사회와의 제휴·협력 없이는 이룩할 수 없는 일이라면, 지금부터 학교가 사회에 대해 "열린 학교"가 되어 가정과 지역사회에 대해 적극적인 움직임을 보이고, 가정과 지역사회와 함께 어린이를 육성해나간다는 시점에 바탕을 둔 학교운영을 생각하는 것이 더없이 중요하다'고 말하고 있다. 이와 같이 가정, 학교, 지역사회에서 모두 어린이의 육성이 제창되고 있다.

학교의 임무

가정, 학교, 지역사회가 삼위일체가 되어 이루어지는 어린이의 육성은 지극히 당연한 일로 전혀 간섭할 여지가 없다. 하지만 어린이와 함께 보내는 시간 등을 생각해 보면 학교가 압도적인 영향력을 가지고 있어, 교육체제나 제도를 포함하여 다수의 어린이에 대한 영향력은 공민관과는 비교할 수 없을 정도로 크다.

그리고 오늘날의 교육·육아 문제의 기본적인 해결을 위해서는 거기에 내재되어 있는 문제의 해결이 먼저 이루어져야 할 것이다. '말하지 않는 아이', '마음을 열지 않는 아이' 등 점점 어려워져만 가는 아이들의 세계에 보다 가까워지기 위해서는 소수학급, 관심이 두루 미치는 교육 등이 더욱 필요해질 것이다.

학교와 지역과 공민관 : 열린 학교란

학사제휴를 외쳐 온 지도 20여년 정도의 시간이 흘렀다. '학사(学社)'란 학교와 사회교육, 또는 사회를 말한다. 하지만 제휴의 진행이 지지부진한 상태로 오늘날에까지 이른 요인은 과연 무엇인가.

첫 번째는 앞서 지적당한 바와 같이 '학교가 사회에 대해 폐쇄적'이라는 점이고, 두 번째는 그러한 가운데 방대한 학교 사무량과 관리적인 측면의 중시로 학교자체의 '여유'가 없었던 점. 세 번째는 학교에 대한 지역의 지나친 '신뢰', '의존' 등 지역이 학교를 향해 눈을 돌리지 않았던 점. 네 번째로는 사회교육 자체가 빈약해 제휴하기 어려운 점 등을 들 수 있겠다. 또 그 외의 다양한 요인들로 인해 제휴가 원활하게 진행되지 않았던 것이라 생각한다. 이러한 폐해를 제거하여 새로운 제휴를 가능케 하는 조건을 만들어가야 한다. 그 조건이란, 첫째, 학교 스스로가 '학사제휴', '열린 학교'에 대해 '생각하는 자세'를 가지고 있는가, 키워나가고 있는가. 둘째, 학교자체에서 '학사제휴'를 실시할 수 있는 인적체제를 구축하고 있는가. 셋째, 공민관에서도 이상의 조건 들을 갖추고 있는가. 그리고 넷째로 학교와 공민관 간에 서로 의견을 교류할 기회가 충분히 있는가 하는 점이다.

또한 물리적 조건의 정비 등도 필요하다고 생각된다. 지금까지 요구 되어 온 조건과 비교해 보면 '교육개혁'으로서 제기된 것에 의해 앞으로 의 방향성을 찾아낼 가능성이 높아지고 있다는 점이 유일한 변화이다. 그러나 대의는 '어린이를 건강하게 키우는 것'이다. 공민관과 학교가 많은 지혜와 힘을 모아 '열린 학교' '연 학교' '열게 한 학교'로서, '학사제휴'는 물론 '학사융합'까지도 도전해 보고 싶다.

현재 지역에서는 학교에 대해 잘 알고 있는 듯하지만 실은 거의 모르고 있다. 교문 안쪽, 하물며 학교 건물 안에는 한 번도 들어가 본 적이 없는 경우가 일반적이다. 또 교육기관인 공민관과 학교와의 관계도 지역 축제에서 초중학생의 작품을 전시·발표한다든지, 초등학 생들이 마을 탐험으로 공민관을 견학하는 정도였다. 아이들은 주5일등 교제에 따라 토요일, 일요일, 여름방학, 겨울방학 등 학교에 가지 않는 날이 늘어났다. 다시 말해 어린이가 지역에서 보내는 시간이 증가한

것이다. 이러한 '여유' 시간을 어떠한 방법으로 아이들에게 '여유'로서
보장해 줄 수 있을까.

공민관과 학교를 잇는 사업전개

■■1. 학사제휴과

기사라즈(木更津)시에서는 2002년도부터 모든 초중학교에 학사제휴
과가 설치되었다. 이는 가정, 학교, 지역사회의 삼각적 교육운동을 추진
하기 위한 방책으로 설치된 것이다. 종래의 지역・공민관 창구의 직원
은 교장・교감이 교장이나 교감이 아닌 사람들 중에서 선발하여 대체로
소기의 목적에 부합한 창구를 만들었다. 이 의의를 꼽아보자면, 첫째는
각 학교에 제도로서 학사제휴를 도모하기 위한 창구가 만들어졌다는
것이다. 둘째는 교장・교감 외에 제3의 창구로서의 역할을 가질 수
있는 정교사가 담당하기 때문에 학교에서의 보다 철저한 업무 처리가
도모되기 쉽다는 것이다. 이러한 사업으로부터 이제 막 시작 단계이긴
하지만 공민관 사업에 대한 어린이의 참가율 증대, 어린이들의 주체적
인 지역사회의 축제 참가, 예능발표회의 중학생 사회자, 춤과 합창
발표, 출품 전시에 있어서도 학교와 어린이가 주체가 되어 기획하는
사업들이 생겨나고 있다.

▌▌2. 육성회 활동

어린이를 통한 부모와 교사 간의 교류, 혹은 육성회 활동이 존재한다. 육성회 활동은 사회교육관계단체로서 매우 커다란 존재로 지역사회 구축의 큰 비중을 차지하고 있었다. 물론 지금 역시 그러하다고 믿고 있다. 하지만 물질적으로 풍족하지 못하던 시절에는 운동장의 정비, 학교 건물의 수리 등 다양한 분야에서 육성회의 힘으로 재생 혹은 개선하지 않으면 안 되었다. 그러한 의미에서 지역의 학교, 지역의 공동체가 존재했던 것이다.

저출산화에 의한 아동·학생의 감소, 저출산화에 의해 육성회로서 활동하는 시간이 짧아지면서 점점 희박해지는 학교와의 관계, 저출산화에 의한 육성회 인원과 회비의 감소, 부모의 노동시간 증가와 불규칙한 근무형태, 맞벌이의 증가 등 육성회도 결코 강고한 활동을 계속해서 전개할 수만은 없는 상황이 되었다. 또 사회교육파견주사로서 학교 정교사를 교육위원회에 배치하여 그 교사가 학교사정에 밝은 점을 감안해 육성회 담당으로서 육성회를 지도하도록 했다. 이를 통해 일반 직원이 담당할 때보다 더욱 원만한 운영이 가능하게 되었으나, 한편으로는 학교관계자와의 연계가 밀접해져 아이를 가진 부모로서의 육성회 회원과는 거리가 멀어진 상황을 낳은 사실 역시 부정할 수는 없다. 육성회가 학교에 동화되면서 '열리지 않는 학교'로 이행할 위험성을 내포하고 있었다고 할 수 있다.

현재 육성회의 역할은 매우 중요하다. 집단 따돌림, 학교붕괴 등을 생각하면 지금이야말로 학부모들끼리 친분을 쌓고, 관계를 깊이 해야

할 중요한 시기이며, 어린이를 피해자, 가해자로 규정짓지 말자는 운동
은 어린이를 지탱하는 육성회 고유의 책무라 할 수 있지 않을까. 자각을
가지고 고유의 책무를 다하는 육성회가 되어야만 한다. 육성회가 건강
하지 않으면 아이들도 잘 자랄 수 없을 것이다.

▌▌3. 공민관의 활동을 지역사회에 환원시키는 노력

공민관 활동을 통해 몸에 익힌 것, 공민관에서 배워온 것을 마을
만들기, 지역사회의 구축에 유용하게 사용하는 것, 그것이 바로 '공적
사회교육'의 큰 목적이며 사명이다.

(1) 학교지원 자원봉사

공민관에서 활동하고 있는 많은 사람들이 학교지원 자원봉사에 참가
하여 이 활동을 지지하고 있다. 학교가 지역사회의 핵심적 시설이라는
사실은 지금도 변함없다. 학교는 지역사회의 거점·문화의 거점으로서
재생하려 한다. 특히 현재 가정의 취약성과 지역공동체의 붕괴 속에서
지역사회의 선배 여러분들의 힘을 빌려 학교를 재생시키고 싶다. 학교
지원 자원봉사는 학교정비사업과 교육지원사업의 두 가지 측면에서
기대되고 있다.

이 시에서는 약 950명의 학교지원 자원봉사자가 매일 활동을 전개하
고 있으며, 앞으로의 활동도 기대되고 있다. 학교가 지역사회의 힘에
의해 지탱되고 지역사회의 문화거점으로서 성장하기 위해, 또한 지역사
회의 학교로서 뜻이 있는 사람들에 의해 지탱되기 위해서 지금 논의해

야 할 것은 그 활동이 학교 교육활동에 대한 지원으로 그치고 말 것인가 하는 문제이다. 그렇지 않다면 '자조', '공조', '상조'를 명확히 하여 상호 간의 관계를 확실히 구축할 필요가 있을 것이다.

'체험학습' 등이 요구되고 있으나 아이들에게 있어 공간이 넓은 학교만큼 좋은 '체험학습'의 장은 없다. 화단, 정원수, 초목재배, 잡초 뽑기, 철망수리. 이러한 것들을 아이들에게 체험시킬 최적의 장소가 바로 학교시설이라고 생각한다. 어쩌면 어른들이 이러한 활동의 기회를 빼앗고 있는 것은 아닐까라는 관점도 필요한 것이다.

[표 2-4] 등록자수

	1998년	1999년	2000년	2001년	2002년
등록자수	195명	435명	546명	770명	939명

[표 2-5] 등록자별 내역

	1998년	1999년	2000년	2001년	2002년
남 성	71명	123명	160명	261명	288명
여 성	124명	312명	386명	509명	651명

[표 2-6] 등록된 지원내용건수

	1998년	1999년	2000년	2001년	2002년
환경정비	76건	387건	384건	689건	650건
교육활동	175건	363건	413건	891건	674건

〈활동영역〉

【환경정비지원】

잡초 뽑기, 풀베기, 도랑청소, 화단정비, 초목 바꿔심기, 페인트 칠(건물내벽, 놀이기구 등), 도서정리(도서관의 정비), 수영장 차일 만들기, 창문 닦기, 게시판 작성, 가지치기, 벨 마크 수집[1], 커튼 만들기(수선), 모래 채우기, 교육의 숲 정비(풀베기, 대나무 벌채, 솎아내기 등), 컴퓨터 네트워크 만들기, 전기관련 정비, 교재·교구 작성, 각종 표지판 작성

【교육활동지원】

책 읽어주기, 이야기모임, 가정과(재봉틀, 조리실습), 지역의 역사(고분) 설명, 붓글씨지도, 음악지도(합창, 합주, 악기지도), 수확제 지원, 인형극, 그림자놀이(만들기, 상연), 초밥 만들기, 육상경기지도, 쉬는 시간에 놀아주기, 재활용품 수집 돕기, 한밤의 도보여행 돕기, 체험담(전쟁, 취업 등), 인사, 교통안전지도, 교통정리, 일본 전통악기(거문고, 샤미센, 북), 스포츠지도, 교외학습지도, 도덕지도(이야기수업 등)

(2) '종합적 학습'의 지원

학교지원 자원봉사와 '종합적 학습'의 지원에 의해 교육활동지원의 분야가 성립된다. '종합적 학습'은 이제 막 첫걸음을 내딛었지만 사회의 경험자, 선배로서 어린이들과 접하는 일은 어른에게도 어린이에게도

---

1) 역주 : 기업들이 제품에 일정 점수가 쓰인 종 표시를 붙여 판매한 후, 각 학교별로 학생들이 모은 종 표시를 점수에 상당하는 비품과 교환해 주던 행사

기쁜 일 일 것이다. 공민관에서 학습한 사람들이 강사나 조력자로서 활약하고 있는 것은 공민관과 학교를 연계하는 데 있어서도 바람직한 일이다. 앞으로의 유의점이라면 공민관은 앞으로 보다 많은 사람들에게 이러한 지도 분야를 이해시키고 또 목표를 갖게 하고, 그리고 기술이나 새로운 것의 전달에 그치지 않고 그 당시

전쟁 중의 기억을 이야기하시는 노인들

의 상황모습을 전하는 장소가 되었으면 하는 점이다. 그러한 활동에 의해 수많은 강사와 조력자들의 전해지기 때문이다.

【사례】

'상호소통학급의 수강생 27명이 이와네(岩根)초등학교 6학년생(약 70명)과 함께 전쟁 중의 기억과 체험담을 이야기하며 상호교류의 시간을 가졌습니다. 이 아이들과 비슷한 나이였을 때 전쟁을 겪은

수강생은 어린이들의 질문에 대답하는 형식으로 당시의 생활과 학교의 모습, 공습과 피난의 경험, 어떠한 기분으로 그 당시를 살았었는지 등, 다양한 체험과 감상을 어린이들에게 전해 주었습니다.

공민관에서는 이와네(岩根)초등학교와 상의하여 수업과 아울러 어린이들에게 동아리활동을 체험시키고 고령자로부터 배울 수 있는 기회를 마련해 왔습니다. 이번 '전쟁의 체험담을 이야기하다'는 10월에 실시된 '옛 놀이를 체험하자!(1학년 대상)'에 이어 제2탄. 각자 그룹을 나누어 어린이들이 미리 준비한 질문에 답하다 보니 눈 깜짝할 사이에 정해진 시간이 모두 지나가 버렸습니다. 상호소통수강생을 시작으로 실제로 전쟁을 경험한 적이 있는 지역 분들의 이야기에 어린이들은 열심히 귀를 기울였습니다.'

(3) 학교 알리기

학교소식과 관련된 육성회 소식지 등은 재학생이 있는 가정과의 연결고리 역할을 하고 있다. 저출산화, 핵가족화로 지역에 재학생이 있는 가정은 극히 한정되어 있는 상황이다. 이러한 현실 속에 지역사회 전체에 학교를 알리기 위한 공민관의 노력이 시작되고 있다.

그 첫 번째는 공민관 소식지에 학교의 움직임과 학교와의 제휴로 실시하는 활동에 대해 싣는 것. 두 번째는 공민관 게시판에 학교의 큰 행사나 학교의 벽신문을 게시하는 것. 세 번째로 공민관의 축제 시, 지금까지는 공민관이 학교에 의뢰하여 작품 전시 등을 추진해 왔으나 이제는 학교에서 지역사회 사람들에게 알리고 싶은 내용을 전시하는 방향으로 변화하고 있다는 것이다.

공민관과 학교사업

2002년도	중앙공민관

학교의 지원		
주민자치센터(지역)사업	• 영화상영회 ————————	모집 전단지 배부
	• 소년교실(시 낭독, 요리) ————	모집 전단지 배부, 학교지원 자원봉사단 소개
	• 축제 —————————————	각 학교의 특징을 살린 참가
	• 어린이 미니축제(게임&전통놀이 대회) —	전단지 배부
	• 도서대출 —————————	교사의 홍보
	• 생생 어린이지역활동추진사업 ———	지역사회, 공민관과 제휴하여 전개
	• 학사제휴담당자 ———————	담당교사와 공민관 직원간의 정보교환
	• 가정교육학급 ————————	모집 전단지 배부
	• 육아학급 —————————	모집 전단지 배부

공민관의 지원		
학교사업	• 거리탐험 —————————	공민관 시설 견학
	• 종합적 학습 ————————	강사소개·파견(전통놀이, 전통문화 등)
	• 깔끔 작전 —————————	아동과 지역사회의 어른이 함께하는 흩어진 쓰레기 줍기

공민관의 지원		
청년사업	• 폴라노광장 —————————	장애를 가진 청년들을 위한 학습기회의 제공과 자원봉사스태프의 모집 및 육성

끝으로

공민관과 학교를 잇는 일은 지금까지의 변화로는 쉬울 듯하나 실은 어려운 문제이다. 본고에서는 '공민관과 청소년활동'과 '지역사회와 학교'에 대해 많은 지면을 할애할 수밖에 없었는데, '지역사회와 학교'에 관한 사례로는 학교행사에 노인들을 초대한 예 등이 있었다. 그 외에도 많은 사례가 있지만 일부러 '공민관과 학교의 연결'상황과 그 가능성에 초점을 맞추었다.

공민관에서 활동하고 있는 지역사회구축 단체가 '코스모스·다케노코(죽순)축제' 등 지역의 부흥을 위한 행사를 개최하는 가운데, 초등학생들이 잉어의 방생과 합창발표 등 지역사회 구축·마을 만들기 행사에 참가하고 있다. 공민관과 학교가 이어지면서 지역사회와도 연결된다. 이 삼위일체의 유기적 결합·제휴가 앞으로도 큰 중심점이 될 것이다. 학교는 지역사회의 것이며 모두의 것이다. '열린 학교'의 정보공개도 당연한 일이다. 앞으로 제휴·융합이 효과적으로 진척된다면 이는 틀림없이 큰 힘을 발휘하게 될 것이다.

마쓰자와 켄지(松沢健治)

제2장 **6** 지역사회를 창조하는 자치와 협동 학습

친구로서 함께
살아가다

들어가며

'폴라노 광장'은 지적장애를 가진 사람과 고등학생이나 대학생 등 청년들이 공민관에 모여 '함께 즐기는' 강좌이다. 지금은 담당하고 있지 않지만, 초창기 담당직원의 입장에서 강좌에 대한 심정과 그 과정을 서술하고 싶다.

계기와 명칭

1996년 6월 무렵이었을까. 여름방학 동안의 어린이교실에 대한 계획을 세우려고 하던 참이었다. 문득 머릿속에 떠오른 '특수학교의 어린이들은 휴일에는 무엇을 하며 지내는 걸까'라는 의문에서 폴라노 광장이 시작되었다.

학창시절을 도쿄(東京)에서 보냈던 나는 자원봉사활동에 열심이었던 여동생 덕분에 쉬는 날이면 외출하는 장애인들의 모습을 보는 일이 잦았다. 한 번은 휴일인데도 나가는 여동생을 보며 '장애가 있는 사람들도 꽤 바쁜가 보다'라고 생각하기도 했다. 또 장애인청년학급의 존재도 알고 있었다.

그러나 취직하여 기사라즈(木更津)에 오고 나니, 나의 정보망이 좁다는 것을 감안하더라도 그것에 대해서는 정보조차도 거의 들어오지 않았다. 그런 내 머릿속에 문득 의문이 떠올랐다. '현재의 실정을 알고 싶다'는 생각이 들었다. 내가 모르는 곳에서 많은 활동이 진행되고 있다면 그걸로 충분하다, 그런 사실을 알아두는 것만으로도 공부가 될 것이라 생각하여 누군가에게 물어보기로 했다. 이 시 내에는 특수학교가 없어서 근처의 다른 시에 있는 특수학교에 전화를 걸게 되었다.

"휴일에는 학생의 80%가 가족과 쇼핑을 하거나 텔레비전을 보면서 지내고 있습니다."

설문조사 결과를 근거로 하여 특수학교의 선생님이 그렇게 대답해 주었다. 그 때 그런 상황이라면 한 달에 한 번 정도 공민관에 놀러 올 수도 있지 않을까 하고 생각했다. 게다가 근처의 다른 시까지 다닐 정도라면 또래 친구들과의 교류가 충분하지 못하다는 이야기는 아닐까 라고. 동시에 역 승강장의 수많은 고등학생들의 모습도 머리에 떠올랐다. 시 내에는 10개가량의 고등학교, 전문대학, 대학교가 있어 많은 젊은이들의 모습을 볼 수 있었다. 그 중 한 학교에 한 명 정도는 내 생각에 찬성해 주는 젊은이가 있지 않을까하는 묘한 자신감도 있었다.

이렇게 해서 폴라노 광장의 모형이 만들어졌다. 가능한 한 지적장애를 가진 사람들이 또래 고등학생·대학생 등 청년들과 교류할 수 있는 장을 만들자, 내용은 청년들과 함께 생각하며 '함께 놀아보자'고.

'폴라노 광장'이라는 명칭에 대해서 이야기해 두고 싶다. '폴라노 광장'이란 미야자와 켄지(宮沢賢治)의 희곡 제목이다. 폴라노 광장은 작가가 만들어 낸 단어로 '와서 춤을 추거나 노래를 부르거나 하면 일이나 공부의 피로가 한 번에 싹 가시는 광장'으로 묘사되어 있다. 이 강좌를 그런 광장으로 만들고 싶어서 처음부터 이렇게 이름 붙였다. 하지만 일일이 설명을 덧붙여야 한다는 점을 생각하면, 역시 알기 쉬운 이름으로 할 걸 그랬나하고 반성도 하고 있다.

강좌의 시작과 만남

그 이후 서둘러 준비를 시작했다. 직원 간의 의논은 힘들었지만 몇 번이고 설명해 나가는 가운데 '이건 좋은 걸'이라고 큰 소리로 응원해 주는 사람도 있고, 뒤에서 묵묵히 도와주는 사람도 있었다.
프로그램은 다함께 모여서 정하기로 한 점, 잘 모이지 않기로 유명한
청년층의 강좌였던 점, 이른바 복지전문가가 없었던 점 등이 염려되었
으나 나중에는 '할 수 있는 만큼만 해 보세요'라는 느낌이었다고 기억하
고 있다.

포스터와 전단지를 특수학교와 고등학교, 전문대학, 대학교에 배부
하고 신문에도 모집기사를 실어 반응을 기다렸다. 아무런 확신도 없었
지만 예상대로(?) 13명의 지원이 있었다. 여름방학이 끝나갈 무렵의
스태프회의 때의 자료를 일부 소개한다.

단순한 도움이 아니라……이 강좌는 장애를 가진 사람들에게 도움
을 주려는 것이 아니라 함께 노는 강좌입니다. 함께 노는……어떻게
하면 다함께 즐겁게 놀 수 있을까를 생각하고, 상의하고, 행동해 주었으
면 합니다. 노는 거니까 마음 편히, 마음 편히……할 수 있는 일은
하고 할 수 없는 일은 어쩔 수 없다. 지금 있는 구성원으로 "할 수
있는 일"에 대해 생각하고 싶습니다.

지금 돌아보면 부끄러울 정도로 단순한 문장이지만 함께 놀 수 있을
지 어떨지, 함께 즐길 수 있을 지 어떨지를 모두 함께 고민하는 것으로
장애를 가진 사람과 장애 그 자체에 대한 이해가 깊어질 수 있다면
좋겠다고 생각했다.

편의상 지적장애를 가진 사람들을 '수강생', 청년들을 '스태프'로
부르기로 했다. 준비를 위한 스태프 회의에서는 강좌의 내용에 대해서

만 고민하느라 담당자인 나도 장애에 관련해서는 신경 쓸 만한 여유가 없었다. 훗날 부모와 아이가 함께 기차를 타고 작은 여행을 하는 프로그램이 있었는데, 거기에서 이루어진 보호자와의 대화가 수강생을 이해하는 데 큰 참고가 되었다는 이야기를 들었다. 여유가 없었다고는 하지만 담당자로서 배려가 부족했다고 반성하고 있다.

그래도 프로그램이 순조롭게 진행되어 갔던 데에는 스태프들의 행동력이 크게 작용했다. 그들의 과감함과 도전정신에 몇 번이고 감탄했다. 스태프도 수강생도 온 힘을 다해 서로를 이해하려고 하는 분위기였다.

첫 프로그램은 자기소개와 의자 뺏기 게임, 후르츠바스켓[1]이었다. 망설이며 어색하게 진행된 자기소개 시간의 분위기도 의자 뺏기 게임이 고조되면서 점점 사라져가고 있었다. 그러나 후르츠바스켓 순서에서 설명이 이해되지 않아 단번에 분위기는 처음의 어색한 상태로 돌아가 버렸다. 스태프는 물론 담당자인 나도 당황함을 감출 수 없는 순간이었다.

조금씩 넓혀가는 친구 사이

매월의 프로그램은 첫 회와 마찬가지로 일진일퇴를 반복했다. 공민관에 있는 도구로 시작한 '페트병 볼링'은 가장 인기있는 프로그램이었다. 너무 흥분해서 발작을 일으키거나 과호흡 상태에 빠진 수강생도

1) 역주 : 참가자보다 한 개 적은 수의 의자를 준비하고, 참가자들에게 몇 가지 과일이름을 부여. 술래가 과일 이름을 부르면 해당하는 사람들끼리 자리를 바꾸고 술래도 빈자리를 차지하면서 자리를 뺏긴 사람이 다시 술래가 되는 게임

◉ 폴라노 광장의 친구들

있을 정도였다. 또, 도예를 배워보고 싶다는 스태프의 요청에 응해 자리를 마련해 준 도예동아리와 장애인탁구동아리 사람들의 도움으로 여러 가지 체험을 하는 등, 강좌의 홍보와 함께 조금씩이기는 하지만 동료의 범위도 넓혀갔다. 매년 7월에는 지역 축제에서 신위를 모신 가마를 지는 역할도 맡아주고 있다. 연간 계획도 버스여행, 야영, 요리, 노래방 등 점점 프로그램이 다양해지고 있다. 최근에는 '기사라즈시 공민관의 모임'에서 찻집을 담당하여 점심시간을 이용해 찐빵과 음료 판매에 열중하고 있다. 그 시간에는 담당자의 입장에서 벗어나 객관적인 시각으로 지켜보았는데 모두의 믿음직스러운 모습이 놀라울 뿐이었다.

해를 거듭함에 따라 수강생은 계속해서 늘고 있다. 스태프는 진학, 취직 등으로 매년 변동이 있긴 하지만, 순풍을 타고 진행되고 있는 자원봉사활동과 정중한 모집활동으로 2002년에는 40명 정도의 스태프 응모가 있었다고 한다. 사람이 늘면 어려운 일도 많겠지만 그만큼 많은 지혜가 모일 것이다. 앞으로의 발전을 기대하고 있다.

계속해서 유지해온 친구 사이

폴라노 광장은 2001년도의 사업 중 하나로 '5주년 기념지'를 발행했다. 발행은 스태프의 자발적인 노력에 의해 이루어졌다고 들었다. 역시 지금까지 폴라노 광장을 지탱해 온 것은 스태프 모두의 힘이었다. 처음 시작할 때에는 고등학생이나 대학생이었으나 사회인이 된 지금도 활동을 계속하고 있는 스태프도 있다. 첫 해의 감상문에서는 하나같이 '수강생을 즐겁게 해주려면 어떻게 해야 좋을까', '더욱 즐거워했으면 좋겠다', '수강생들을 즐겁게 하기 위해서는 먼저 나부터 즐겨야 한다'는 글을 남겼었다. 그것이 이 5주년 기념지의 기고에는 다음과 같이 쓰여 있었다.

'폴라노 광장에 대한 저의 자세는 함께 노는 것. 어느 한 쪽에서 도움을 주고, 도움을 받는 것이 아니라 그저 함께 어울리는 것입니다. 수강생이라면 평소 학교나 작업장에서 작업을 통한 훈련은 하고 있을 것입니다. 스태프인 우리도 마찬가지로 평소에는 학교나 직장에서 공부나 일을 하고 있습니다. 하지만 놀 때는 놀아야 합니다. 그래서 저는 이 폴라노 광장이 훈련의 장소여서는 안 된다고 생각합니다. 수강생도 우리와 마찬가지로 짧은 시간이나마 모두와 함께 놀고 싶은 마음이

있을 것입니다. 그래서 저는 모두 함께 이 시간만큼은 마음껏 놀려고
합니다.'(스태프 F 군의 글에서 일부 발췌)

2001년도 중앙공민관 주최사업
「폴라노 광장」
－연간프로그램－

회	일 시	내 용	장 소
※	4월 28일(토)	스태프 사전회의	
1	5월13일(일) 13:00~15:30	☆ 자기소개&명찰을 만들자! 게임 ● 폴라노 광장 퀴즈 ● 뭐니뭐니해도 농구	중앙공민관 대강당
2	6월17일(일) 13:30~15:30	☆ 핫케이크를 만들자!	중앙공민관 조리실습실
3	7월14일(토) 13:00~14:00	☆ 가마를 메어 보자!! 기타카타(北片)쵸의 축제에 참가하자!	중앙공민관 및 야쓰루기 하치만 (八劍八幡)신사
4	8월19일(일) 8:00~15:30	☆ 한낮에 캠프를 하자!! 점심식사 만들기(야키소바(볶음 국수)・빵) 수박 쪼개기	기사라즈시 소년자연야영장
5	9월16일(일) 13:30~15:30	☆ 오타산(太田山)으로 하이킹가자!!	오타산(太田山) 공원
6	10월7일(일) 13:30~15:30	☆ 공민관의 축제에 참가할 준비를 하자! 사진전시대 만들기	중앙공민관 체육실
7	11월4일(일) 13:30~15:30	☆ 공민관의 축제에 참가 사진전시대・열쇠고리를 만들자	중앙공민관 1층 로비
8	12월16일(일) 13:30~15:30	☆ 크리스마스 파티를 하자! 크리스마스 캐럴 부르기・연극 등	중앙공민관 대강당
9	1월20일(일) 13:30~16:00	☆ 사진사가 되어 사진을 찍어보자!	나카노시마(中の 島)공원
10	2월24일(일) 13:30~15:30	☆ '공민관의 모임'에 참가할 준비를 하자!! 찐빵 만들기	중앙공민관 조리실습실
11	3월17일(일) 10:00~15:00	☆ 봄소풍!! 치바(千葉)시 동물원에 가자!	치바시 동물원 (버스 이용)

이러한 생각들에 지지받아 지금까지 폴라노 광장은 조금씩 커져가며 발전해 왔다. 그들이 지원자가 아닌 동료로서 언제까지나 함께해 주었으면 한다. 그러길 바란다. 그리고 폴라노 광장을 지탱하는 가장 큰 원동력은 수강생의 존재. 수강생은 언제나 적극적이고 언제나 솔직하게 감정을 표현한다. 스태프는 그들의 웃음에서 힘을 얻고 그들의 망설이는 표정에서 다음 과제를 찾는다.

'저는 폴라노 광장에 첫 회부터 참가하고 있습니다. 매달 제 앞으로 편지가 오는 것이 즐겁습니다. 노래방이나 버스 여행, 요리 등 너무나도 즐겁게 참가하고 있습니다. 최근에는 어머니에게 마지막 정리정돈까지 잘하네, 라고 칭찬 받는 일이 많아졌습니다. 친구들이 많이 생긴 것도 기쁩니다. 앞으로도 계속해 주었으면 좋겠습니다.'(5주년 기념지에서, 수강생 M 씨의 글)

모두가 있어, 모두가 주인공이기 때문에 폴라노 광장은 조금씩 발전해 간다.

온 마을에 퍼져라! 폴라노 광장!

지적장애를 가진 청년들은 앞으로도 여러 가지 곤란한 상황에 맞닥뜨리게 될 것이다. 진학, 취업, 연애, 결혼, 노후 등등. 그럴 때 상담할 수 있는 또래 친구가 있다면 좋을 것이다. 꼭 문제를 해결해 주지 않더라도 괜찮다. 어떻게 하면 좋을지 함께 고민해 주는 친구가 있다는 것이 중요하지 않을까. 당초에 수강생, 스태프 모두에 연령제한을 두었던 것도 되도록이면 같은 또래의 친구를 만들어, 앞으로 함께 시대를 살아갈 동료가 되기를 바라기 때문이다. 그리고 이것이 공민관의 '강좌'로 그치지 않고, 마을 전체가 '폴라노 광장'이 되기를 바란다.

야마시타 요이치로(山下要一郎)

제2장 **7** 지역사회를 창조하는 자치와 협동 학습

장애인 근로의
장으로서의 찻집

찻집 개점까지의 과정

도다이지마(当代島)공민관의 찻집은 우라야스(浦安)시에서는 최초로 공동시설 내에 설치된 장애인 근로의 장으로서, 1996년 6월 1일 공민관의 개관과 함께 열게 되었다. 우라야스시는 시의 4분의 3이 매립지구로, 새로운 시민이 급증한 지역이다.

'도다이지마 공민관'는 시 내의 다섯 번째 공민관으로서 1995년 3월에 착공하여, 건물 면적 3,679평방미터의 4층 건물로 예전부터 사람이 살고 있던 지역인 도다이지마(当代島)지구에 건설되었다.

그 때까지 우라야스시에는 면적이 2,000평방미터 이상인 공민관이 세 곳, 3,000평방미터 이상의 공민관이 한 곳으로 총 네 관의 공민관이 정비되어 있었다.(현재는 4,000평방미터 이상인 히노데(日の出)공민관이 더해져 여섯 관이 되었다)

우라야스시의 공민관은 각각 독립적인 지구관으로서 다양한 과제를 종합적으로 처리하는 기능(예를 들면 학습·실습·학습정보제공·교류 등)과 더불어 다른 공민관에는 없는 전문성을 가지고 서로간의 제휴를 통해 시 전체 범위의 공민관 체제를 구축하는 것을 목표로 시설정비를 진행해 왔다. 그를 위해 어느 공민관에나 시민들이 자유롭게 느긋한 분위기에서 서로 교류할 수 있도록 넓은 라운지와 로비를 마련해 두고 있다. 도다이지마 공민관의 경우는 모임의 공간, 휴식의 공간, 교류의 공간으로서의 성격을 한층 더 발전시키기 위해, 단순히 음료수 자동판매기를 설치하는 것이 아니라 사람과 사람이 직접 만날 수 있는 찻집의 설치를 계획했다. 또한 이 도다이지마 공민관에 찻집을 설치하는 안에 대해 공민관의 건설을 담당하는 교육위원회 사회교육과(현 평생학습과)에서는 복지관련 단체에 운영을 부탁하자는 생각을 가지고 있었다.

공공시설 등에 찻집을 설치하고 있는 선진지역(나가노(長野)현 마쓰모토(松本)시에 있는 공민관 등의 복합시설 '재잘재잘 광장'과 마쓰모토시 중앙도서관, 나가레야마(流山)시 시청, 가마가야(鎌ケ谷)시의 종합복지센터 등)의 시찰을 거듭하여 시설설비, 비품, 운영 등에 대한 검토와 동시에 그 운영모체를 어느 단체에 맡길 것인가 하는 문제에 대해 관계부서(사회복지과, 복지작업소, 종합복지센터, 사회복지협의회 등)와의 협의를 계속해 왔다. 그리고

보건복지부를 통해 복지관련 단체에 위탁을 타진한 결과, 1995년 9월에 지적장애아(자)를 가진 부모의 모임인 '우라야스 손을 맞잡는 부모 모임'에서 이 책임을 맡아주기로 결정되었다.

같은 해 10월에는 처음으로 '우라야스 손을 맞잡는 부모 모임'과 사회교육과가 회의를 가졌다(참가자는 부모의 모임 7명, 사회교육과 3명). 이 회의는 아직 겨우 참가자들 개개인의 생각을 서로 이야기한 단계에 지나지 않았지만, 이 찻집이 의도하는 이념에 대해 양자 간 다음과 같은 내용을 확인했다. ① 시민의 만남·교류의 공간으로서 운영할 것, ② 장애인들에게 근로 장소를 제공할 것, ③ 이용자들에게 가능한 한 저렴한 가격으로 제공할 것.

또 11월 8일에는 '우라야스 손을 맞잡는 부모 모임'에서 회장을 중심으로 한 준비위원회(11명)가 발족되어 개점까지의 여러 가지 준비를 맡게 되었다. 11월 29일에는 노다(野田)시 시청에 있는 찻집 '쓰쿠신보'에 준비위원회의 멤버들과 사회교육과 직원이 견학을 나가 개점에 앞서 해결해야 할 과제 등에 대한 공통인식을 넓혔다. 나아가 연락조정회의(준비위원회, 사회복지과, 복지작업소, 사회교육과로 구성)를 열어 복지작업소 이용자의 실습참가 등에 관한 회의를 진행했다. 또 준비위원, 사회교육과 직원, 설계사무소의 건축사가 이치카와(市川)보건소를 방문하여 보건위생에 관련된 개점까지의 절차와 식품위생 책임자 강습 등에 대한 지도를 받았다. 공민관에서 음식점을 영업하기 위해서는 주방 등의 시설설비에 조금이라도 부족한 부분이 있으면 바로 보건소의 지적을 받기 때문에, 서둘러 설계·시공 일부의 변경작업을 실시했다.

이렇게 개점을 위한 준비활동은 각각의 입장에서 시행착오를 되풀이 하면서도 한 발, 한 발 착실히 진행되어 갔다. 특히 준비위원으로 참가한 분들은 매우 헌신적으로, 그리고 정열적으로 하나하나 난관을 극복해 나갔다. 냉장고, 테이블 등의 비품과 개점 시의 식기류는 준비위원이 중심이 되어 제품을 고르고, 시에서 구입하면 그것을 대여하는 형식을 취하기로 하였다. 또 식재료의 구입과 소모품에 대해서는 '우라야스 손을 맞잡는 부모의 모임'에서 모은 준비금(100만엔)의 일부를 사용하기 로 했다. 시설 사용료는 '행정재산 사용허가신청'을 시장 앞으로 제출하 는 절차를 거쳐 광열비를 포함해 전액면제 받았다.

찻집은 약 20석의 테이블 좌석을 준비하고, 영업일과 영업시간은 월요일부터 금요일까지 10시 30분부터 15시 30분(근무시간은 10시부터 16시까지)으로 정했다. 요일마다 현장책임자를 한 명씩 정해서 부모 모임의 회원과 자원봉사자(미니컴[1]잡지 등을 통해 홍보했다) 중에서 매회 두 명(오전과 오후에 멤버가 바뀌는 경우가 있다)이 업무를 맡아 주었다. 장애아(인)는 6월 1일 개점 시에는 한 명이 종업원으로 일하고, 운영에 조금 익숙해진 후에는 복지작업소의 이용자를 견습생으로 받아들이게 되었다.

또 찻집의 원활한 운영을 도모하기 위해 '우라야스 손을 맞잡는 부모의 모임'과 시의 관계부서 간의 연락·조정을 목적으로 '우라야스 시 도다이시마 공민관 찻집연락회'를 공민관의 개관과 동시에 설치했

---

1) 역주 : 매스컴과 반대되는 개념으로 적은 인원 사이에서 이루어지는 정보전달 수단

다. 구성원은 부모의 모임에서 회장과 각 요일별 책임자 총 6명, 행정 측에서는 도다이시마공민관 직원이 2명, 평생학습과, 복지작업소, 사회복지과 직원이 각각 1명씩이다. 중요하다고 생각되는 사항에 대해서는 이 연락회에서 협의하여 부모의 모임 내부조직인 '도다이시마 공민관 찻집운영위원회'에서 결정하기로 하였다.

찻집이 추구하는 것

전체 행정에서 차지하는 공민관 찻집의 의의는 다른 관점에서 보면 또 다른 의미나 목적이 있을 수 있겠지만, 공민관의 건설을 담당했던 당시 직원이 이 찻집에 대해 기대하고 추구하고 있던 바는 요약하자면 다음과 같다. ① 공민관 이용자 간 또는 장애인과 이용자 간의 교류의 공간이 될 것, ② 장애인의 근로 및 취업훈련의 장이 될 것, ③ 장애인과 이용자 쌍방의 학습의 장이 될 것.

요즘의 일본 사회에서 장애인이 일하는 모습을 볼 기회는 많지 않다. 그렇기 때문에 실제로 여기에서 일하는 사람은 극히 적은 수의 장애아(인)뿐이지만, 이를 일상생활 속에서 사회를 향한 접촉창구라고 생각하면 그 의미는 더욱 크다. 이 찻집이 장애인들에게 있어서는 공민관을 이용하는 지역주민들과의 만남과 교류의 기회가 될 것이다. 또한 지역민들에게 있어서도 극히 자연스럽게 장애인들과 접할 수 있는 귀중한 교류·학습의 기회가 될 것이다. 공민관에 이러한 찻집이 설치된 것은 공민관이 교육기관으로서 지역사회의 구축을 위한 교류·학습의 장이 되었다는 점에 그 의의가 있다. 공민관을 이용하는 시민이 저마다 일상 생활에서 장애인과 관계를 맺어가는 방법을 배울 기회를 가지며, 지역 사회의 복지에 대한 시야를 넓혀갈 계기를 만드는 학습기회이기도 하다.

또한 이 찻집이 장애아(인)의 취업 및 그 훈련의 장이 되는 것은 물론, 한 걸음 더 나아가 민간기업 등에서도 그 날개를 펼칠 수 있도록 돕는 사회와의 징검다리가 되어주기를 기대하고 있다.

찻집의 운영

찻집의 명칭은 모두의 의견을 모아 '카페·드·아일랜드'로 정했다. 개점에 앞서 배포한 전단지에는 다음과 같은 내용이 적혀있다.

> 도다이시마 공민관에 찻집이 열린다 — 카페·드·아일랜드는 핸디캡을 가진 사람들의 자립을 목표로 우라야스 손을 맞잡는 부모의 모임에서 운영합니다. 도다이시마의 지명에서 따온 ISLAND(아일랜드) 접촉·만남·이해와 사랑이 가득한 찻집으로 꼭 한 번 놀러오세요. 시민 여러분의 따뜻한 지원과 협력을 기다립니다.

갓 갈아 뽑아낸 커피를 한 잔에 180엔(현재 230엔)이라는 저렴한 가격에 판매하는 것 외에도 런치세트로 음료와 필래프 등의 간단한 식사를 제공하는 것으로 1996년 6월 1일에 개점하게 되었다. 다음 해 3월까지의 총 이용자 수는 6천 명 이상(운영일수는 183일)이었다.

◎ 도다이시마(当代島) 공민관의 찻집

우선 장애아(인)들에게는 시급 120엔(현재 200엔)의 임금을 지불하였고, 그 외의 스태프에게는 교통비만을 지급하였다.

이 때 찻집운영회의에서는 '일하고 있는 아이들의 표정이 밝고 적극적으로 변했다', '아이들이 많이 변했으며, 가끔은 실수도 하지만 주문을 받기도 하고, 설거지를 하는 등 많은 일을 할 수 있게 되었다'라든지, '더 많은 사람들을 오도록 하며 그 수익을 아이들의 임금으로 돌려주고 싶다'는 등의 다양한 의견이 제시되었다.

그 후 현재에 이르기까지 근무하는 스태프 멤버는 많이 바뀌었다. 특히 5명의 각 요일별 책임자 대신에 유상봉사로 전임지도원 한 명이 근무하게 되었다. 장애아(인)들은 중간에 인원교체가 있기는 했지만 현재 4명이 일하고 있다. 또, 메뉴도 늘어 직접 구운 쿠키도 판매하고 있다. 이 쿠키는 각 공민관의 축제나 체육대회·전시회 등의 행사 때마다 출장 판매하고 있으며 호평을 받고 있다.

매일 이용자 수는 수년 간 큰 변동이 없었지만 단골손님이 된 지역주민도 적지 않다. 그리고 현재는 가벼운 사회적 부적응 상태의 사람이 다른 사람과의 접촉기회를 찾아, 사회복귀의 첫 단계로서 자원봉사실습과 같은 형태로 찻집의 일을 도우러 오고 있다. 찻집은 계속해서 다양한 이용방법이 발견되고 있어 앞으로도 풍부한 가능성이 엿보인다.

나아가 이 도다이시마 공민관 찻집에서의 경험을 기초로 새로운 발상을 더해, 당시의 요일별 책임자 등이 중심이 되어 시민의 모임 '프렌즈'가 설립되었다. '프렌즈'는 장애를 가진 사람도 그렇지 않은 사람도, 고령자도 어린이도 이 우라야스라는 지역에서 마음 편히 즐겁게 함께 살아가고 싶다는 시민들의 바람이 모여 지역생활을 지탱하는 모임으로서 태어났다. 그리고 이 모임이 훗날 향토박물관의 레스토랑 운영을 맡게 된다.

향토박물관 레스토랑 '스텐파레'

2001년 4월 1일에 대망의 우라야스시 향토박물관이 우라야스시 중앙도서관에 인접해 개관하였다. 이 박물관은 다음 네 가지를 기본개념으로 하고 있다. ① 시민의 참가를 좌우명으로 하는 '모두에게 열린 박물관', ② 체험을 중시하는 '살아있는 박물관', ③ 몇 번 와도 새로운 발견이 있는 '단골 이용자를 부르는 박물관', ④ 박물관도 학교로서 자리매김하는 '학교교육에 도움이 되는 박물관'

첫 해는 시 내외에서 약 15만명이나 되는 사람들이 와 주었다. 이

박물관은 시민이 주체가 되고 시민이 지탱하는 박물관활동을 실시하고 있다. 현재 박물관봉사단 '모두의 모임'의 회원은 약 300명으로 그 활동내용은 여러 분야에 걸쳐 있다. 예를 들면 작은 배 승선체험지도와 전통놀이, (운반선의 원동력인)세미디젤기관 엔진의 시동, 옛날이야기 들려주기, 계절별 전시물 교체 지도, 전시해설 등이 있다. 또 그 외에도 '우라야스 조선장인 보존회'와 '우라야스 호소카와(細川)식 투망보존 회' 등의 문화단체가 여기에서 정기적으로 활동하고 있어, 그 전통적인 기술을 보는 것뿐만 아니라 함께 참가하여 배울 수 있도록 하고 있다. 이 박물관은 '전시물뿐만 아니라 사람들과도 접촉할 수 있는 박물관'으 로서, 과거생활의 즐거운 체험을 통해 우라야스를 이해하고, 앞으로의 지역사회 가꾸기를 생각하는 거점으로 거듭나기를 기대하고 있다.

　박물관에 설치하는 찻집 역시, 이러한 기본개념을 받아들이고 살려나 가야 하는 역할이 요구된다. 이 때문에 박물관의 개관에 앞서 찻집 운영에 대한 검토를 진행하는 가운데, 예를 들면 이곳에서 우라야스의 향토요리를 제공하는 것, 또 내관자가 많은 토·일요일 등에도 개관일 에 맞추어 찻집을 여는 것 등이 기본적인 조건으로 제시되었다. 그 때 마침 '프렌즈'로부터 향토박물관의 찻집이 갖추어야 할 자세에 대한 제안서가 제출되었다. 제안서에서는 지역사회와의 밀접한 관계를 중요 시하면서 장애가 있는 사람이나 고령자 등 다양한 층의 시민들이 함께 운영하는 식당을 목표로 하고 있었다. 또한 음식의 재료나 맛에도 신경 을 쓰고, 나아가서는 지역정보의 발신지가 되었으면 하는 소망도 담겨 있었다.

그 후 회의를 거듭하여 '프렌즈'에 운영을 맡기기로 하고, 사업내용도 식사를 중심으로 한 레스토랑으로 하기로 했다. 활동 시작에 있어서 '프렌즈'는 시민을 대상으로 성금을 모금해 그 취지에 공감한 분들로부터 약 130만 엔(한 사람당 5천 엔)이나 되는 성금을 모았다. '프렌즈'는 복지적인 면을 전면에 내세우지 않고, 종업원 중에 장애인이나 고령자 등 다양한 사람들이 있는 것은 당연하다고 생각하고, 시중에 있는 일반 식당과 다름없이 운영하고 싶다고 생각했다. 또 당연히 운영주체도 지역주민이며, 장애인도 그 부모들도 지역사회의 일원으로서 참가하는 레스토랑을 만들기 위해 노력하였다. 임금은 스태프 전원이 일률적으로 시급 500엔(후에 400엔)을 받기로 하였다.

개점에 필요한 의자·테이블, 냉장고 등의 비품과 매달의 광열비 등은 도다이시마(当代島)공민관의 경우와 마찬가지로 시에서 부담하기로 했다. 현재, 박물관을 찾는 사람이 많아서 찻집은 매일 많은 이용자로 붐비고 있다. 어촌이었던 우라야스의 식문화를 상기시키는 '모시조개밥'은 품절되는 경우가 적지 않다. 장애인도 이 식당을 지탱하는 귀중한 스태프로서 활동하고 있다. 그리고 내년(2003년도)에는 당시의 기부금을 돌려주려는 목표도 세우고 있다. 또, 자립 단체를 목표로 하고 있는 '프렌즈'는 시에서 나오는 보조금을 아직 한 번도 받지 않고 있다.

최근 도다이시마 공민관의 찻집에 갔을 때 커피를 가져다 준 아이가 따로 물어보지도 않았는데 몇 번이고 '즐거워요'라고 말해 주었던 것을 그 밝은 웃음과 함께 인상 깊게 남아 있다.

나카무라 카즈아키(中村和明)

8

상담강좌는
무엇을 바꾸었는가

들어가며

1992년 나라시노(習志野)시 기쿠타(菊田)공민관에서 시작된 '상담심리강좌'는 공민관 주최강좌, 학교의 빈 교실을 이용한 자주강좌, 그리고 현재는 어느 생활협동조합의 주최강좌로 13주 20회 실시로 정착하여 오늘날까지 중단되지 않고 치바(千葉)현의 여기저기에서 개최되고 있다.

최근에는 인간관계에 대해 고민하고 있는 개인이나 기업에서도 상담에 관심을 보이고 있고, 근무자의 연수로서 상담심리를 배워보려는 움직임도 있다. 또 강좌를 끝낸 사람들도 관련 학습을 계속하여 그것을 자원봉사 활동으로 연결시켜 나가는 사례도 늘어나고 있다.

나는 공민관이라는 곳과 강사라는 입장을 부여받아 내가 배워 온 상담지식을 사회교육과 어떻게 조화시켜 나갈 것인가를 고민해 왔다. 공민관에서의 학습에 대해 고민하고 있을 때, '무엇을 배울까'를 생각하기, '무엇을 위해' 배우는가를 생각하는 것이 보다 중요하다고 생각할 수 있다. 우리들은 살아가는 힘을 몸에 익혀 보다 풍요롭게 살아가기 위해 배우고 있다. 자신 스스로 주인공이 되어 주체적으로 살아가는 것이 지도상담의 지향점이기도 하다. 한 사람, 한 사람이 주체적으로 살아가기 위해서는 자신을 알고, 상대방을 이해하며, 이 사회에서 함께 살아가는 방법을 찾아내는 것이 바로 배움의 주제라고 생각한 것이다.

그러기 위해서는 '체험학습이 필요하다', '체험을 통해 깨닫고, 내면에서부터 바뀌어 나가지 않으면 사람은 변화지 않는다'는 결론에 도달하게 되었다. 이 10년간 스스로가 걸어 온 길을 돌아보며 여기에 그 일단을 서술하고자 한다.

강좌의 지향점

귀 기울일 줄 아는 사람을 양성하고 싶다

사람이란 이야기하고 싶어 하는 생물이라고 생각한다. 이야기를 하면 누군가 그것을 듣고 자신의 기분을 알아주길 바라는 것이 인간일 것이다. 누군가가 자신을 이해해준다고 느꼈을 때, 사람은 긍정적으로 살아갈 수 있다. 내가 이 강좌를 통해 추구한 것은 '귀 기울일 줄 아는 사람'을 양성하는 것이다. 귀 기울일 줄 아는 사람이 있어야 비로소 사람은 말할 수 있기 때문이다.

강좌내용에는 수강생이 참가하는 체험프로그램도 많이 있다. 예를 들면, 두 사람이 한 조가 되어 이야기하는 사람과 듣는 사람으로 역할을 나눈다. 듣는 사람은 상대방의 말을 잘 듣고 나중에 모두에게 이야기해 준다. 나중에 다시 이야기해야 한다는 생각에 열심히 들으려고 하지만, 출신지나 취미 등 자신과 공통되는 화제가 나오면 상대방의 말을 가로막고 '나도……'라고 자신의 이야기를 하고 싶어진다. 또 상대가 자신을 비하하거나 풀이 죽어 이야기를 하고 있으면 무심코 격려하거나 '그렇지 않아요……'라고 부정하며 위로하고 싶어진다. '귀 기울인다'는 것은 상대의 말에 자극받아 자신의 이야기를 하거나 충고를 하거나 해결책을 제시하거나 비슷한 경험을 말하거나 하는 것이 아니라, 그 마음을 받아들이면서 단지 귀 기울여 듣기만 하는 것이다.

이처럼 사람은 의식적으로 훈련하지 않으면 다른 사람의 말에 귀 기울일 수 없는 존재이다. 따라서 '듣는 사람'의 역할을 부여함으로써 잠자코 상대방의 말에 귀를 기울이는 연습을 할 수 있다. '말하고 싶은 것을 참는 것이 힘들었다'라든지 '평소 듣고 있다고 생각했던 것이 실은 잘 듣지 않고 있었다는 사실을 깨달았다'는 감상이 들려온다. 자신이 잘 듣지 않고 있었다는 사실을 깨닫는 것이 잘 듣기 위한 첫걸음이다.

이야기하고 싶은 사람은 많은데 귀 기울일 줄 아는 사람은 너무도 적다. 상담심리의 핵심 중 하나는 '귀 기울이는 힘'이다. 그 힘을 기르는 것이 강좌의 중요한 목표이다.(단순히 듣는 것과 구별하여 경청을 의미하는 경우에는 '귀 기울이다'를 사용했다)

이야기함으로써 해방된다

처음 만난 사람이라도 이야기해 보면 알 수 있다. 다양한 의견이 나와도 '모두가 다르지만 모두 다 괜찮다'는 사실을 실감할 수 있으면, 어떤 말을 해도 괜찮을 것 같다는 안도감이 '이야기하는'것으로 발전해 간다. 그러한 목적으로 강좌의 첫 시간에 자주 하는 게임이 있다.

예를 들면, '봄'과 '가을', '토끼'와 '거북이'라는 두 개의 단어 중 하나를 고른 후, 같은 단어를 고른 사람들끼리 3~4명의 조를 만들어 고른 이유를 이야기한다. 그리고 한 사람의 대표가 발표한다. 이를 수차례 반복해 나가다 보면, 몰랐던 사람들끼리 서로 아무 저항감 없이 자기소개를 할 수 있게 되고, 고른 이유를 듣는 가운데 이야기가 활기를 띠어 분위기가 부드러워진다. 그리고 같은 단어를 골랐다고 해도 그 이유는 한 사람, 한 사람이 모두 다르다는 것을 알게 되고, 다른 단어를 고른 사람의 생각도 그 이유를 들어보면 모두 이해가 되는 체험을 하게 된다.

그리고 수강생들의 '귀 기울이는 힘'이 길러지게 되면 지금 안고 있는 고민이나 문제에 대해 이야기할 수 있는 경우도 있다. 학교에 가지 않고 집에만 있는 아들의 문제, 남편이 멋대로 회사를 그만두고 무기력하게 지내고 있는 일, 우울해서 집안일도 제대로 못하는 자신을 책망하며 어떻게 해보려고 강좌에 오게 된 일 등등.

누구에게도 말할 수 없었던 일을 말하고 나면 딱딱하게 굳어있던 마음이 열리고 녹기 시작한다. 고민하고 있는 것은 자신만이 아니며 여기서는 비난받지도, 경멸당하지도 않는다. 아무 말도 하지 않고 단지 귀 기울여 준다……. 자신이 소중하게 대우받고 있다는 것을 느끼고, 자신을 긍정하는 마음이 강해져서 자신을 얽매고 있던 굴레로부터 해방되어 가는 것이다. '귀 기울여 주는 사람이 있다'는 사실만으로도 살아가는 것이 조금씩 즐거워질 것이다.

고립에서 벗어나 동료와 함께

때때로 공민관에 상담거리를 가지고 오는 사람이 있다고 들었다. 상담강좌에 참가하는 사람들 중에는 자신과 가정에 대한 걱정이나 고민을 안고 있는 사람이 적지 않다. 주위에 이야기할 만한 사람도 없이 고립된 상태에서 참가했는데, 이 강좌에 오면 이야기할 상대가 있다.

'귀 기울이는' 연습을 위해서 라고는 해도, 한 사람 한 사람이 자신의 속마음을 이야기하고 그것을 모두 함께 들어 준다. 이 체험을 반복해 나가면서 서로의 인품을 알고 생각이 통해 허물없는 친구 만들기가 가능해진다.

강좌가 끝날 때마다 동아리가 생겨, 정기적으로 모여서 함께 배우며 친목을 도모하고 있다. 회원 한 사람이 출산으로 인해 참가하지 못했을 때에는 모두가 집으로 초대받아 거기서 특별 모임을 가지기도 했다.

여러 동아리에 속해 있는 어떤 사람은 상담하는 법을 배운 사람들의 특징을 '한 사람이 이야기하기 시작하면 다른 모든 사람이 잠자코 듣는' 것이라고 말한다. 이 모임을 떠나고 싶지 않은 이유가 바로 그것이라고.

강좌를 마친 사람들

계속되는 엔카운터 그룹(Encounter Group)

강좌를 수료한 사람들이 학습을 계속하고 싶어 할 경우에 권유하는 엔카운터 그룹이 있다. 구성원이 제시한 사항이 그 날의 화제가 되어 서로 토의하게 된다. 먼저, 화제를 낸 사람의 상황이 충분히 이해될 때까지 모두 열심히 듣는다. 그 일을 이야기하고 싶어진 기분까지도 열심히 파악한다. 그 사이에는 확인과 질문도 행해진다. 그 후에 모두가 반대의견이나 찬성의견, 감상에 대해서 서로 토의한다. 서로 간에 몇 번이고 솔직한 지적을 해 가는 가운데 자신의 듣는 자세도 개선되어 간다. 본심을 털어놓는 가운데 상처를 받을 가능성도 있기 때문에 이러한 상황에서 확실히 보조해 줄 지도자의 존재가 필요해진다.(지도자는 중개인 또는 추진자로 불린다)

여기에서는 말하는 사람과 듣는 사람의 체험이 동시에 가능하다. 상처 받은 마음을 치유 받을 수 있고 '귀 기울이는 힘'을 연마해나갈 수도 있다. 또 자신의 마음을 느긋하게 생각 할 수 있는 시간이기도 하다.

이 학습방법은 강좌에서 배운 상담이론을 실제 체험 속에서 확인해볼 수 있는 기회가 된다. 머리로 '이해한' 것과 실제로 '가능한' 것 사이에는 큰 격차가 있다. 이 격차를 메우는 학습이 바로 인카운터 그룹을 통해 시작된다고 생각한다.

이처럼 어떠한 의견도 부정하지 않고 들어보려는 태도는 여러 가지로 응용할 수 있다. 회의에서는 공평하게 발언 기회를 만드는 것, 어떤 의견이라도 정중하게 듣고 확인하고 받아들이는 것 등이 있다. 그렇게 함으로써 자신의 생각이 받아들여지지 않아도 발언할 수 있었다는 사실만으로 좋은 협력자가 되기도 한다.

자주기획·가슴 가득 나라시노

1997년 신나라시노(新習志野) 공민관의 강좌수료자들이 '강좌수료자의 모임'(1999년에 '가슴 가득 나라시노'로 개명)을 설립했다. 여러 분야의 상담 전문가를 초대하여 더 넓은 지식을 배워가자는 취지로 참가자를 모집했다. 참가자격을 수료자에 한하지 않고 '상담에 관심이 있는 분'으로 정하자 예상을 뛰어넘는 인원이 모여 6년째인 올해는 130명에서 접수를 중지했을 정도이다.

이 모임은 하나의 주제로 한 사람의 강사에게 연 5~6회의 강의를 의뢰하여 공민관의 다목적실을 이용해 토요일 오전에 개최하고 있다. 강좌에서 동기였던 사람들이 재회를 기뻐하는 모습도 볼 수 있는 등, 상담에 관심이 있는 사람들 간의 교류의 공간이 되고 있다.

상담자원봉사의 시도

〈나라시노의 상담실〉

엔카운터 그룹을 몇 년 동안 계속해 온 사람들 사이에서 배운 것을 지역사회에 환원하고 싶다는 목소리가 높아졌다. 곧 상담실 개설에 대한 준비와 함께 역할놀이와 그 기록을 남기는 방법 등 다른 사람을 돕기 위한 학습이 시작되었다.

이윽고 1997년 1월, 9명의 구성원으로 기쿠타(菊田) 공민관 동아리 '나라시노의 상담실'의 상담활동이 시작되었다(매주 금요일 10시~15시). 이 상담실의 5년간의 상담건수는 302건에 이른다.

〈마음의 이야기방 '팬더'의 활동〉

상담활동을 통해 보다 심화된 자기연구를 해보고 싶다는 마음에서 두 번째 자원봉사 동아리 '팬더'가 탄생하였다. 연수가 끝나갈 때쯤, 한 멤버가 역 앞 대형 슈퍼의 점장에게 가게 안에 상담실을 만들게 해달라는 편지를 보냈다. 그러자 뜻밖에도 좋다는 답장이 돌아왔다.

2000년 12월 매장의 한쪽 구석에 '마음의 이야기방'이 문을 열었다 (매주 목요일 10시~16시). 현재 실제로 근무하는 구성원은 6명으로, 2002년 9월까지의 상담건수는 136건이다. 예약접수는 전용 휴대전화로 받고 있다.

〈경청동아리 '마더즈'〉

최근 이 연수를 끝낸 사람들 중 4명은 어느 생활협동조합에서 실시하고 있는 서로 돕는 운동 '도움방'에 등록하였다. 가정봉사원이 독거노인

을 방문할 때 집안 일보다는 마주 앉아서 이야기를 들어주었으면 하는
요청이 많다는 것을 알고, 그럴 바에는 '이야기에 귀를 기울이는 것'을
'강점'으로 자원봉사활동을 하기로 했다. 이 활동은 일정한 장소를
정해둔 것이 아니라, 요청에 따라 어디로든 찾아가는 '배달활동'인
것이다. 아직은 의뢰가 그다지 많지 않지만 앞으로의 활동이 기대된다.

상담을 배우고, 경청하는 힘을 익혀가는 중에 상담활동을 해보고
싶다는 결론에 도달하는 것은 어쩌면 자연스러운 일인지도 모른다.
여기에 전문가가 아닌 자원봉사자로서 상담활동을 할 경우의 유의점을
서술해 두고자 한다.

- 철저히 경청한다.

  조언이나 문제해결을 하는 것이 아니라, 상대방의 이야기에 귀를
  기울여 그 기분을 이해하는 일에 집중한다.

- 상황설정을 확실히 하고 비밀을 지킨다.

  안심하고 이야기할 수 있는 환경을 만드는 것과 동시에 서로의
  안전을 보장할 수 있도록 지원체제를 갖추는 일도 필요하다.

- 활동은 자기연구의 장이라 생각한다.

상담활동은 새의 양 날개와 같이 감독관연수 등과 병행해야만 한다.
자원봉사를 하고 있는 상담실에도 방문자는 진지한 문제를 안고 방문한
다. 그것을 받아들여 공감하며 귀 기울이기 위해서는 연수를 통한 자기
연구로 보다 성장할 수 있는 상호지지적 학습이 필요하다. '방문자의
이야기에 귀를 기울이는 것으로 자신의 모습을 보게 되고, 깨달음을

얻고, 감동하기도 하며, 오히려 내가 성장해가는 기분이 든다'고 상담원의 한 사람은 이야기한다.

상담심리의 전개

근무자의 연수

앞에서도 말한 생활협동조합은 1999년 4월에 일반조합원을 대상으로 '상담심리강좌'를 실시했다. 그를 계기로 직원연수에도 상담활동을 도입하게 되었다.

이 생활협동조합에서는 조직 내의 인간관계를 상의하달적인 방향이 아니라 부하의 목소리에 '귀 기울이고', 동료나 외부인에 대해서도 '서로 귀 기울일' 수 있는 '따뜻한 인간관계 만들기'를 지향하고 있었다.

나는 이제껏 해 온 것처럼 강의와 체험학습을 접목시킨 연수를 실시하기로 하였다. 앞서 소개한 게임을 비롯해 소수의 조별활동에 의한 토의학습을 준비하였다. 토의의 주제로는 이를 테면 '여행계획'과 같은 가공의 과제를 부여하여 서로 솔직한 의견을 제시하고, 상대방의 입장을 이해하면서 합의점을 찾아가는 노력을 요구한다. 막무가내로 모두의 동의를 호소하는 사람, 다른 사람의 기분을 헤아리지 않고 자기 의견을 밀어붙이는 사람, 내키지는 않지만 다른 의견에 동의해버리는 사람, 망설이고 있는 사람을 보면 그 이유를 묻는 사람 등 다양한 움직임이 전개된다.

그리고 구체적인 계획이 세워지면 관찰하고 있던 지도자도 관여하여 조별로 해결과정을 검토해 본다. 자신의 의견을 이야기할 수 있었는지, 다른 사람의 의견에 귀 기울일 수 있었는지, 자신의 의견이 조원들에게 어떻게 받아들여졌는지, 강하게 밀어붙이는 사람에 대해 어떤 느낌이 들었는지, 어떻게 말해주는 것이 좋은지, 또 무엇을 말하고 싶었는지 등등.

이것이 비록 가상체험이라고는 해도 터져 나오는 감정은 실제와 같다. 직장과 가정에서의 자신의 모습이 보이기도 하고, 행동패턴이 부각되어 보이기도 한다. 우선 자신을 아는 것이 행동변화의 첫 단계이다.

연수를 체험하는 사람이 늘어남에 따라 상사가 부하직원의 의견을 진지하게 듣고 받아들이는 분위기가 조성되기 시작하였다. 또 정신건강에 대한 관심도 깊어져 상사의 권유로 양호실을 찾는 사람도 늘어났다고 한다.

이 방법은 효율 우선이라는 측면에서 보면 언뜻 돌아가는 길처럼 보이지만, 실은 구성원들이 원래 가지고 있는 능력을 끌어내고, 혹은 곤경에 처한 사람이 심리적으로 막다른 지경에 이르는 것을 예방하는 힘도 되며, 더 나아가서는 그 조직의 목표를 향한 전진에도 도움이 된다고 나는 생각한다.

가정에서 아이의 이야기를 가로막지 않고 끝까지 잘 들어주니 '아빠가 너무 좋아'라는 소리를 듣고 기뻐한 사람도 있다.

지금부터

이미 서술해 온 바와 같이 상담이라는 활동에는 인간관계를 기분 좋은 일로 만들기 위한 이론과 기법이 많이 숨겨져 있다. 공민관의 여러 강좌에서 '서로 이야기'하는 시간을 늘려 집단감수성훈련 등의 방법을 이용한다면, 주체적인 학습이 되어 보다 풍부한 효과를 기대할 수 있으리라 생각한다.

또 인간관계가 중요시되는 분야에 종사하는 분들은 먼저 상대방의 이야기에 귀 기울일 수 있는 귀를 가져주기 바란다. 상사는 부하, 교사는 학생, 부모는 자식, 그리고 공민관 직원은 시민에 대해 좋은 청취자가 되어주기를 바란다.

나는 치바(千葉)의 각 지역에서 '상담심리강좌'를 비롯한 체험참가형식의 상담강좌를 계속하는 가운데 수강생, 수료생 그리고 그 한 사람 한 사람의 가족, 직장, 친구들 간에 조금씩이기는 하지만 인간관계가 확실히 변화하고 있음을 느낀다.

귀 기울일 수 있는 사람이 있어서 이야기를 통해 즐거워지는 사람이 있다. 그리고 다음 사람의 이야기에 귀 기울일 수 있게 된다……. 그러한 연쇄가 언제까지나 계속적으로 이어지길 바란다.

와타나베 하루요(渡辺晴代)

기르는 기쁨을 어린이들과 함께

제8회를 맞이하는 나라시노(習志野)시
오쿠보(大久保)공민관 당근축제

    지역의 아저씨, 아주머니들에게 배우며 어린이들이 일을 하고 있다. 1월말 케이세이(京成)선 오쿠보(大久保)역에서 그리 멀지 않은 초등학교 뒤쪽의 밭에서 이루어진 초등학교 2학년 학생들과 오쿠보(大久保)네트워킹에 의한 당근 씨앗 뿌리기. 생활부서 지원사업의 일환으로, 제8회 당근축제를 위한 준비 작업이다.

    도시형농업에 대해 배우는 가운데 소비자로서는 알 수 없었던 문제에 대해 인식하고 시작된 이 축제는 생산농가로부터 밭을 제공받아, 당근 캐기 체험을 그 행사의 하나로 실시하고 있다.

    당근의 준비와 확보는 그 방법이 차츰 변화해 왔다. 자신이 기른 당근을 사용하고 싶다는 마음으로 생산농가의 지도를 받아가며 '무언가를 기르는 기쁨을 어린이들과 함께'라는 구호로 2주에 한 번, 쉬는 토요일에 부모와 아이의 당근 모임을 조직하여, 시민단과대학 원예과정 졸업생 자원봉사자와 함께 당근을 재배하며 그 활동 영역을 넓혀 왔다. 지난 번에 길러 온 당근의 수확체험과 급식 재료로서 고장의 초등학교에 제공하면서, 회원들은 '보다 많은 어린이들과 함께하고 싶다'는 마음을 간직하고 있다. 당근의 재배는 학교에서 학년이 바뀌면서 반·담임교사의 변경이 있는 시기에 맞춰, 3년에 걸친 직원의 열의와 몇 번인가의 공민관과 학교 간의 조정에 의해 이 날을 맞이한 것이다. 아파트건설이 진행되고 있는 오쿠보(大久保)지구에는 전입자가 많아 초등학교 2학년은 다섯 개 반, 170명 정도이다. 땅에서 멀어진 환경에서 생활하는 어린이들과 회원 및 생산농가, 자원봉사자의 크고 작은 손에 의해 고장의 생산물인 당근과 함께 마음의 교류가 이루어지고 있다.

나카무라 히로미(中村裕美)

9

자신의
역사 강좌에 대한 노력

지금 왜 자신의 역사 강좌인가?

'이제껏 내가 살아 온 세월을 어떤 형태로든 기록해 두고 싶다', '내가 살아온 시대의 기록을 조금씩이라도 남기고 싶다', '과거에 대한 회상을 통해 자신의 삶을 다시 한 번 바라보고 싶다'.

이러한 소박한 생각을 가지고 있는 사람은 의외로 많다. 자서전처럼 요란한 방법까지는 아니더라도 평범한 시민이 자신의 과거를 돌아보며 스스로의 삶의 자세를 재확인하고 싶다는 생각은 '자아발견'을 위해 상담심리강좌에 참가하는 사람과 같은 맥락이 아닐까? 저마다 가지고 있는 생각은 모두 다르지만 '21세기의 문을 여는 해! 당신도 자신의 역사에 한 번 도전해 보지 않겠습니까?'라는 구호 아래 30대부터 80대까지 폭넓은 연령층의 참가자가 20명 정도 모여 2000년도 하타사와(畑沢)시민강좌 '자신의 역사를 쓰다'를 시작하게 되었다.

> '환갑을 맞아 공민관 자신의 역사 강좌를 통해 스스로의 인생을 한 번 돌아보기로 했다. 지난날의 기억을 발굴해내는 것은 상당히 즐거운 일이었다. 그러나 어린 시절의 자료는 아무래도 구할 수가 없었다. 남아 있는 기억들 속에서 어머니의 모습이 떠올라, 가슴 떨릴 정도로 큰 상처를 입혔던 어머니와 여동생에게 사죄하고 싶다는 생각이 들었다. ▶슬픈 추억도 즐거운 추억도 가득했던 고향은 어머니의 모습과 함께 지워져만 간다. 어머니가 있어 비로소 고향이라는 사실을 새삼 깨닫게 되었다. ▶전쟁 후 어려운 생활 속에서도 열심히 일하는 모습을 보며 자라난 덕에 심지가 굳은 사람으로서 지금을 살아가는 것이라고 생각한다. ▶별다를 것 없는 인생이었다고 생각해서는 안 된다. 기사라즈(木更津)에 뿌리내리기까지의 35년간 정말 열심히 살아 왔으니 이제 나의 전후사(戰後史)를 마음 속 깊이 남기려 한다.'

이러한 서두로 시작되는 자신의 역사를 기술한 『잡초처럼』의 필자 I씨는 1939년 조선의 둔남면(屯南面) 출생. 종전과 함께 규슈(九州)로 돌아온 경험을 가지고 있는 그녀에게 있어, 자신의 역사 만들기의 과정은 그 자체로 자신의 정체성 확립과 같다는 생각이 엿보인다. 사실 역사적인 일에 대한 견해나 '글로 쓰는 것'은 경원시되는 경향이 있지만, 있는 그대로 '쓰는' 즐거움을 알게 된 사람들 사이에서는 자신의 역사학습의 새로운 세계가 제대로 열리고 있다.

  '자신의 역사'라는 단어가 일반화된 것은 『어느 쇼와사(昭和史)——
자신의 역사의 시도(이로카와 다이키치(色川大吉) 저, 中央公論社, 1975)』가
출판된 이후라고 생각된다. 민중사연구와 지역사연구의 접근방법으로
서 자신의 역사가 주목되던 가운데, 자신의 역사를 쓰는 일이 제창되고
동시에 사회교육에 있어서의 '자신의 역사학습'이 등장하게 된다. 그리
고 80년대에 들어 고령자와 여성을 중심으로 한 다양한 공적 사회교육
사업의 일환으로 전쟁체험이나 여성사 등 글로 쓰는 자신의 역사학습을
시도하게 되었다.

  사실 사회교육의 학습방법으로서의 기원은 전후(戰後) 50년대에 발
전했던 '생활기록학습'으로 거슬러 올라간다. 전쟁 전의 '생활글짓기'
활동을 배경으로 한 '성인들의 자기교육방법'으로서의 생활기록학습은
그 후, 청년을 중심으로 한 '성장과정학습', '생활사학습'으로 이어져
가는데, 그 본질은 자신의 체험을 기초로 한 집단적 역사학습에 의한
자기변화에 있다고 여겨진다.

  1987년에 출판된 요코야마 히로시(橫山宏) 편, 『성인학습으로서의
자신의 역사(国土社)』에는 70년~80년대에 걸쳐 시행된 자신의 역사학
습의 다양한 실천에 대한 소개와 함께 이러한 '자신의 역사학습'의
계보와 학습론에 대해서 잘 정리되어 있으나, 이번의 활동내용 속에서
자신의 역사학습의 의의에 대해 다시 한 번 생각해보고자 한다.

자신의 역사를 쓰다 : 글쓰기의 즐거움과 어려움

사실 자신의 역사 강좌에 뛰어든 것이 이번이 처음은 아니다. 공민관 사업에 참여하는 중에 '쓴다'고 하는 학습방법에 대해 어쩐지 끌리기도 했고, '쓴다'는 것은 자기 자신의 성장과 변화를 확인할 수 있다는 점에서 커다란 가능성이 있다는 생각이 들었다. 하지만 학급이나 강좌의 총정리와 같은 형태로 수강생의 감상문을 책으로 엮거나 하는 일은 있어도 문장을 '쓰는 것' 자체를 주제로 한 사업을 실시하는 일은 솔직히 조금 부담스러웠다. 결국 '자신의 역사를 써 보고 싶다'는 수강생들의 목소리에 떠밀린 듯한 느낌으로 강좌를 시작하게 되었다.

때마침 종전 50주년을 맞이하던 1995년, '쇼와(昭和)의 발자취와 자신의 역사'라는 주제로 전후(戰後)의 발자취(역사)에 대해 배우며 자신의 역사를 써 나간다는 구상으로 강좌를 기획했다. 총 11회 중 5회는 역사학습과 연표 만들기를 실시하고, 나머지는 자신의 역사에 대한 학습과 실제 자신의 역사를 써 보는 시간을 가지기로 했다. 그리고 참가자들끼리 솔직한 대화를 나눌 수 있는 분위기를 위해 상담심리에 관한 내용도 도입하였다. 통사적으로 전후(戰後)의 역사를 되풀이해 나가면서 연표를 작성하고, '종전'이나 '나의 사건' 등의 단문쓰기 활동을 점차 늘려가며 어쨌든 학습정리로서의 책자 만들기를 목표로 시작하게 되었다.

1995년도 나미오카(波岡)시민강좌 '쇼와(昭和)의 발자취와 자신의 역사'

(1995년 9월~96년 3월)
강 사(경칭 생략)

1. '자신의 역사와 글쓰기의 권유' 전쟁 체험과 농촌여성의 생활

도야마 아키(遠山あき) (작가)

2. '자신의 역사를 쓰는 의미에 대해' 자신의 역사란 무엇인가

우에다 유키오(上田幸夫) (일본체육대학 조교수)

3. '스스로를 바라보다' 상담심리란

와타나베 하루요(渡辺晴代) (상담자)

4. '쇼와사를 배우다①' 전쟁을 전하다(제2해군항공 지하공장 터 견학)

나카야마 요시아키(中山義昭) 현립(県立) 고교 (정교사)

5. '쇼와사를 배우다②' 영화 '꽃 이야기'를 보고 토의

나카야마 요시아키(中山義昭) 현립 고교 (정교사)

6. '쇼와사를 배우다③' 잿더미 속으로부터의 출발―나의 8월 15일―

나카야마 요시아키(中山義昭) 현립 고교 (정교사)

7. '쇼와사를 배우다④' 고도경제성장과 우리들의 생활

나카야마 요시아키(中山義昭) 현립 고교 (정교사)

8. '쇼와사를 배우다⑤' 세계 속의 일본

나카야마 요시아키(中山義昭) 현립 고교 (정교사)

9. '자신의 역사를 써보자' 수강동기, 「나의 사건」 비평

도야마 아키(遠山あき) (작가)

10. '자신의 역사' 어머니의 전쟁체험기 『그날의 저녁놀』을 쓰고

스즈키 마사코(鈴木政子) (자신의 역사 강사)

11. '자신의 역사를 써보자' 자신의 역사를 써보고

도야마 아키(遠山あき) (작가)

그러나 실제로 강좌를 시작해 보니 의외의 벽에 부딪히고 말았다.

일본과 지역의 발자취에 자신의 인생을 맞춰가며 역사를 배운다는 것은 의외로 어려운 일이었다. 자신에게 있어 '사건'이 역사적 사건과 직접적으로 연관되는 일도 극히 드물고, 역사적 배경을 이해하고 자기 것으로 받아들이기 위해서는 상당히 예리한 학습이 필요했다. 더군다나 그것을 '쓴다'는 것은 과연 어떠한 일인가, 또, 어떻게 쓰면 좋을지, 공민관의 강좌로써 집단적인 승부로 해 나가기 위해서는 어떻게 하면 좋을지 자신의 역사를 쓰겠다고는 했지만 강좌 참가자 중에는 '쇼와사를 배우고 싶은' 의욕이 강한 사람도 있고, 자신의 역사를 쓰는 일에 어느 정도 신경을 써야 하는지 등 여러 생각으로 고민하던 중에 결국은, 다음 해에 이동이 있어서 '역사'도 '쓰는 것'도 어중간한 상태로 끝나버리고 만 쓰라린 경험이 있다.

이러한 반성 아래 2000년도 하타사와(畑沢) 시민강좌 '자신의 역사를 쓰다'에서는, 어쨌든 자신의 역사를 '쓰는' 것을 목표로 '쓰는' 활동에 좀 더 비중을 두고 출발했다. 차분히 회의를 해가면서 2년 계획으로 추진하기로 하여, 자신의 역사 학습을 연구·실천하고 있는 일본 체육대학의 우에다 유키오(上田幸夫) 선생님을 중심으로 지도를 부탁하기로 했다.

'"자신의 역사"를 쓴다는 것은 자신이 살아온 역사를 배우는 일로, 그로 인해 자신의 삶을 다시 한 번 생각하게 되는 일입니다. 이 강좌에서 "자신의 역사" 쓰기의 기초를 배우고, 또 실제로 써 나가면서 "새로운 자신"을 발견하게 될 지도!……'가 이 강좌를 개설하는 솔직한 마음이었다.

2000년도 하타사와(畑沢) 시민강좌 '자신의 역사를 쓰다' (2001년 1월~3월)

강 사(경칭 생략)

1. '자신의 역사란' 자신의 역사 쓰기의 의미·방법

　　　　　우에다 유키오(上田幸夫) (일본체육대학교수)

2. '나에게 있어 "글쓰기"란' 나의 자신의 역사와 글쓰기의 권유

　　　　　나라와 미치노(奈良輪美賢野) (전 교원)

3. '자신의 역사를 쓰다①' 자신의 역사 연표발표

　　　　　우에다 유키오(上田幸夫) (일본체육대학교수)

4. '자신의 역사를 쓰다②' 문장쓰기의 요점

　　　　　나라와 미치노(奈良輪美賢野) (전 교원)

5. '자신의 역사를 쓰다③' 자신의 역사 발표

　　　　　우에다 유키오(上田幸夫) (일본체육대학교수)

6. '정리 및 발표' 책자 만들기

　　실제 강좌는 강사인 우에다(上田) 선생님으로부터 '자신의 역사란 무엇인가'에 대해 강의를 듣고, 자기자신의 생각이나 과거를 자신의 말로 조금씩 말해보는 것부터 시작되었다. 자신의 역사를 쓰기 위해서는 ① 잘 쓰려 하기보다는 솔직하게 쓰고, ② 누군가에게 전하려 하기보다는 스스로를 위해 쓰고, ③ 자신을 객관적으로 보고, 하나하나 자세히 써야 한다. 첫 해에는 기간이 짧기도 해서 먼저 각자가 자기소개를 발전시켜 자신의 역사에 관한 연표를 작성한 뒤, 2회 정도 자기가 쓴 400자원고지 몇 장 분량의 단문을 서로 발표하고, 강사가 조언하는 방법으로 진행했다. 상당히 짧은 기간이었음에도 불구하고 한 사람당 적게는 2~3편에서 많게는 6편의 글을 쓴 사람도 있었다. 그리고 다음

해로 이어간다는 뜻에서 첫 해의 강좌의 마무리로서 참가자의 작품을 몇 점씩 편집하여 '저마다의 자신의 역사'를 손수 발행했다.

◎ 손수 만든 자신의 역사

　　그러나 첫 해의 반성으로 '글을 쓰는 방법'에 대해서도 전혀 무시할 수는 없다는 생각에서 전직 교원이자 수필가로 활동 중인 분에게 그에 대한 지도를 부탁했으나 사전에 충분한 상의가 이루어지지 못해 참가자를 조금 혼란에 빠뜨리기도 했다. 그래서 매달 1회씩 총 9회(2001년 7월~2002년 3월) 실시되고, 그 중에 4회는 두 달에 한 번씩 우에다(上田) 선생님 한 분에게 지도를 부탁하는 방법으로 실시했다. 또, 선생님의 제안에 의해 2년째에는 한 사람 한 사람이 책자를 만든다는 목표를 가지고 강좌를 진행하게 되었다.

유감스럽게도 몇 명이 새로 참가하기는 하였으나, 이 시점에서는 참가자가 절반 정도인 10명으로 줄고 말았다. 하지만 첫 해 강좌를 통해 자신의 역사의 의의를 이해하고, 각자 자신의 역사에 대한 개념을 확립하게 된 덕에 '자신의 역사 연표 만들기'를 통해 스스로의 생애를 글로 써가면서 동세대 간의 대화의 장을 넓혀가는 등, 느긋하게 여유를 가지고 진행할 수 있었다.

그리고 최종적으로 '저마다의 자신의 역사'를 완성시킨 것은 모두 6명이었다. 앞서 소개한 「잡초처럼」, 「다시 보는 고로도(葫蘆島)」, 「지난날들」, 「지난 추억들」, 「스스로에게 도전하다」 등등 각자가 개성적인 주제를 생각해내고 사진도 넣어 자신의 역사의 간행에 도달하였다.

여담이지만, 때마침 'IT개혁'의 바람 속에서 운 좋게 IT강습회를 위해 시에서 준비한 노트북을 빌릴 수 있게 되었는데, 이 때 대부분의 사람들이 눈 깜짝할 사이에 컴퓨터의 달인이 되어버렸다. 그리고 그 후로는 자신의 컴퓨터를 사용하여 자신의 역사 만들기에 열중할 수 있었다.

자신의 역사를 쓰는 것의 의미 : 공민관 사업으로서의 자신의 역사 강좌

참가자의 대부분은 '자신의 과거를 한 번 돌아보고 싶다', '기록하고 싶다', '쓰고 싶다', '자기표현을 하고 싶다'와 같이 처음에는 자신의 역사를 자기실현의 한 방법으로 인식하고 있다. '쓴다'는 행위는 물론 개인적인 작업이지만, '연표 만들기'나 '목차 만들기', 그리고 쓴 글을 서로 읽어보는 활동을 통해 체험을 공유하게 되면서 이를 통해 집단 속에서 자신의 경험을 객관적으로 볼 수 있는 눈이 길러진다. 특히 역사학습의 심화를 통해 과학적인 고찰까지도 가능하게 된다. 무엇보다도 '쓰는' 일을 통해 자신을 재발견할 수 있다는 점이 바로 자신의 역사학습의 의의가 아닐까. '"역사"도 "쓰기"도 학습의 목적이 아니라 방법'이라는 것은 틀림없는 사실로, 집단적 학습을 통해서만 얻어낼 수 있다. '쓴다'는 행위는 같지만 개인적인 작문교실과 자신의 역사 강좌는 본질적으로 학습목표와 그 도달점이 다르다.

◉ 협동작업에 의한 자신의 역사 만들기

또한 이 강좌는 협동작업에 의한 자신의 역사 만들기를 통해, 참가자

상호간에 역사관의 공유가 도모됨과 동시에 결과적으로 그 지역의 역사를 널리 알릴 수 있는 가능성까지도 가지고 있다. 지역민들의 생활 기록은 '지역사'이며, '민중사'이기도 하다. 이번 강좌에 참가한 사람들의 대부분은, 신일제철 기미쓰(君津)공장의 진출에 따라 규슈(九州)지방에서 전입해 온 사람들로 이 지역의 커다란 전환기를 공유해 왔다. 이번에는 각자 개인적인 것을 정리하는 형태로 자신의 역사를 편집했으나, 앞으로는 참가자가 같은 주제로 글을 쓰는 등의 수평적인 편집도 충분히 가능할 것이다.

동아리 '추억'의 발족

3년째를 맞이하는 올해는 동아리 '추억'의 조직으로 재출발. 전쟁 중과 전쟁 후의 '식량난'에 대해 모두가 주제를 심화시켜 가는 등 다양한 시행착오를 거쳐 가며 월 1회로 정기모임을 열고 있다. 그리고 올해 역시, 한 해의 '마무리'로서 두 권 째의 책자발행을 위한 준비가 착착 진행되고 있다.

끝으로 M씨의 '후기'를 소개하고 이 글을 맺으려 한다. 그녀는 1930년 중국동북부(옛 만주지방) 태생으로 15세에 종전되어 규슈(九州)로 돌아 온 경험을 가지고 있다. 전작 '다시 보는 고로도(葫蘆島)(수용소가 있던 곳의 이름)'에 이어 이번에는 중국에서의 전쟁경험과 일본에서의 귀국생활에 대해 파고들고 있다.

　　어린 시절의 아련한 기억도 연표를 더듬어가며 떠올려보니 마치 최근의 기억처럼 머릿속에 떠오릅니다. 어린 동생들에게 지난번의 자신의 역사에 관한 책자를 읽어보게 했습니다. 당시에 대한 기억을 쇼와10년(1935년)생인 여동생이 일부분만, 아아 그랬었나 하며 부모님의 고생에 눈물을 흘려가며 읽고, "버릇없이 굴었던 것이 죄송스럽다. 정말 감사하고 있다."라고 말해 주었습니다. 그와 같은 반응이 있었기에 더욱 더 글을 남기는 일에 도전하게 되었습니다. ▶식량난에 대해서는 그 고장의 분위기 탓도 있었는지 그다지 고생이라고는 생각되지 않았고, 무엇을 먹어도 맛있어서 당시 부모님이 여러모로 궁리해서 맛있는 음식을 마련해 주셨던 덕일까라고 생각하고 있습니다. ▶요즈음 세간을 떠들썩하게 하고 있는 북한의 납치문제. 제가 태어나 자란 만주는 압록강을 사이에 두고 왕래하던 나라로, 학교의 동급생들과도 차별 없이 사이좋게 배웠습니다. 이런 상황이 너무 안타깝습니다. 북한의 여자아이들은 고무줄뛰기를 잘하고, 리듬감 있게 노래하며 춤을 추는 듯이 줄을 뛰어넘곤 했습니다. 요즘 같이 풍족한 세상이라도 갑자기 이변이 일어나 다시 한 번 식량난이 찾아오지 않으리라고는 누구도 단정 지을 수 없습니다. 당시의 지혜를 글로 남겨두는 것도 좋지 않을까요. 예전에 영국의 한 학자의 "사람은 녹스는 것 보다 닳아서 생을 마치는 것이 최고의 인생이다"라는 말을 책에서 본 적이 있습니다. 앞으로도 건강에 유의하며 즐거운 인생을 살아가고 싶습니다.

사사키 히데유키(佐々木英之)

제2장 **10** 지역사회를 창조하는 자치와 협동 학습

지역사회를 직시하는
고령자의 학습

시즈(志津)시민대학의 연구과개설을 위해

사쿠라(佐倉)시는 총인구 17만명 중 40%에 달하는 7만명의 인구(사쿠라시의 총 면적 10,359평방킬로미터 중 시즈(志津)구 면적은 1,851평방킬로미터)를 대상으로 시즈(志津)공민관을 운영하고 있다. 시즈지구는 1950년대 후반부터 도쿄(東京)통근권(60분 권내)의 베드타운으로 개발이 진행된 신흥주택지이다.

1990년 시즈시민대학은 당시의 고령자대학을 변경하여 근로자가 참가하기 편하도록 성인 전체를 대상으로 토요일에 개설하였다. 이는

기존의 세대별 강좌에 존재하던 울타리는 없애고, 가능한 한 폭넓은 연령층에 호소하여 지역에서 생활하고 있는 주민 모두를 대상으로 배움을 실현하기 위한 하나의 시도였다. 또 고학력화에 의한 주민의 고도화된 학습요구에 응하기 위해 국가와 현의 연구기관에서 정보를 제공 받아 전문학과 과정을 설치하여, 전문적으로 심도 깊은 학습을 가능케 하기 위한 궁리를 하였다. 또한 시민들 중에서 시즈시민대학의 운영위원을 위촉해(관장권한·무급·정원12명), 시민대학의 운영에 시민의 목소리가 직접 반영될 수 있도록 배려해 왔다.

당시 운영위원장(당시의 사쿠라시 교육위원장)은, '시즈시민대학은 학교교육의 시기를 놓치고 만 우리 시민 한 사람 한 사람을 위해 열린 대학이다. 이곳에서는 사람이 사람답게 살아가기 위해, 자신의 과제와 더불어 지역사회가 가진 과제를 스스로(함께) 발견하고, 스스로(함께) 해결하기 위한 방법을 생각하여 행동으로 옮겨 간다. 그러한 일을 해낼 수 있는 사람을 양성하는 학습이 이 시즈시민대학에서는 가능하다.'라고 서술하고 있다. 이 대학에서는 지역생활 속에서 살아가는 보람을 찾고 이웃과 함께 손을 잡아 지역을 만들어갈 수 있는 사람의 양성이 기대되며, 사람과 사람의 관계를 중요하게 생각하는 운영이 시사되고 있다.

시민대학에서는 각 학급에서 인간관계를 친밀하게 하기 위한 심포지엄이나 교류회·학습성과 발표회 등, 수강생 전원이 주체적으로 참여할 수 있는 프로그램을 마련해 왔다. 그러나 연간 12회에서 13회 정도의 학습 기회로는 인간관계를 충분히 구축하기가 어렵다. 수료 후에도 동창회, 동문회 등이 조직되고는 있으나, 지역활동이나 사회활동을 전개하는 데까지는 아직 미치지 못하고 있었던 것이 사실이다.(물론 아버지의 식사학(食事學) 동호회, 산책모임, 시즈 네트워크·시즈 마을 만들기 실행위원회 등의 동아리에서 매년 재학생이나 수료생의 가입을 받아 자주적 학습과 지역행사활동의 원조 등을 실천하고 있는 예도 있다.)

1999년 시즈시민대학의 10주년을 기념하여 10년간의 수료생을 대상으로 설문조사(질문내용의 작성과 집계분석에는 운영위원이 참가했다)를 실시하였다.

그 결과는 ① 시민대학의 핵심적인 자세는 지금 이대로가 좋다, ② 신규강좌의 개설과 시간 변경 등, 강좌의 내용이 매년 너무 많이 바뀌는 것은 아닌가, ③ 운영에 대해서는 지금보다도 자주성을 확대해 나갈 필요가 있다, ④ 현재 활동의 연장선상에서 동료 만들기나 마을 만들기 활동을 확대해 나갈 필요가 있다, ⑤ 수강생을 위해 자주적인 활동의 장을 만들어 나가야 한다, 등으로 정리되었다.

이 결과를 토대로 운영위원회의 회의가 진행되어, 2000년부터 2년간 (월2회 개최) 완전히 새로운 연구과를 개설하기로 하였다. 개설 장소로는 와요(和洋)여자대학의 시설 지역개방(토요일 오후)이라는 배려로 그 세미나하우스를 빌릴 수 있었다. 그 다음 해에는 문부과학성의 위촉을 받아 모두의 상의를 거쳐 '시즈지구의 젊은이와 고령자가 하나가 되어 "살기 편한, 살아보고 싶은, 살아보니 좋은 마을 시즈"'를 실현시키고자 하는 생각에서 시즈시민대학운영위원이 중심이 되어 '시즈 마을 만들기 실행위원회'를 발족하여, 시민대학의 학생들을 비롯해 지역의 비영리단체와 동아리·기업 분들의 힘을 빌려 활동을 시작하게 되었다.

활동은 홈페이지부(홈페이지의 작성(http://www.catv296.ne.jp/~sidunomati/)
과 관리)·영상부(시즈 홍보영상의 제작과 유선방송에 의한 방영)·홍보부(연
3회 24,000부의 전단지 발행)의 세 부로 나누고, 2002년에 들어 실행위원회
를 재개하여 작년도 사업에 이어 계속 진행하고 있다. 각각의 부는
지역의 정보수집에서 원고나 시나리오의 작성, 또 컴퓨터실습이나 홈페
이지작성 강습회 등의 사업을 전개하여, 이제껏 잘 모르고 지냈던 지역
주민들 간의 만남의 장을 확실히 넓혀가고 있다. 또 다양한 만남과
발견이 있는 날들을 보내며, 지역의 인재 네트워크를 구축하여 자주적
활동의 근원으로서 나아가기 시작하고 있다.

스스로 학습과제를 찾아 조사하는 연구과

'자주적인 학습을 지향하는 시즈시민대학은 세미나형식을 통해 스스
로 학습과제를 찾아 조사하고, 의논하고, 정리하여 발표할 수 있는
실천의 장으로서 개설합니다.'

첫 해(2000년) 연구과의 주제는 '사회환경 과정', '생활환경 과정',
'시즈지구의 역사 과정'등 세 가지였다. 다음 해(2001년)에는 '아버지의
가정학'을 개설하여, 일상생활 전체를 포괄하는 가정학을 아버지의
시점에서 다시 검토하여 일상생활과 가정의 자세에 대해 재발견하는
시간을 가졌다.

연구과는 세미나형식을 통한 자주적인 학습의 진행을 기본으로 하였

다. 운영위원의 동문회가 조언자로서 관여하여 운영을 지원하며, 공민관 직원은 직접적으로 관여하지 않았다. 직원은 조언자의 보고를 근거로 수강생의 요구에 응하고, 강사를 파견하거나 현장학습의 승인과 조정 등을 지원하는 정도에 그치기로 하였다. 대신 반년에 한 번 있는 중간보고를 합동으로 개최하여 각 연구과의 진척상황에 대한 보고를 요청하였다. 이 보고회는 세 연구과가 합동으로 진행하여 각자의 입장에서 의견을 교류하고 외부강사로부터 방향성이나 그 사고방식에 대한 강의를 받는 형식으로 기획하였다. 또한 집단으로 주제를 찾고 현장학습을 실시하여 일정한 방향성을 확인해 나가는 학습방법을 도입하였다. 수동적인 학습이 아니라 다양한 사고방식을 가진 연구생들이 각각의 의견을 펼치고, 서로를 인정하며 공통된 인식을 일정한 곳으로 모아(가치관·정보·지식·기술 등의 공통인식) 연구 과제를 심화시켜나가도록 했다.

이러한 경험은 일상생활에서는 거의 체험하기 어려운 일이다. 처음에는 서로의 인간성을 받아들이는 것에서 시작한다. 학습을 계속해나가는 가운데 보다 밀도 깊은 관계가 형성된다. 이러한 성과를 위한 기대감을 가지고 진행시켜 나갔다.

세 가지 과정별 학습동향 : 2년간의 학습을 수료한 과정만

(1) 사회환경 과정(인바(印旛)늪을 통해 생각하다)

사쿠라(佐倉)시는 '물과 숲의 고장'으로 불리고 있는데, 그 물을 상징

하는 것이 바로 '인바(印旛)늪'이다. 그러나 한편으로는, 그 물의 오염이 '데가(手賀)늪'에 이어 전국 두 번째로, 수질오염이 문제시되고 있는 비와(琵琶)호수 보다도 훨씬 심각한 상황이라고 한다. 그래서 '인바늪'을 핵심어로 자연환경문제, 인바늪과 인간의 관계, 인바늪과 그 경제가치, 인바늪과 관련된 풍습 등을 다각적으로 조사하여 우리들이 어떻게 하면 다음 세대에 깨끗하고 살기 좋은 자연환경을 물려줄 수 있을지에 대해 탐구해 나간다.

(2) 생활환경 과정(시즈지구를 중심으로)

시즈지구를 둘러싼 역사적 환경에서 급격한 지역사회 구축 사업을 진행해 가는 가운데, 지역이 안고 있는 다양한 생활환경에 관련된 과제를 찾아 앞으로 지역사회를 어떻게 발전시켜나갈 것인지에 대해 생각해 본다. 또, 시즈지구 생활환경의 현재 상태(예를 들면 쓰레기문제, 인권문제, 거주환경 등)를 다각도로 탐구하고 해석하여 마을 만들기의 자세에 대해 생각해 나간다.

(3) 시즈지구의 역사 과정(시즈지구의 개관을 알아보다)

시즈지구를 둘러싼 역사적 환경에서 급격한 지역사회 구축 사업을 진행해 가는 가운데, 지역사회가 안고 있는 여러 가지 문제에 대해 탐구하여 앞으로 지역사회를 어떻게 발전시켜나갈 것인지에 대해 생각해 본다. 먼저 시즈지구의 역사, 전통 풍습의 조사 및 연구를 진행한다. 또 문헌조사와 자료 수집, 사진집 만들기, 향토사연구가를 통한 정보수

집 등을 실시하여 과거에서 현재, 그리고 미래에까지 전해가야 할 것이
무엇인지 생각해 본다.

[표 2-7] 【2000년도 학습프로그램】 사회환경 과정 '인바 늪을 통해 생각해 보자'

	일시	학습내용	장소
1	5월20일(토)	개강식	시즈(志津)커뮤니티센터
2	6월10일(토)	오리엔테이션	와요(和洋)여자대학
3	6월24일(토)	진행방법토론	와요여자대학
4	7월 8일(토)	세미나 진행방법 -나가사와 세이지(長澤成次)	와요여자대학
5	7월20일(목)	배를 타지 않고 물가 유람	인바(印旛)늪
6	7월29일(토)	전체 모임	시즈커뮤니티센터
7	8월 1일(화)	인바늪 수질개선 강연회	중앙공민관
8	9월 9일(토)	인바늪 관광 (시 관광과)	와요여자대학
9	9월25일(월)	오와다(大和田) 배수장 견학	오와다(大和田) 배수장
10	10월14일(토)	인바늪과 관련한 풍습-오시오 타다시 (押尾忠)	와요여자대학
11	10월28일(토)	배타기	인바늪
12	11월11일(토)	인바늪에 사는 어류	공민관
13	11월19일(일)	강연회 '인바늪의 오염을 어떻게 해결할까요.'	시즈커뮤니티센터
14	11월25일(토)	하천수산시험장 견학	하천수산시험장
15	12월 2일(토)	교류 모임	시즈커뮤니티센터
16	12월 9일(토)	인바늪의 역사-시라토리 코지 (白鳥孝治)	공민관
17	12월16일(토)	인바늪의 새-오구라 세이치(小倉正一)	공민관
18	1월13일(토)	인바늪의 물-시라토리 코지(白鳥孝治)	공민관
19	1월27일(토)	첫 해의 마무리와 앞으로의 진행방법	와요여자대학
20	2월24일(토)	폐강식	시즈커뮤니티센터
21	3월 3일(토)	인바늪의 들새관찰회 -오구라 세이치(小倉正一)	인바늪

[표 2-8] 【2001년도 학습프로그램】

	일시	학습내용	장소
1	4월28일(토)	정리 및 앞으로의 진행방법	와요(和洋)여자대학
2	5월12일(토)	시즈의 자연	와요여자대학
3	5월26일(토)	개강식	시즈커뮤니티센터
4	6월 9일(토)	57연대 이야기- 오하라 키요미(小原淸喜美)	와요여자대학
5	6월23일(목)	데가늪 탐색	데가늪
6	7월14일(토)	전체 모임	시즈커뮤니티센터
7	9월 8일(토)	사쿠라(佐倉)시 종합계획	와요여자대학
8	9월29일(토)	연구지도-시라토리 코지(白鳥孝治)	시즈공민관
9	10월13일(토)	정리의 방향 상의	와요여자대학
10	10월27일(토)	중간보고회	와요여자대학
11	11월 3일(토)	이시카미(石神) 골짜기 견학	이시카미(石神) 골짜기
12	11월10일(토)	수질문제 토의	와요여자대학
13	11월12일(월)	아비코(我孫子)시 방문	아비코(我孫子)
14	11월23일(금)	새 관찰	사카다가(坂田ケ)연못
15	11월24일(토)	인바늪 정화 포럼	시즈커뮤니티센터
16	12월 2일(일)	인바 포럼	토미사토(富里)공민관
17	12월 7일(금)	사쿠라시청 방문	사쿠라시청
18	12월 8일(토)	시청 방문보고	와요여자대학
19	12월10일(월)	치바현청 방문	치바현청
20	12월22일(토)	자연환경의 회복- 시마즈 마사아키(嶋津雅照)	와요여자대학
21	1월12일(토)	보고정리	와요여자대학
22	1월26일(토)	보고정리	와요여자대학
23	2월 9일(토)	보고정리	와요여자대학
24	2월23일(토)	폐강식	시즈커뮤니티센터
25	3월16일(토)	발표회	시즈공민관

지금 '달을 보며 집을 나서고, 달을 보며 집으로 돌아가던' 도쿄근교의 기업 전사들이 지역으로 돌아오고 있다. 시즈시민대학의 학생도 개관 당시에는 남성이 30% 정도였던 것이 지금은 60%를 넘기려 한다. 지역에 돌아와, 지역에서의 학습활동에 눈떠 실천해 나가려고 하는 인재가 확실히 늘어나고 있다. 반면 어떠한 활동을 어떻게 해야 할지 그 실마리를 찾지 못하고 있는 사람도 역시 많이 보인다. 그러한 시민에게 공민관 직원이 정보와 활동의 장을 제공하고, 지역에서 활동하는 의미를 스스로 발견할 수 있도록 지원하는 프로그램을 만들어 간다면 다양한 실천이 가능해지지 않을까. ① 여러 기업에서 근무해 온 경험으로부터 쌓아온 지식·기술·능력을 지역사회환원, ② 사회적 지위에 개의치 않는 지역사회를 위한 실천, ③ 지역사회의 복잡한 인간관계 속에서의 자기실현, ④ 지역사회의 여성네트워크와 남성의 조직사회 간의 가치관의 경합과 조화의 방법 모색. 이러한 과제에 대해, 실천을 통하여 학습생과 함께 확인해 나가는 작업이 앞으로의 운영에 있어 중요하게 여겨지지 않을까 생각하는 바이다.

지금까지와 같이 강좌·학급의 운영이라는 직원 중심의 사업전개가 아니라, 생활지역이라는 커다란 테두리에서의 사업을 학습자와 직원이 함께 고민하여, 지역의 사회자원을 활용해가면서 실천을 통해 경험을 쌓아가는 것이 상호학습의 추진에 있어서의 핵심이 아닐까. 공민관 직원으로서, 교육행정직원으로서 안고 있는 다양한 정보나 과제를 지역에서 생활하는 학습자가 가지고 있는 정보나 과제에 함께 맞추어보고 검토하는 작업을 통해, 지역사회 전체의 과제가 보다 선명히 떠오를 것이다.

지역의 재산인 인재를 어떻게 공동체와 연결하여 지역사회를 위한 활동을 실천해 갈 것인가. 이러한 기회를 조정해 가는 것이 바로 지역에서 사회교육활동을 전개하고 있는 공민관의 역할이라 생각한다.

아라이 마코토(荒井誠)

11

제2장   지역사회를 창조하는 자치와 협동 학습

지역복지를 생각하는
우물가회의

　사회교육 관련 일을 20년 남짓 해 오는 사이에 사업의 기획이 천편일

률화되고 있던 1990년 봄. '잠깐! 정말 이래도 되는 걸까? 지역은?

가정은?……'라고 자신에게 묻기 시작한 데서 시작하여 '현재(지금)와

미래(내일)를 이야기하는 어머니들의 우물가회의'―배우는 것과 말하

는 것을 소중히―라는 긴 제목의 세미나를 개최한 것이 그 이후에,

지역복지를 생각하게 된 첫 걸음이 되었다.

학습과 서로 이야기하는 것에서 생겨난 것…
〈후나바시(船橋)시 호텐(法典)공민관에서〉

첫 해에는 이제껏 살아 온 인생을 돌아보고 "가정에서의 자립", "지역에서 살아가기 위한 자신의 위치"를 생각하는 것을 핵심 주제로 하여 강사의 이야기를 듣고 다음 모임(2주 후)까지 주제를 문자화하여 요약문을 만들어 오면 진행위원(2명)과 직원이 과제에 대해 상의하여 중심 주제를 설정해 참가자끼리 자유롭게 의견을 교환하는 학습방법을 취했다.

제1회 '지금, 지역에서 살아가다', 제2회 '지금, 평생학습의 시대라고는 하지만', 제3회 '지금, 어째서 전쟁체험인가', 제4회 '지금, 노후를 생각하여 고령화에서 배운다' 등을 주제로 한 총 6회 12일간의 학습이었다.

첫 해의 학습에서 참가자들은 '계획성 없이 살아온 자신'에 대해 각성하고, '서두르지 말고 확실한 걸음을 내딛자. 용기를 내서 한 발을 내디디면 다음 발은 자연히 따라오리라'라는 생각으로 평화를 기원하는 연학[1]을 접는 가운데, 이라크의 쿠웨이트 침공이 걸프전으로 발전한 상황을 유감스러워하기도 하고 '지역에서 살아가는 한 사람으로서 사람과 사람 사이에서 살아가는 한 사람으로서 행동하는 가운데, 보다 나은 생활자세로 살 수 있지 않을까'라고 자문자답하기도 하면서, 고령자 간호시설의 일일 봉사자로서 활동하거나, 11월 11일 '세계평화기념일'

---

1) 역주 : 종이 한 장으로 두 마리 이상을 접어내는 종이 학

을 위해 각지에서 연학을 접고 있다는 사실을 알고, 그것을 지역에 호소하여 함께 실천하는 일 등을 하면서 1년을 보냈다.

2년째는 '지금을 어떻게 살아갈 것인가?'—밖을 향해 살아보지 않겠습니까—라는 학습주제를 설정하고 학습방법은 전년도와 동일하게 하여, 고령사회가 진행되는 가운데 "모두에게 다정한 삶 만들기"를 목표로 활동하고 있는 여성건축가 나쓰메 사치코(夏目幸子) 씨의 조정으로, 고령사회의 문제와 여성의 자립에 대해 배우는 기회로서 행사를 조직하였다.

마침 후생성이 '골드플랜 10개년 계획'을 발표한 시기와도 겹쳐, 후나바시시에도 재택 간호지원센터가 설치된 해이기도 하여 고령자복지를 생각해 보는 좋은 계기가 되었다. 9월의 학습에서는 NHK스페셜 '가정은 노후를 지탱할 수 있는가'—남성들의 결단—의 비디오 시청을 통해, 고령자복지와 재택간호의 문제가 이미 우리들 가까이에 직면하고 있다는 사실을 실감할 수 있었다.

그리고 재택간호에 대해 자신의 고향에서 함께 살아가고 있는 사람들의 현실문제로서 실감할 수 있는 기회이기도 하였다. 당시, 나의 어머니도 간호를 받고 있는 사람 중에 한 사람이었다.

그 해에는, 학습해 가는 중에 참가자로부터 '지역복지란?', '고령자복지란?'이라는 의문이 나오기 시작하여 학습의 마지막에 '함께 살아갈 수 있는 복지마을 만들기'—우리는 무엇을 할 수 있을까—라는 주제로 강연회와 좌담회를 실시, 호텐(法典)지구의 소지역 복지권 활동에 대해 더 많이 알 수 있었다.

씨에서 뿌리가 나고, 꽃이 피었다

　3년째의 우물가회의는 '노후시대의 전쟁이 시작된다'－서로 의지하는 동료 만들기를－이라는 주제 하에 NHK스페셜 '당신의 마을은 노후를 지탱할 수 있는가'－지역의 결단－의 비디오 시청으로 시작하여, 구체적인 재택복지·재택간호가 실시되고 있는 도쿄(東京)·마치다(町田)의 '따뜻한 가정의 모임'과 도시마(豊島)구 노인복지센터에서 고령자의 상담상대가 되어주고 있는 상담원의 활동 등, 구체적인 실천에 대해 배우는 기회로서 기획하였다. 그리고 학습과 동시에 세미나 참가자와 호텐지구담당 보건원(당시)간의 대화의 장을 여러 번 열어 지역 고령자의 실태에 대해 듣는 가운데 '지역에서 가족이 되어드리고 싶다', '한 사람 한 사람의 생활을 소중히 여기면서 가족과 같이 도우며 살아갈 수 있다면'이라는 마음으로 7월의 공민관 소식지에서 자원봉사자를 모집했다. 9월 약 30명이 등록하여 ① 시 보건원이 담당하고 있는 독거노인이나 노환으로 누워 지내는 어르신의 보살핌·간호, ② 자원봉사센터로부터 요청을 받아 움직이는 자원봉사단을 만들기로 결정해 '호텐(法典)자원봉사단 "해바라기"'를 발족하게 되었다.

현재(지금)와 미래(내일)를 이야기하는
어머니들의 우물가회의
금년도 주제 : 노후시대의 전쟁이 시작된다
－서로 의지하는 동료 만들기를－

아주 빠른 속도로 고령화시대가 다가옵니다. 혼자서는 가족으로는 지탱해낼 수 없는 고령자의 간호. 지역에서는 무엇을 해야 하나? 우리들은? 수많은 질문 가운데, 새로운 지역 만들기에 대한 모색이 시작됩니다. 당신의 이웃과 함께 생각해보지 않겠습니까?

★기간 5월12일(화)～12월15일
　　　원칙적으로 첫째·셋째 화요일
★시간 오전 10시～12시
★장소 호텐공민관 제 1·2집회실
★대상 지역에 살고 있는 일반, 부인
★신청 호텐공민관에 직접 혹은 전화로 ☎ 38-3203

	일 시	내 용	강 사 등
1	5월12일	NHK스페셜 비디오 시청 '당신의 마을은 노후를 지탱할 수 있는가' －지역의 결단－	공민관 직원
2	5월19일	호텐(法典)지구의 준공적단체의 활동과 그 역할 －지역을 지탱하는 것과 그것을 살리는 우리－	공민관 직원 여러 지구단체간부
3	6월 2일	NHK스페셜 비디오 시청 '존엄사를 생각하다' －당신 자신의 삶의 자세와 죽음－	공민관 직원
4	6월16일	존엄이 있는 죽음과 삶의 자세를 생각하다 －건강하게 살고, 편안하게 죽을 권리란－	히로세 카쓰요(廣瀬勝世)(존엄사협회 상임이사)
5	7월 7일 21일	북유럽의 복지사회와 일본의 복지 －편안한 노후, 방황하는 노후－	야스다 무쓰오(安田陸男)(전 마이니치(每日)신문기자)
6	9월 8일 22일	재택간호시스템이 지향하는 것 －마치다시 '따뜻한 가정의 모임'을 방문하여－	니시지마 키미코(西嶋公子)(따뜻한 가정의모임 고문)
7	10월 6일 20일	재택간호로 멋진 노후를 살아가다 －도시마(豊島)구 노인복지센터직원의 보고－	오시마 레이코(大島玲子)(도시마구 노인복지센터 상담원)
8	11월10일 17일	주민참가의 지역의료를 생각하다 －의료에…, 간호에…, 재택간호에…－	하야시 치카라(林力)(하야시(林)내과의원 원장)
9	12월15일	우물가회의 올해의 반성·정리	공민관 직원

★ 올해는 조를 나누어 이야기의 초점을 맞추어 나갑니다.
★ 작년도의 '일년간의 정리'가 필요하신 분은 공민관에 신청해 주십시오.
★ 함께 의지하는 동료를 더 많이 만들기 위해, 주변 분들께도 권유해 주시기 바랍니다.

우물가회의학습내용(3년째)

공민관 사업으로 뿌린 "씨"를 뿌려서, 2년째에 "뿌리"가 나오고 3년째에는 "가지와 잎"이 나온다. 이번 3년째는 간호봉사를 시작으로 '노인 쉼터'에서의 이야기상대, 그리고 이듬해 가을 지역의 고령자를 초대하여 개최한 제1회 '해바라기 콘서트'의 중심적 역할을 맡아 세미나 참가자들은 "지역에서 살아가다", "자립해서 살아가다"라는 학습주제를 구체적으로 실천하기 시작한 한 해였다. 해바라기 콘서트는 올해 (2002년) 10월 10주년을 맞아 지역 자원봉사활동의 상징으로서 고령자들을 기쁘게 하고 있다.

첫 해의 감상문에 '나는 한 걸음도 내디딜 수가 없다. 아니, 그럴 리가 없어. 그렇게 생각하면서도 나는 역시 움직일 수가 없다.'라고 적었던 참가자 중 한 사람은, 3년째의 감상문에 '벌써 삼 년…. 당신과 만나 함께 나아가고…중략 이제 3년. 움직일 수 없었던 내가 조금씩 움직이기 시작한 듯한 그런 예감. ……나를 여기까지 데리고 와준 당신께 감사드립니다…….'라고 적어, 행동을 시작하려고 하는 자신의 성장과 그것을 지지해 준 3년간의 동료들에게 감사하고 있다.

그리고 또 한 명의 참가자는 '한 번의 만남이 나를 성장하게 했고, 또한 많은 기쁨을 가져다 주었다. 중략……지금 다시 돌아보며 한 장면, 한 장면을 그리워하고 있다. 특히 한 가지, 정말 감동했던 것. 그것은 선배들이 이제껏 배양해 놓은 땅에 드디어 작은 꽃이 피었다는 것이다. 그 꽃의 이름은 "해바라기". 자원봉사단 해바라기의 탄생은 공민관 활동의 원점, 이상의 결실이 아닐까. ……중략……아직 작은 꽃이지만 언젠가 지역 분들에게 있어 "한숨 놓을 수 있는" 그러한 존재가 될 수 있기를 바라고 있다. 너무 앞서가는 것인지는 모르겠지만, 지금 인간으로서의 행복, 만남의 기쁨을 깊이 음미하고 있다.'고 끝맺었다.

세미나 참가자는 그 후, '해바라기 콘서트', '노인 쉼터', '고령자간호' 등의 자원봉사 활동을 정열적으로 실시하고, 호텐지구 소지역복지권 추진위원회가 1999년에 발전적인 모습으로 다시 설립된 호텐지구 사회 복지협의회의 '호텐 해바라기 서로 의지하는 모임'의 자원봉사 활동에 적극적으로 참여하여 활동하고 있는 외에도, 보호관리위원으로서 갱생 의 길을 걷고 있는 소년·소녀들의 좋은 상담상대가 되어 주기도 하고, 민생아동위원으로서 지역의 어린이들과 젊은 어머니들의 상담상대가 되어 주기도 하는 등 각각의 길을 걷고 있다.

요즈음 정치의 부패·경제의 파탄·교육의 황폐·환경 파괴·민족 간의 분쟁·식품과 농업의 문제 등 많은 과제와 대치해가면서 학습과 이야기를 통해 "행동하자"라는 구호를 바탕으로 스스로 만들어낸 '자 원봉사단 해바 라기'는 지역의 복지활동에 선 구적인 역할을 맡아 왔다고 말 할 수 있겠다.

⊙ 제10회 '해바라기 콘서트' 스태프 (2002년 10월)

지역전체의 복지활동

나는 1993년 4월부터 마쓰가오카(松が丘)공민관으로 이동하게 되는데, 이 지역의 사람들에게 있어서는 30년간 기다려 온 공민관 개관이었다.

후나바시(船橋)시의 북쪽에 위치한 마쓰가오카(松が丘)지구는 1960년 전반부터 새로운 주민이 전입하기 시작하여 신흥주택지로서 번영해 온 지역이다. 공민관이 개관했을 당시, 마쓰가오카쵸(松が丘町)의회, 자치회, 연합회를 중심으로 일반적인 자치회활동 외에도 단위노인동아리가 13개, 간호와 급식봉사단체가 4개정도 있어 지역의 활동이 비교적 활발히 이루어지고 있었다. 단지 노인동아리는 단위활동이 중심으로, 연합체로서의 조직을 가지고 있지 않았던 탓에 공민관에서 동아리 회장에게 부탁하여 연합체로서의 조직구성에 뛰어들었다.

그러나 여러 가지 문제가 얽혀 약 1년간 상의를 계속하는 가운데 '독거 노인을 우리 노인동아리에서 서로 돕는 시대가 온다'는 회장의 발언의 중대성을 느끼며 1994년 4월, 16개의 단위동아리가 모여 마쓰가오카지구 노인동아리연락협의회가 설립되었다.

이들의 움직임에 호응이라도 하는 듯이 마쓰가오카지구 소지역복지권 추진위원회도 위원회 내에 ① 청소년분과회, ② 노인분과회, ③ 자원봉사자 분과회를 만들어, 활동의 활성화를 도모했다. 공민관은 지역의 움직임에 적극적으로 관여하여 1993년 10월과 1994년 5월에 이론편으로 '지역복지강좌 파트Ⅰ·Ⅱ'를, 실천편으로 '간호실습교실'를 개최하여 지역민들의 복지에 대한 관심을 강화시켜 왔다.

동시에 소지역복지권 추진위원회 내에 설치된 자원봉사 동아리를 포함시켜 간호봉사자조직을 만들려는 기운이 고조되어 '좋든 싫든 간에 고령사회는 다가온다. 고령자문제는 그 자체로 지역사회의 문제이기도 하며 "함께 살아가는" 것이야 말로 "활력 넘치는 지역사회구축"을 향한 실천이 된다'는 생각에서 노인동아리회원 약 800명의 협력을 얻어 설문조사를 실시해 지역에 살고 있는 모두가 자신의 천수(天壽)를 다하고 싶어 한다는 사실을 알게 되어 1995년 4월 공존·공생의 입장 에서 "지금 할 수 있는 일부터"를 기본으로 자원봉사자를 모집하여 같은 해 4월 42명의 자원봉사 등록자에 의해 '마쓰가오카지구 자원봉사 단 "제비꽃 모임"'을 설립하였다. '시골 부모님이 자원봉사자의 도움을 받고 있다' 등 저마다의 뜨거운 열정이 가득하였다.

나는 소지역복지권 추진위원회로부터의 위촉 형태로 참가하여, 회의 자료의 작성에서부터 의제의 설정, 그리고 연 5회 발행되는 공민관 소식지와 지역복지소식지에 지역의 움직임을 적극적으로 게재하는 등 사무국으로서의 역할을 맡았다.

호텐공민관 자원봉사조직의 설립은 각자의 자립을 목표로 하는 학습 으로부터 시작되어 그곳에 참가하는 어머니들이 가진 '지역사회에서 살아간다' '행동하자'라는 적극적인 삶의 자세로부터, 그리고 각자가 할 수 있는 작은 활동으로부터 출발하여 이윽고 지역까지도 움직이는 원동력이 되어가고 있다고 하면, 마쓰가오카 공민관 자원봉사조직의 설립은 자치연합회를 중심으로 한 지역 모두의 노력이었다고 할 수 있겠다.

공민관은 지역사회 속에서 '시민권'을

예전에 '공민관은 사람들이 자신의 힘으로 생활을 개척하는 지혜와 힘을 몸에 익히는 곳이다'라는 한 문장을 읽은 적이 있다. 두 곳의 지역에 관여하게 된 것이 어떠한가에 대해서는 제쳐두고, 호텐공민관의 우물가회의에 대해 이야기해 보자면, 그 후에 잠시 공민관의 손을 떠나 있었으나 현재는 공민관의 조력을 받아가며 "어머니들"의 위력에서 벗어나 남성 참가자도 함께 관여하여 활동을 계속하고 있다. 또 마쓰가오카지구의 '제비꽃 모임'의 회원들은, 마쓰가오카지구 사회복지협의회 설립에 처음부터 관여하여 현재는 노인복지시설봉사ㆍ육아방ㆍ복지축제ㆍ노인보호ㆍ간호봉사 등 다방면에 걸쳐 활동하고 있다.

지역사회에 살고 있는 사람들이 '생활과 문화'를 공유하며 지역의 앞길을 열어갈 수 있는 공민관 활동을 목표로, 그 "뿌리"를 만들기 위해서 공민관과 직원들은 끊임없이 노력해야 하며 주민과 공민관 간의 협력이 필요하다. 그를 위해 공민관은 지역에서 함께 살아갈 수 있는 "시민권"을 얻기 위해 노력해야만 한다.

호소마 노리오(細間則夫)

제2장 **12** 지역사회를 창조하는 자치와 협동 학습

생활교실과
공민관에서의 학습

치바(千葉)시의 공민관은 지금

치바시의 공민관은 2000년 4월, 중핵공민관 체제로 이행하였다.(1992년 정부지정도시로 이행하면서 6개의 행정구로 나뉘어졌다.) 지금까지 설치되어 있는 공민관 중에서 각 구의 한 곳을 중핵공민관으로, 나머지는 지구공민관으로 지정하였다. 그와 함께 모든 공민관에 설치되어 있던 공민관 운영심의회를 중핵공민관 여섯 곳에만 설치하도록 하였다. 지구공민관에는 공민관 운영간담회(공민관 운영간담회 설치요강)를 설치하게 되었다. 중핵공민관은 지금까지와 마찬가지로 관할구역(중학교구)

을 대상으로 사업을 실시함과 동시에, 각각의 지구공민관에 대한 사무
처리와 정리 업무도 맡고 있다. 나아가 그 지구 전체의 지역과제를
찾아내 사업을 실시해 가는 역할이 요구되었다. 또, 지구공민관의 모든
관장은 비상근의 위촉위원이다. 그리고 오랫동안 치바시의 사회교육활
동을 담당해 오던 사회센터는 폐지되었다. 2001년 평생학습센터(치바시
교육진흥재단)가 설치됨에 따라 지금까지의 사회교육과와 평생학습진흥
과가 일원화되어 평생학습진흥과가 되었다.

치바시 공민관의 발자취를 돌아보면 1954년 5월 치바시지구 공민관
설치관리조례가 시행되어 같은 해 하나조노(花園)공민관(장소는 지역에서
제공), 마쿠하리(幕張)공민관(마쿠하리(幕張)쵸 합병, 이어받음), 고테하시(犢
橋)공민관(고테하시(犢橋)촌 합병, 이어받음)가 최초의 공민관으로서 설치
되었다. 1959년 12월 문부성이 고시한 '공민관의 설치 및 운영에 관한
기준'으로 1963년 공민관의 설치에 대해 1중학교구 1관 건설이라는
기본방침이 확고해져 같은 해 4월, 문부성기준 공민관으로서 고나카다
이(小中台)공민관이 설치된다. 1964년 12월에는 사회센터(노인관·육아
관·부인관·청년관)가 설치되어 치바시 사회교육의 중심적인 역할을
완수해 간다. 또한 같은 해 기준공민관에 대한 직원(위촉)의 배치가
결정된다.

1966년 1월, '치바시 종합개발계획'이 발표되어 공민관의 대폭적인
증설이 계획되었고, 1964년 4월에는 치바시 공민관 설치관리조례가
시행된다.(치바시지구 공민관설치 관련조례는 폐지되었다.) 또한 1972년 5월
치시로다이(千城台)공민관이 설치되어 처음으로 전임관장(위촉)과 주사

가 배치된다.

1973년 3월 '치바시 장기종합계획'에 중학교구 단위로 지구공민관을 설치하기로 한다는 명시에 의해 1974년 3월 '치바시 신5개년계획'이 발표되어 공민관은 중학교구당 한 곳을 목표로 미설치지구의 정비가 계획되고, 같은 해 치바시 공민관 직원연락회가 발족한다. 1978년 5월 에는 오미야(大宮)공민관이 설치되어 도서관 분관이 처음으로 병설되 고, 1979년 3월에는 치바 중앙커뮤니티센터가 설치된다(현재 시내에 있는 커뮤니티센터는 총 10곳). 이렇게 1971년부터 1989년에 걸쳐 매년 1~2곳의 공민관이 설치된다. 1993년 5월에는 공민관병설 도서관 분관 의 일부를 제거하여 공민관 도서실로 변경하였으며, 2002년 현재 20곳 의 공민관이 도서관과 온라인으로 연결된 도서실을 가지고 있다. 2002 년 4월에는 마쿠하리(幕張)베이타운·코어로서 46번째의 우치세(打瀬) 공민관이 설치되었다. 마쿠하리 베이타운·코어는 공민관·도서관분 관·어린이방(초등학생 보호)이 있는 복합시설의 애칭이다.

치바시의 사회교육은 최근 급격히 변화해 왔다. 공민관 직원은 다양한 문제를 처리해 가면서 지역 속에서 주민의 요구를 받아들이고, 주민과 어떻게 마주하여 함께 나아갈 것인가에 대해 모색하고 있다. 또 직원단 체로서 6구·46관의 직원이 어떻게 제휴를 도모할 것인지 등 과제는 많다. 나는 치바시 사회센터 부인관에서의 부인교육을 비롯해 청소년과 사무국, 남부청소년센터에서의 청소년교육, 그리고 지금은 다섯 번째의 공민관에서 근무하고 있다. 언제나 지역민들이 지탱해주는 가운데 일을 해왔다는 사실을 실감하고 있다. 주민들과의 다양한 관계 속에서 인상

깊었던 사업이 많이 있으나 그중 특히 마쿠하리(幕張)공민관에서의 실천을 일부 보고하고자 한다.

곤요(昆陽)대학

현재 마쿠하리(幕張)공민관에서 고령자를 대상으로 하고 있는 사업 '곤요(昆陽)대학'은 언제나 열심인 지역 고령자들에 의해 지탱되고 있다. 이번에 보고서를 쓰기 위해 매년 발행되고 있는 보고서 '치바시의 사회교육'을 조사해보니, 1976년부터의 마쿠하리공민관의 사업활동보고에서 과목·고령자교실(곤요대학)을 찾아볼 수가 있었다. 같은 해의 보고서에 의하면 '대상－고령, 기간－6월12일~1월22일, 강사－이이다 아사(飯田朝) 등, 횟수－17회, 시간－34시간, 신청자·수강자·수료자－각51명'이다. 그 이후로 매년 15~18회 실시되고 있다. 어떠한 내용의 학습이 이루어졌는지 궁금했지만 아쉽게도 '치바시의 사회교육'만으로는 자세한 내용을 알 수 없었다. 1987년부터는 횟수가 10회 정도로 바뀌어 있다. 1996년부터 곤요대학의 직접 담당자로서 계획의 입안에 관여하게 되었는데, 그 때까지는 고령자를 대상으로 한 사업으로서 지역의 단위노인동아리 회장의 의뢰로 단위노인동아리마다 참가자의 명부를 정리하는 방법으로 모집하고 있었다. 이전의 사회교육은 단체를 중심으로 활동해 온 것일까. 개발에 따라 새로운 주민이 유입되어 생활자로서 정착하고 있다. 고령사회를 맞아 단체에 소속되지 않은 사람도 많다.

또 사회적 변화로서, 성인남성이 지역사회에 눈을 돌리기 시작하여 퇴직한 사람들의 갈 곳도 필요하게 되었다. 그래서 노인동아리에 대한 광고활동과 어울러 시 광고지(공민관 사업의 게재는, 구 단위의 광고지)에도 모집 안내를 게재하기로 하였다. 해를 거듭해 갈수록 지금까지 공민관에 발을 붙인 적이 없었던 사람들의 참가, 특히 남성의 참가가 증가하여 지금은 그 반수를 차지하고 있다. 남성의 경우에는 다양한 직업과 체험을 해 온 사람, 지금도 일을 계속하고 있는 사람, 지역에서 사회적 활동을 하고 있는 사람, 또 여성 역시 지금까지 계속해서 일을 하다가 퇴직은 했지만 지역에 지인이 없는 사람 등, 공민관의 모집을 통해 다양한 인생을 경험해온 참가자가 모인다. 학습의욕도 높고 학습요구 역시 고도화·다양화되고 있다. 지금은 공민관주최의 곤요대학과 병행하여 동문회로서 곤요대학을 수강한 사람들끼리 월 1회의 모임을 가지고 있다. 역할을 분담하여 반년씩의 다채로운 활동계획을 상의를 통해 결정하며, 적극적으로 활동하고 화기애애하게 즐기는 모습이 엿보인다. 이처럼 그들의 훌륭한 팀워크는 공민관의 다른 사업에도 크게 반영되고 있다.

생활교실 I · 주변의 환경을 알자

환경문제가 세계적인 규모로 의논되고 있는 가운데, 마쿠하리 공민관의 관할 지구에서도 사람들을 둘러싼 환경의 변화가 크게 나타나고 있다. 마쿠하리는 옛날에는 어촌으로 바로 눈앞에 바다가 있어 그야말로 바다가 생활의 터전이었다. 그러나 지금 바다는 메워지고 그 매립지에 마쿠하리 메세라는 행사시설이 건설됨에 따라 마쿠하리는 최첨단기술도시로 몰라보게 변모하였으며, 지금도 시시각각 변화하고 있다. 하지만 한발 물러서 마쿠하리역 주변을 보면, 예로부터의 거리나 상점가가 남아 있고, 구획정리의 이야기가 있기는 하지만 지지부진하여 진척되지 않고 있다. 도심까지의 편의성도 좋고 택지화가 진행되어 새로운 주민의 유입도 증가하고 있다.

변화가 심한 지역의 공민관이기 때문에 오히려 환경학습을 지역과제로서 채택하고 싶었다. 하지만 과연 이 사업을 어떻게 구성해 나가야할 것인가 고민하고 있던 때, 곤요대학에서 주최하는 강좌의 하나인 '환경보호-주위의 자연을 재발견하다-'의 강사로서 치바현 환경학습지도원·일본 자연보호협회 자연관찰지도원으로도 활동 중인 스즈키 유코(鈴木優子)씨와 만나게 된다. 환경학습의 목표는 우리들 한 사람 한 사람이 환경을 배려한 적극적인 행동을 취할 수 있도록 환경과 환경문제에 관한 다양한 지식이나 기능을 몸에 익히는 것이라는 내용의 1977년의 트빌리시 선언이 기본이 된다고 한다.

생활교실 I
『주변의 환경을 알자』

강 사	치바현 환경학습지도원 스즈키 유코(鈴木優子)
	(일본 자연보호협회 자연관찰지도원)
기 간	5월28일~2월25일의 넷째 금요일
시 간	오후1시30분~3시30분

NO	월 일	학 습 내 용
1	5월28일	걷는 것이 즐거운 거리 만들기
2	6월25일	자연의 은총·허브를 생활에 활용한다, 과일주 만들기
3	7월23일	녹색으로 물든 거리·정원 가꾸기
4	9월24일	하마다강(浜田川)을 보러 가자
5	10월29일	주위의 자연 조사
6	11월26일	현명한 소비자가 되기 위해서
7	1월28일	재활용·쓰레기란 무엇(재활용 은행 견학)
8	2월25일	지구온난화를 막기 위해 내가 할 수 있는 일

③④⑤는 공민관에 모여서 주변을 관찰하며 걷습니다.

1999년도에는 환경학습지도자와의 몇 번에 걸친 끝에 조언을 얻어 학습계획을 작성하였다. 느닷없이 '환경문제의 학습'이라고 하면 자신의 문제로서 받아들이기 어렵지 않을까 하고 배려하여, 주제를 "생활교실 I · 주변의 환경을 알자"로 설정하였다. '그 때뿐인 사업으로는 만들고 싶지 않다', '강의중심의 내용구성은 피하고 싶다', '내가 살고 있는 거리를 재발견하자', '즐거운 학습으로 만들고 싶다' 등의 생각을 바탕으로 학습계획을 세웠다. 수강생 모집 전에는 참가자가 몇 명이나 될지, 어떠한 과제를 가진 있는 참가자가 응모할 지 등이 전혀 미지수로, 이 강좌를 어떻게 전개시켜 나갈 것인가에 대해 불안이 가득했다. 하지만 이 사업을 일 년만으로 끝내고 싶지는 않으며 계속해나가고 싶다고 생각하였다. 또, 실제로 환경문제에 대한 흥미와 관심을 가지고 참가자 자신의 의지로 학습에 뛰어들 수 있다면 좋겠다고 생각하였다. 그래서 느긋하게 1년 정도의 시간을 들여 실시하고 싶다는 마음으로, 한 달에 한 번 실시 총 8회 정도의 계획을 세웠다. 참가자가 어떠한 과제에 관심을 가지고 있는지 알아보고 싶다는 생각에서 너무 여러 가지 내용을 담은 탓에 학습계획이 산만해진 것도 부인할 수는 없다.

도중에 참가한 사람을 포함하여 모두 24명의 수강생이 모였다. 참가자는 평일에 실시한 탓도 있어 연령구성이 40대 이상으로, 특히 남성은 전원 60대 이상이었다. 학습의 진행방법으로는 자신의 눈을 통해 실제로 보고 느끼며, 이해하는 것을 중요하게 여기고 싶다고 생각하여 공민관 바깥에서의 학습을 4회 추진하였다.(그 중 한 번은 날씨가 좋지 않아 공민관 내에서의 슬라이드를 이용한 학습으로 대체하였다.) 또한 모든 사람이 발언할 수 있는 토의 시간을 가지기로 하였다. 강좌전체에 일관성을 부여하고 강사에게 큰 역할을 부여하고 싶다는 생각에서 스즈키 씨에게 강사일을 부탁하였다.

제1회는 '걷는 것이 즐거운 거리 만들기'라는 주제로 학습을 진행한다. 앞으로의 학습의 도입으로서 조별로서도 상의한다. 각각의 조에서 공민관을 중심으로 자신이 좋아하는 장소를 지도에 표시해나가는 작업이다. 그 다음에 그 결과를 모두 앞에서 자기소개를 하고 전원이 발표한다. 서로의 관심을 공유함으로써 동료 만들기와 함께 자신이 생활하는 거리를 재발견하고, 환경문제를 친근하게 느끼며 학습을 시작하게 된다.

제3회 '녹색으로 물든 거리·정원 가꾸기'는, 평소 눈에 익숙한 주변의 거리를 걷는 것에서부터 시작한다. 비록 한 시간의 관찰이었지만 환경전반에 대해 느끼고 새로운 것을 발견하게 되었다. 거리를 걸을 때 앞장서서 길을 알려준 것은 예전부터 마쿠하리에서 살아온 수강생들로 옛 풍경, 거리의 성립과 변화 모습 등을 이야기해 주었다. 도시화된 거리에 아직 풍요로운 자연이 숨 쉬고 있고, 울창한 나무들 속에서 실시한 학습은 모두의 마음을 따뜻하게 해 주었다. 그곳에는 지역민들이 어린 시절에 자주 놀곤 했던 '동경의 산'이라 불리는 약간 높은 산이 아직 남아있다. 참으로 다양한 거리의 모습을 볼 수가 있었다. 관찰 후에는 공민관으로 되돌아와서 토의를 하면서 환경문제의 어려움에 대해 모두 함께 실감하였는데, 이후 생활 속에서 자신이 살고 있는 거리를 지금까지와는 다른 시점으로 바라보고, 환경문제를 자신과 밀접한 일로서 받아들이고 학습을 진행해 나간다. 학습일지에도 '여러분, 여러분들이 열심히 하시는 모습을 보며 저도 그 속에서 끝까지 즐겁게 활동해 나가고 싶다고 생각합니다.'라는 결의가 적혀있었다.

마지막 회에는 지금까지 학습해 오면서 '내가 할 수 있는 일'에 대한 정리와 앞으로의 포부에 대해 한 사람 한 사람이 이야기한다. 참가자로부터 일 년간의 학습을 통하여 생긴 흥미와 관심분야에 대한 이야기를 듣고, 다음해의 활동에 참고하려고 한다.

전체적으로 강사의 적절한 지도 덕에 일방적인 강의가 아니라, 강사의 질문이 있고, 무리하지 않고 스스로 생각하여 자신이 직접 이야기할 수 있었다. 야외학습, 조별토의를 통해 서로를 알고, 인간관계를 보다 확대해나갈 수 있었다.

생활교실Ⅱ · 생활의 부흥과 지역환경

다음해에는 우선 강사와 공민관 간에 전년도에 대한 반성을 실시하고, 다음으로 전년도 참가자와 함께 학습계획을 세운다. 그리고 "생활교실Ⅱ · 생활의 부흥과 지역환경"이라는 주제를 설정하였다. 작년도 참가자를 중심으로 신규 참가자도 모집한다. 2년째의 학습은 한 사람 한 사람이 과제를 설정하여 한 해 동안 조별활동을 통해 학습하는 것을 기본으로 하였다. 그리고 그 학습결과는 초등학교 4 · 5학년 학교교육의 종합학습수업으로서 발표한다는 상황을 설정하였다. 조별학습이 기본이 되기 때문에 전체적인 지도는 작년과 마찬가지로 스즈키 씨에게 부탁하고, 조별학습에 따라서 다른 강사에게 부탁해가는 형태로 결정하였다. 개강까지의 사전 준비에 시간이 좀 걸려, 7월부터 3월까지 8회 정도의 일정으로 개강하게 되었다. 처음에는 학습계획표에 '1회 환경학습이란 무엇인가, 조 나누기', '3회 학습계획과 실시의 중간발표', '8회 발표와 정리, 앞으로의 노력'만을 설정하여 시작하였다.

제1회의 '환경학습이란 무엇인가'에서는 앞으로의 학습에 대한 도입부로서 자신의 인생을 설계하는 작업을 통해 자신을 다시 바라보고 자연과의 관계를 생각해본다. 자신이 생활하는 지역을 환경이라는 시점에서 점검하여, 아이들에게 전해 줄 내용을 확인한다. 그리고 전년도 참가자의 관심사항을 기본으로 네 가지의 과제를 제안하고, 조 나누기를 실시하였다.

A 생활의 부흥(쓰레기, 재활용, 미화)

B 메세와 마쿠하리(幕張)의 환경(마을 만들기, 역사, 문화)

C 하나미가와(花見川), 하마다강(浜田川)의 환경변화(자연관찰, 수질환경)

D 환경문제의 현장에서

생활교실Ⅱ

『생활의 부흥과 지역환경』

강   사   치바현 환경학습지도원 스즈키 유코(鈴木優子)
            (일본 자연보호협회 자연관찰지도원)

기   간   7월28일~3월23일의 넷째 금요일

시   간   오후1시30분~3시30분

NO	월 일	학 습 내 용
1	7월28일	● 환경학습이란 무엇 ● 조 나누기(일년간의 학습)
2	8월25일	주제별 학습계획을 만들어보자(조별로 생각한다)
3	9월22일	학습계획과 실시의 중간발표
4	10월20일	주제A 학습 : 비디오 "폐기물 재활용" (내용 : 음식쓰레기의 퇴비화, 폐식용유 비누 만들기 등)
5	11월24일	주제B 학습 : "7년축제 소개" 현장학습 "신위를 모신 가마가 지나는 길"을 걸어보다
6	1월26일	주제C 학습 : 하마다강(浜田川) 조사
7	2월23일	초등학생에 대한 표현방법 학습 강사 환경상담가 가고타니 코스케(篭谷公輔)
8	3월23일 1:30~4:30	발표와 정리, 앞으로의 노력

● 조 나누기(일년간의 학습)

A. 생활의 부흥 (쓰레기, 재활용, 미화) → 쓰레기 분류 방법

B. 메세와 마쿠하리의 환경 (마을 만들기, 역사, 문화) →7년축제 소개

C. 하나미강(花見川), 하마다강(浜田川)의 환경변화 (인간과 자연의 관계, 자연관찰, 수질환경) → 하마다강의 옛날과 지금

각자의 의사로 이 중에서 하나를 선택하여 다음 회부터는 주제별 학습을 진행해 나간다. 도중에 구체적인 내용이 잘 정해지지 않은 것도 있었지만, 최종적으로는 세 개의 조로 나뉘었다.

학습 진행방법은 조별학습을 기본으로 하고 있기는 하나, 세 가지의 주제에 대해서는 모두가 공통적으로 참가하고 있다. 예를 들어 제5회 주제B의 학습은 모두 함께 옛날부터 마쿠하리에 전해오는 축제의 신위를 모신 가마가 지나는 길을 걸어보는 것이다. B조에서는 사전준비를 하여 마쿠하리의 거리에 대해 잘 알고 있는 구성원이 자세한 설명을 해 준다. 새로 온 주민들이나 젊은 세대에게는 그 모두가 새로운 발견이었다. 또 하마다강의 옛날과 지금에는 마쿠하리홍고(幕張本郷)공민관 자연관찰 동아리의 전원이 참가하기도 하여 착실히 쌓아온 현장학습의 성과가 멋지게 공개되었다.

제7회 '초등학생에 대한 표현방법 학습'에서는 다음 번의 리허설도 겸하여 발표의 시간을 가졌다. 발표 준비를 위해 여러 가지 쓰레기를 모으고, 모조지에 거리와 강의 지도를 그리고 사진을 확대하는 등, 개최일 이외에도 공민관에 모여 열심히 작업하였다. 대상이 초등학생이기 때문에 한정된 수업시간 중이라는 설정 하에, 단어를 고르고 이야기 방법을 궁리하여 모두의 앞에서 쑥스러워 하며 발표하였다. 핵가족화 속에서 어린이와 접할 기회가 적어서 어린이의 눈높이에 맞추어 이야기 하는 것은 만만한 일이 아니다. 강사에게 조언을 구해가며 조별로 수정을 거쳐, 이제 실전에 향한다.

마지막 회를 위해 마쿠하리 공민관 관할구역의 초등학교 두 곳을 포함하여 근처 초등학교 일곱 곳에 발표회를 미리 안내해 두었다. 당일 에는 종업식이 있어 바쁜 가운데에도 네 학교, 7명의 교사가 와서 솔직한 의견과 조언을 말해 주었다. 교사 앞에서의 익숙하지 않은 발표 라 긴장한 모습이 역력하였으나 수강생에게 있어서는 알찬 시간이었다. 평소 어린이들과 늘 접하고 있는 교사의 조언은 중요한 참고가 된다. 교사도 지역 어른들이 이렇게 열심히 학습하고 있다는 사실에 크게 놀랐다.

'생활교실'은 자신이 생활하고 있는 장소를 다시 살펴보고 마쿠하리 지역의 환경을 생각하여 거리를 재발견하기 위해 시작한 사업이었다. 2년에 걸쳐 대화를 거듭해가면서, 거리를 걸어보고 전문강사의 이야기 를 듣기도 하고 참가자가 주체적으로 다양한 학습을 해 오기도 하였다. 강의중심의 학습방법에 익숙해져 있는 수강생 가운데에는 저항감을 느끼는 사람도 있고 잘 받아들이지 못하는 사람도 있는 것이 현실이었 다. 공민관에서 배우는 학습의 의미·의의에 대해 재발견하는 기회가 필요하다는 생각이 든다. 담당자는 매회 종료 후 강사와의 연락을 확실 히 취하고 있다. 특히 2년째에는 학습내용이 시시각각 변화하였기 때문 에, 참가자가 무엇을 요구하고 있는지 파악하여 강사와 함께 학습내용 을 검토해 볼 필요가 있었다.

이번 참가자들은 주체적으로 생각하고 행동해 가는 힘을 가지고 있어, 직원으로서도 즐거운 마음으로 함께 배울 수 있었다. 이번 활동에 대한 참가자와 공민관 모두의 바람은 '지역민들이 지역사회에 대해 배우고 또 배운 것을 지역 어린이들에게 전해가는' 것이었다. 직원으로서는 참가자의 요구를 어떻게 파악하여 사업을 전개해 갈 것인가, 참가자에 대해 어떻게 관여할 것인가, 참가자와 강사는 어떻게 연결할 것인가 등 많은 것을 생각해 볼 수 있는 좋은 기회였다. 이를 발판으로 앞으로는 보다 자주적인 조별 활동을 해 나가기로 하였다. 공민관에서의 배움이 지역사회 안에서 어떠한 형태로 퍼져나갈까.

아다치 쇼코(足立祥子)

제2장 **13** 지역사회를 창조하는 자치와 협동 학습

외국인과 함께 만드는
일본어교실

국제교류의 도시 · 나리타

나리타(成田)시는 세계와 일본을 연결하는 국제교류의 징검다리로서의 국제도시를 목표로 1988년에 중국 가이요(咸陽)시와 우호도시를 맺고, 1990년에는 미국 샌브르노시와 자매도시 제휴를 맺어 두 시와는 청소년교류를 중심으로 시민단체에 의한 교류를 계속하고 있다.

몬젠(門前)쵸를 방문하는 외국인여행자도 늘어, 국제화를 대비한 관광안내소나 안내판을 정비함과 동시에 자원봉사자의 협력을 얻어 일본의 전통문화를 소개하는 행사 등의 개최도 늘어나고 있다.

1985년이 되면서 마을이나 쇼핑 장소, 혹은 시 관공서 창구에서도 외국인을 발견하는 일이 많아져 매스컴에서도 외국인과의 교류나 재일 외국인과의 접촉, 심지어는 외국인과 관련된 문제 등을 보도하기 시작하였다.

공항의 개항과 함께 국제화의 물결이 나리타시와 그 주변 지역까지 밀려와 외국인이 급증하고 그 국적도 다양화되고 있는 가운데, 언어도 풍습도 다른 외국인이 일본에서 생활해 가는 데에는 많은 문제가 발생하기 마련이다. 예를 들면 외국인들로부터 다음과 같은 질문을 받곤 한다.

> • 외국인이 일본인과 결혼하는 절차/ • 외국인이 아이를 낳았을 때에는 어떻게 하는가/ • 외국인이 임신했을 경우 모자수첩을 받을 수 있는가/ • 외국인 자녀는 초·중학교에 입학 할 수 있는가/ • 입학할 나이가 되었는데도 입학 안내가 오지 않는다/ • 병에 걸려도 외국어를 할 수 있는 의사가 적다/ • 외국인에게는 의료정보가 잘 들어오지 않는다/ • 외국인은 집을 임대하기가 어렵다/ • 주택의 임대계약절차가 이해되지 않는다/ • 전철이나 버스의 시간표나 운임 등 외국어표기가 없다/ • 외국과 외국인에 대해 잘 모르는 일본인이 너무 많다/ • 일본인과 외국인간의 교류가 적다/ • 도서관에 외국서적이 적다/ • 일본의 문화나 예술을 어디에서 접해야 할지 모르겠다/ • 국민연금제도가 너무 어려워서 전혀 모르겠다/ • 외국인용의 광고지가 필요하다/ • 외국인을 위한 생활상담서비스가 필요하다/ • 일본어로 말할 수는 있지만 글씨를 모르니 배우고 싶다/ • 일본어를 모르니까 공부하고 싶다/ • 낮 시간은 일 때문에 시간내기가 어려우므로 밤에 일본어를 가르쳐주는 곳은 없는가

이처럼 언어도 문화도 다른 외국인에게 있어 일본 생활에서의 장벽은 헤아릴 수도 없이 많으리라 생각한다. 지금까지는 일본인뿐이었던 공동체사회에 외국인이 증가하여 이전의 균일화된 사회와는 그 형태가 달라지고 있으며, 외국인과 함께 즐겁게 보다 좋은 사회생활이 가능한 환경의 구축이 요구되고 있다.

일본어교실의 개설

여러 가지 부담을 안고 있는 재일외국인들은 일본 생활에서 사회적 약자가 되는 경우가 많고, 그것을 극복하는 데에 있어 가장 큰 문제가 바로 언어이다. 일본에서의 생활이 여유롭고 즐거울 수 있는 것은 누가 뭐래도 일본어를 할 수 있는지 없는지에 따라 크게 좌우되므로, 그를 돕기 위한 가장 효과적인 시책으로서 1989년 나리타시 중앙공민관에 일본어교실을 개설하게 되었다.

국어교실과 일본어교실을 비교하자면, 국어는 국가에서 공용어로 인정한 말로서 국어를 정확하게 이해하고 적절히 표현하는 능력을 키움과 동시에 사고력과 상상력 및 언어감각을 길러, 국어에 대한 관심을 높이고 국어를 존중하는 태도를 기르는 등 풍요로운 인간성을 육성하는 것이 그 교육의 목적이다.

반면 일본어교육의 가장 큰 목적은 일본어를 모국어로 하지 않는 외국인에게 일본어를 가르치는 것으로, 언어를 음으로 파악하는 음성학을 기본으로 다양한 수강생의 어학능력에 맞춘 문법이나 어휘 교육을 통해 발음을 귀로 듣고, 문장을 읽으며 문자를 쓰고, 실제로 말하는 등의 기초적인 일본어능력을 몸에 익혀 사회생활에 적응할 수 있도록 돕는 것이다.

외국인을 위한 일본어교실 : 1989년 4월

대상자   : 나리타시 및 그 주변지역에 거주하는 외국인(외국인등록을 마친 사람) 원칙적으로 1년간 수강할 수 있는 사람
교실개최시간
A반   : 매주 화요일 오후 7시~9시
B반   : 매주 금요일 오전 9시 반~11시 반
내용   : 쉬운 기초 일본어
기간   : 1년간
수강료   : 무료(교재비는 수강자 부담)
신청방법 : 나리타시 중앙공민관에 직접 신청
여권이나 외국인등록증을 지참한다.

일본어교실의 운영 : A반

이 A반은 낮 시간에 일을 하는 사람들을 위한 저녁 7시부터 9시까지의 야간교실로 1년을 3기로 나누어 운영하였다. 4월부터 7월까지의

전기는 소리내기(발음), 쓰기(표기), 읽기(단어)로 수업이 구성되어 있으며, 이 시기의 수강생은 간단한 단어도 구사할 수 없고 문자를 쓰거나 읽을 수 없는 등 처음으로 일본어와 접하는 사람들이다.

오십음도의 발음과 히라가나 쓰기를 매일 몇 번이고 반복하여 한 사람씩 연습을 시킨다. 필리핀에서 온 마리아씨는 매일 집에서 히라가나를 소리 내서 읽어가며 연습하여 한 달 만에 말할 수 있게 되었다. 8월에는 일본어교실도 방학을 맞는다.

중기는 9월부터 12월까지로, 한 달간의 방학이 있으므로 9월은 다시 한 번 발음 연습, 그리고 간단한 단어의 읽기와 말하기, 쉬운 문자를 줄지어 쓰는 법 등의 학습을 하게 되며, 이때에는 여러 질문도 나오기 시작한다.

우리들이 평소 아무렇지도 않게 사용하고 있는 단어도 의미의 설명까지는 금방 대답이 나오지 않는 경우가 많아 잠시 고민하고 있으면 '선생님, 다음 주에 가르쳐 주셔도 돼요'라고 이야기 해 주는 수강생도 나타난다. 그 후 일주일은 강사의 공부기간이 되어 가르치는 것보다 배우는 것이 더 많아지기도 하여 수업도 즐거워진다.

후기는 1월부터 3월까지로 회화도 언제, 어디서, 누가, 무엇을 하여, 어떻게 되었는지를 이야기할 수 있게 되고, 표기 면에서도 쉬운 한자를 사용하여 획수와 필순을 한 사람 한 사람 확인해 가며 가르쳐 간다.

칠판에 분필로 한자를 크게 쓰고 있는데 뉴질랜드의 조지나로부터 '선생님, 그 한자 쓰는 법이 틀렸는데요'라는 지적이 들어와 당황하며 한자 획순 사전을 찾아보았다. 그 다음부터 새로운 한자를 가르칠 때는 아무리 쉽고 익숙한 한자라도 수업 전에 꼭 한 번 찾아보게 되었다.

체험학습을 도입한다

실제로 일본에서의 생활이나 문화를 몸소 체험하면서 일본어를 습득하기 위해 A반에서는 체험학습을 많이 도입하여 수강생이 즐겁게 노는 가운데 자연히 언어 공부도 할 수 있도록 한다.

6월에는 다도 선생님이 다실을 열어 주어, 공민관의 일본식 방에서 정좌한 채로 수업을 실시하였다. 과자를 먹고 차를 다 마신 후 모두 자리에서 일어나려고 하였으나 다리가 저려서 아무도 일어설 수가 없었다. 남성은 거의 모두가 그 자리에서 넘어지고 말았다.

7월에는 나리타에서 7일부터 9일까지 3일간 기온(祇園) 축제가 있어서 거리는 축제일색으로 열기와 활기를 띠며 살아 숨쉰다. 수레(山車)는 각 마을 내에서 10대 정도 끌고 돌아다니게 되며, A반은 사카미치(坂道)쵸와 나카(仲)쵸의 수레를 끌어 주기로 했다.

수강생들은 관광관에 모여 그곳의 여성 직원이 입혀주는 빨간 전통의상을 입은 후, 젓가락질과 먹는 방법을 배워 도시락을 먹고, 배를 채운 후에는 수레 끌기에 도전하여 모두 함께 열심히 한 목소리(이영차)로 큰 땀방울을 흘려가면서 마을을 일주하였다. 모두의 손이 빨갛게 부어올랐다. 그것을 물집이라 한다고 알려주니, 그 중의 한 사람이 콩[1]이냐

---

1) 역주 : 일본어의 물집과 콩은 '마메'로 발음이 같음

고 물으며 먹는 시늉을 하니 모두가 함께 먹는 시늉을 하며 폭소를
터트린 적이 있다.

◉ 7월 기온 축제

　10월에는 요리교실을 열어 튀김을 만든다. 특히 여성수강생들은 요
리재료에 흥미를 가지고 재료이름들을 메모하기도 했다. 요리지도는
조리사인 자원봉사자에게 맡기고 강사는 평소의 수업시간에 가르치기
어려운 단어, 예를 들면 '길쭉한 파는 파, 둥근 파는 양파, 고구마를
두껍게 썬다, 기름이 데워진다, 실내의 공기가 뜨겁다, 소금은 짜고
설탕은 달며 식초는 시다, 무를 강판에 간다, 달걀을 푼다, 밀가루를
젓는다' 등 명사와 형용사, 동사에 이르기까지 자연스러운 형태로 학습
이 이루어진다.

12월에는 크리스마스를 앞둔 일요일에 크리스마스 파티를 열었다. 수강생이 기독교, 불교, 이슬람교 등 다양한 종교를 가지고 있어 크리스마스 파티라고는 하지 않고 망년회로 불렀다.

수강생들이 일본어로 이야기하기도 하고 노래방에서 일본노래를 부르기도 하며, 굉장히 떠들썩한 분위기가 만들어져 1992년 이후에는 다른 반의 수강생들도 참가해, 작은 식당에서 시작된 망년회가 1994년에는 상공회의소 강당을 빌려 가족들도 참가하는 팟럭(potluck, 참석자들이 음식을 가져와 나눠먹는 회식)식 국제교류의 모임으로 발전하여 참가자도 150명을 넘게 되었다. 이윽고 상공회의소 강당도 좁아져서 1999년부터는 국제문화회관의 강당에서 실시하는 300명 규모의 파티로 규모가 커지게 되었다. 파티의 사회와 무대인사 등도 수강생과 수료생에 의해 준비된다.

그리고 교실이 끝나가는 3월에는 일본어교실의 종료파티로 1989년과 1990년에는 우에노(上野)의 도쿄국립박물관, 1991년부터는 가족들도 참가하여 우에노 동물원에서 다 함께 시간을 보낸 후 나리타에 돌아와 일본요리점에서 위로회를 겸한 저녁파티를 벌였다.

1993년부터는 참가자가 늘어 반도 다섯 개로 증설되었고, 다른 반 강사로부터 파티참가 의뢰가 들어와 모든 반 합동 수료식이 행해졌으며, 전체 40회의 강좌 중 30회 이상 출석한 사람에게는 일본어교실의 수료증도 발급해 주게 되었다.

1년간의 수료생 중에는 좀 더 높은 수준의 일본어 공부를 목표로 하는 사람도 많아 일본어능력시험에 응시하여 자격을 딸 수 있도록 지도하고 있다. 이 시험은 일본과 외국에서 외국인을 대상으로 일본어 능력을 측정하여, 인정하는 시험으로 연1회, 12월에 개최된다. 또, 지금은 없어졌지만 치바현 교육위원회 주최의 일본어 말하기 대회에도 매년 참가하기를 희망하는 수강생이 있었다.

사회적으로는 이웃 간의 왕래도 잦아져 일본에서의 생활도 어느 정도는 해낼 수 있게 되어 즐거워 졌다. 또 아르바이트도 할 수 있게 되어 생활이 안정되어 갔다. 그중에는 회사에서 근무하게 된 수강생도 있는 등, 일본사회에서 함께 살아가면서 나리타시를 위해 공헌하는 외국인들의 수도 늘고 있다.

언어는 생활 그 자체

나리타시 공민관의 일본어교실은 2002년 현재, 신도시에 있는 중앙 공민관에 네 반, 공항 근처의 도야마(遠山)공민관에 두 반이 있어 총 여섯 개 반으로 개설하고 있다. 전년도 실적을 보면 참가국은 22개국, 수강생은 총 142명이었다. 앞으로 공민관이 지역의 중심으로서 외국인을 포함한 주민의 요구에 응해갈 수 있도록 이러한 일본어교실이 각 지역에서 개설되기를 바라고 있다. 외국인도 일본인도 이 일본땅에 살고 있는 같은 사람으로서 서로 도와가며 함께 생활하고, 또 이러한 활동들이 다문화공생의 마을 만들기로도 발전할 수 있기를 진심으로 바라고 있다.

※ 치바현 내의 다문화공생의 마을 만들기에 대해서는 나가사와 세이지
  (長澤成次) 편저, 『다문화・다민족공생의 마을 만들기－확대되는
  네트워크와 일본어학습지원』, 에이델연구소, 2000을 참고해 주기
  바란다.

오카다 유키오(岡田幸雄)

제2장 **14** 지역사회를 창조하는 자치와 협동 학습

주민들이 주역이 되는
'내 고향 운동'

들어가며

기미쓰(君津)시 스나미(周南)공민관의 현관에 들어서면 로비 정면의 벽에 커다란 그림문자가 보인다.

─공민관은 지역주민을 위해 '교양의 향상' '건강의 증진' '정서의 순화' '생활문화의 진흥' '사회복지의 증진'에 기여하는 것을 그 목적으로 한다─

이러한 내용의 사회교육법 제20조가 게시되어 있는 공민관은 그다지

많지 않으리라 생각한다. 이 공민관의 개관 이래 이래저래 어느새 30년
이라는 시간이 흘렀다.

스나미(周南)지구의 모습

스나미(周南)지구는 인구 약 5,200명, 세대 수 약 2,500세대, 초·중
학교가 각각 한 곳, 보육원이 두 곳, 공민관이 한 곳이 있는 이상적인
지역이다. 60년대 중반 신일본제철의 진출에 따라 관련회사의 사택이
건설되고, 인구가 급증하였다. 새로운 주민과 농촌, 산촌지역에 예전부
터 살고 있던 주민이 혼재하고 있는 조용한 전원지역으로 15개의 자치
회가 있다.

스나미공민관의 전신은 기미쓰중앙공민관의 분관이다. 초등학교의
재봉실과 농업협동조합 2층을 거점으로 출발하였다. 공민관건설의 배
경을 살펴보면, 이 지역의 주민에 의한 활발한 운동과 함께 기미쓰중앙
공민관을 통한 공민관 활동이 주민의 생활에 침투해 온 것 역시 하나의
시발점이 되었다.

결국 1973년 6월 28일에 스나미공민관이 개관되었다. 당시의 기미쓰
시는 활발히 움직이려 하고 있는 상황이었다.

스나미지구의 기반, 토양

스나미지구는 예로부터 교육열이 높은 지역으로 불리고 있다. 지역 합병 이전부터 스나미 분관이었던 시대를 거쳐 오며 사회교육활동의 실천은 계속되고 있다. 그 중심에 부녀회, 스나미 백년회(白壽会), 청년 단, 마을청년회가 있어 자기학습운동을 전개해가고 있었다. 이것은 '생활의 장에 공민관의 근거지를'라는 구호를 발상의 원점에 두고 계속 해서 노력해 왔다. 이처럼 예전부터 생활자의 지혜로서의 사회교육활동 과 공적인 사회교육활동이라는 양면에 걸친 노력을 통해 지역의 교육적 힘을 지탱하고 발전시켜 왔던 것이다.

근세 메이지(明治) 이후를 보아도 정치가, 사업가, 교육자, 의사, 문인, 시인 등 수많은 인재를 낳고 있는 지역이기도 하다. 이러한 환경에서 24년간 실시되어 온 '내 고향 운동'이 그 활약상을 인정받아 1981년에 는 문부대신표창을 받기도 하였다.

'공민관은 모두의 마당, 학습의 광장'

초대관장 야마나카 나오이에(山中治家) 씨는 누구보다도 고향을 사랑 하는 사람이었다. 그는 공민관 소식지 '광장' 제1호(1976년 5월 발행)에 세 개의 얼굴이라는 제목으로 다음과 같이 서술하고 있다.

'나는 스나미공민관이 가질 세 개의 얼굴을 생각하고 있다. 첫 번째는 고장수호의 숲으로서, 두 번째는 문화의 숲으로서, 세 번째는 광장으로서 지역주민의 교류의 장으로서의 얼굴을 가졌으면 한다. …최근 지역과의 연관성이 옅어짐에 따라 "고향"을 상실한 사람이 많아지고 있다. 공민관은 마음을 의지할 곳으로서 지역주민의 교류의 장으로서 주어진 역할을 충실히 완수해 나가고 싶다.'

이러한 공민관상은 아직도 변함없이 살아 숨쉬고 있다. 풍부한 교육 실천과 의견의 장으로서 처음으로 개최되는 문화제를 위해 주민 한 가구당 한 점씩의 작품 참가를 부탁하고, 공민관 직원도 솔선수범을 보였다. 학습을 단순한 지식이나 기능의 습득으로 끝나게 할 것이 아니라, 자신이 살아가는 사회를 개조 변혁해 나갈 수 있는 힘을 기르도록 하기 위한 직원으로서의 관점과 사고방식도 지도하고 육성 해 주었다. 내 자신이 지금까지 사회교육사업에 종사할 수 있었던 것도 관장님의 귀중한 지도가 있었기 때문으로 감사하고 있다.

지역재생의 '내고향운동'

'내고향운동'은 1977년 당시의 문부성으로부터 보조금을 받아 2001년까지 24년간 장기적으로 실시해 온 특색 있는 사업이다. '내고향운동'에 대해 당시의 담당직원은 다음과 같이 기록하고 있다.

'나라의 보조사업을 단락적으로 받아들일 것이 아니라 "지역전체의

활동, 마을단위의 활동"이라는 공민관 활동 전개의 연장선상에 있는
사업으로 파악하여, 지역과제를 탐구하기 위한 지역재생운동으로서
실시해야겠다고 생각하였다.'

'고향'이란 무엇인가. 이미 자치성(自治省)에서는 지역 구축 사업(이른
바 '고향만들기 1억엔사업')을 실시해 왔다. '고향'이란 만들어지는 대상인
가. 그곳에 가면 항상 변함없는 것이 있다. 변함없는 향기, 변함없는
풍경, 그리고 사람이 있어서 그곳에 가면 마음의 위안을 얻고, 안정을
찾는다. 어떤 사람은 그곳에서 용기와 희망을 발견하고, 또 어떤 사람은
자신을 되찾는다. 이러한 곳이 바로 '고향'이라고 나는 생각하고 싶다.
'고향'을 지키고 키워가는 작업을 지역민들과 함께 창조해 간다는 것은
이 얼마나 즐거운 일인가라고 생각하면서 나는 '내고향운동'에 관여해
왔다.

내고향운동은 크게 세 가지의 주제를 중심으로 활동을 전개해 왔다.

(1) 향토예능보존활동

● 각 지역에 예로부터 전해 내려오는 전승예능의 발표와 부활활동
등을 추진하여, 실제로 세 지역에서 향토예능을 부활시켰다.

● 매년 한 번씩 여러 지역을 돌아다니며, 향토예능을 발표하고 있다.

(2) 향토문화계승활동

● '향토사강좌'의 실시(1988년까지 실시하였으며 그 후는 동아리화)

● '고향소식지'의 발행(1978년~1989년) 12지구 완성

- '지역고향 손수 만든 지도'의 발행(1990년~2002년) 12지구 완성. (고향소식지와 지도는 지구 내의 초·중학교에서 사회교과의 교재로서 어린 이들에게 사용되고 있다.)
- '영화 상영회'와 '중학생 고향탐방 이야기회' '고향 이야기를 듣는 모임' '만남의 콘서트' 등이 실시되었다.

(3) 지역연대활동

- 기념강연회
- 지구대항 소프트볼대회
- 예술문화감상회 '인형극' 등

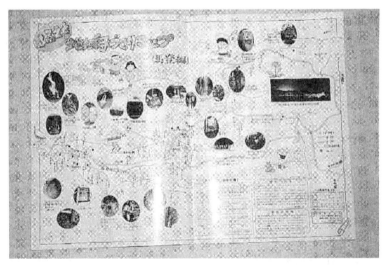

⊙ 지역고향 손수 만든 지도

이러한 활동은 '내고향운동실행위원회(지역활동위원을 겸함)'와 함께 진행되어 왔다. 지역활동위원이란 공민관과 지역을 잇는 다리역할로서, 자치회 별로 한 명씩을 추천 받아 전 자치회에서 총 15명이 공민관장으로부터 위촉을 받는 형태로 구성되어 있다. 지도의 편집과 소프트볼대회 등 내고향운동의 일환으로서 실시하고 있는 사업에 많은 지원을 받고 있다.

'내고향운동'을 실시해 온 24년간, 정말 스나미공민관의 역사 그 자체와도 같다고 할 수 있을 정도로 여러 가지 사업이 전개되어 왔다. 예를 들면 향토사강좌 '우리들의 쇼와사(昭和史)'를 개설하였을 때는 마침 쇼와(昭和)에서 헤이세이(平成)로 바뀌던 극적인 시기로서 당시의 담당자는 정말 잊을 수 없는 일이라고 그 당시를 회상하고 있다. 그 후 생활을 주시하는 '생활사강좌'로 바뀌어, 자신이 살아 온 시대를 돌아보며 자신의 삶의 자세에 대해 생각해 볼 수 있는 기회가 되었다. 공민관의 임무는 그러한 하나하나의 사업을 이어나가는 착실한 작업이기도 하다. 지역사회의 다양한 사람들과 만나며 그로 인한 감동, 기쁨, 땀, 눈물이 섞여있는 작업인 것이다.

전 지역에 걸친 '고향소식지'와 '순수 만든 지도'의 발행

스나미공민관에서 실시된 '내고향운동'의 원점은 1975년에 개강한 '향토사강좌'였다. 이 강좌에 의해 '고향소식지'의 전신 '스나미 옛날이야기 1권'이 발행되었다. 향토를 이해하는 마음과 고향의식을 키워

향토에 대한 애착을 기르고자 했던 이 활동은 선배들이 다져놓은 유형·무형의 기반이 도처에 뿌리내리고 있었다.

1977년에는 고향운동기념지 '이야기꾼'이 발간되었다. 내용은 옛체험·민화·전설·관습·산물·고사의 유래로 구분하였고, 특정 전문가나 작가만의 활동이 아니라 편집위원회를 조직하여 자치회와 함께 편집해 온 것이다. 하지만 평소 펜을 잡는 데에 익숙하지 않은 사람들에게 처음에는 꽤나 고생이 많은 작업이었던 듯하다.

당시 편집을 마친 후에 가진 좌담회에서 어떤 사람은 다음과 같이 이야기하고 있다. '솔직히 말해서 우리들은 관계없다. 직원들끼리 만들면 되지 않는가'하는 분위기도 있었다. 하지만 몇 번이고 이야기 해나가는 가운데, '후세에 무언가를 남기는 것은 중요한 일이다', '이 기회를 놓치게 되면 영원히 책에는 실릴 수 없다. 차츰차츰 찬성자가 나타나기 시작하였다.'

각 지구별 '고향소식지'의 편집장 인사말 중에는 다음과 같은 내용이 적혀 있다. 미야시타(宮下) 편에는 '향토의 과거를 알고, 아름다운 향토애를 느끼게 된 계기'로, 오야마노(小山野) 편에는 '민속학의 중요한 연구 자료의 하나'로 사라히키(皿引) 편에는 '과거의 재산을 현대에 전하는 것'으로.

각 지구단위의 활동을 일구어가는 가운데, 전 지구 12편의 '고향소식지'가 1988년에 완성되어 다음해에는 총정리 편도 발행하였다. 모두 후세에 무언가를 전하려는 의욕이 넘쳤고, 이러한 주민의 주체적인 활동은 지역주민에 있어 커다란 관심사가 되었으며 다른 마을에까지도

고향소식지

전해져 갔다.

그 후 1990년부터는 '지역고향 손수 만든 지도' 사업에 착수하였다. 마침 '다테야마(館山)자동차도로' 건설의 움직임이 있어, 크게 변해갈 지형을 남겨두고 싶다는 분위기가 고조되었다. 참고할 자료도 없이 암중모색해가던 편집 작업이었으나, 지역 특유의 것을 최대한 살려 고향의 따스함을 소개하고, 변해가는 것에 대해서는 그 나름의 희망을 제시하는 방향으로 편집하기로 하였다.

계절에 따라 우리 주변의 환경은 어떻게 변화하는지 사진기를 어깨에 메고 편집위원과 함께 자주 걸어 다녀 보았다. 평소 눈에 익은 풍경이지만 파인더를 통해 보고는 생각지도 못한 신선한 발견에 기뻐하였다. 편집위원은 '이런 곳이 뭐가 좋아'라고 말하지만, 사진으로 현상해 보면 충분히 운치가 있어 다시 한 번 '고향'의 아름다움과 스나미 지역의 깊이를 느껴보는 기회가 되기도 하였다. '지역고향 손수 만든 지도'의 편집회의는 대부분 밤에 지구내의 집회소에서 진행되었다. 때로는 한 시간이나 잡담(푸념도 많았다)을 계속하다가 이제 본론이라고 했을 때는 이미 9시가 지난 적도 여러 차례 있었다. 그럼에도 불구하고 이야기를 통해 서로의 속마음을 알게 되고 직원과의 신뢰관계도 생기게 되자 일은 착착 빠른 속도로 진행되었다. 어떤 때는 마셔가며, 먹어가며 작업하고, 모두 함께 술을 마신 적도 있었다. 직원으로서 그 지역의 편집위원과 같이 움직이면서 때로는 정보나 편집의 비법을 제공하기도 하였으나, 나에게도 현실적인 사람들의 생활이나 지역 모습들을 생생하게 알 수 있는 좋은 기회였다.

지구대항 소프트볼대회

이 대회는 1978년 매년 지구 내에서 실시하고 있던 야구를 스나미의 전 지구에서 함께 해보자는 소규(草牛)지구청년회 회장의 제안으로 시작 하에, 공민관이 그것을 선도하게 되었다. 첫 해에는 세 지구에서만 참가하였는데, 막상 해보니 꽤 즐겁게 진행되었고 같은 지구 내에 살면서도 평소에는 서먹서먹하던 서로 간의 분위기가 해소되어 평판이 나쁘지는 않았다. '한 해에 한 번 정도 스나미 지역의 청년회(청년단은 이미 없어졌다)가 모이는 것도 나쁘지는 않아요'라는 의견이 있어, 모두가 참가할 수 있는 소프트볼이 후보에 오른 이후 계속해서 '지구대항 소프트볼대회'가 개최되고 있다.

그러나 이것도 순조롭게 진행되어 온 것만은 아니었다. 1980년대에 들어 고도경제성장이 최고조에 이르러 전업농가의 사람들도 기업에 일을 하러 나가게 되었다. 일상생활이 지나치게 분주하게 흘러감에 따라 이웃관계도 약해져 매년 실시하고 있던 지구체육대회도 선수가 모이지 않아 1990년에는 결국 없어지게 되었다. 그러한 지역의 상황 속에서 당연한 듯이 '지구대항 소프트볼대회'에도 말썽이 생기게 되었다. '지역의 상황과 지금 중요하게 생각해야만 하는 것은…' 실행위원들과 진지하게 자신들의 생활과 어린이들이 자라나는 환경에 대해 대화를 나누었다. 그 원동력이 되었던 것은 당시의 연합자치회장이 지구전체의 체육대회를 단 한 사람의 부정적인 발언 때문에 중지해버린 것에 대해 후회하고 있다는 말이었다. 지금을 돌아보고 무엇이 더 중요한지 깨닫기까지 시간은 별로 걸리지 않았지만, 본심과 명분의 차이는 지역으로 돌아오자 더욱 여실이 드러난 듯 했다. 하지만 대회 당일까지는 어떻게든 사람을 모아나갔다. 모두들 나름대로 노력해 준다는 사실이 기뻤다.

그 후 선수가 모이지 않는 팀은 지구합동 팀을 만들거나 지역 내에 있는 복지시설의 직원이나 이용자에게도 권유하는 등, 지금도 여러 방법을 모색해가며 개최하고 있다. 체육대회는 없어지고 말았지만 1년에 한 번 실시하는 '지구대항 소프트볼대회'는 지역 내 유일의 상호소통의 장이 되고 있다. 지금도 '소프트볼대회' 종료 후 그 자리를 지구 내에 있는 청년회관의 청소를 위한 모임이나 지구청년회의 총회장소 등으로 다양하게 이용하며 스나미지구의 친목과 융화를 지켜내고 있다.

이러한 것들은 비록 작은 일이기는 하지만, 지역민들이 같은 일에 땀 흘리고, 웃고, 같은 바람을 피부로 느꼈던 것이 결단코 쓸데없는 일은 아니었다고 생각한다.

스나미 공민관 근무 13년

1974년으로 스나미 공민관에서 근무한 지 6년. 그간 나는 청소년사업을 위주로 활동하고 있었다. 내세울 것이라곤 젊음뿐으로, 그저 정신없이 몸을 내던지는 나날들이었다. 어린이와 청년에 관한 일이라면 밤낮가리지 않고 뛰어들었다. 그 당시 나는 농가에서 하숙을 하고 있었다. 청년들은 일을 마치면 번갈아 가며 내 방을 찾아왔다. 실연한 이야기, 직장에서의 인간관계 이야기, 살아가는 이야기 등 밤이 새도록 이야기를 나누곤 하였다. 지금 돌아보면 그러한 작은 연결들로부터 그 부모를 알고, 지역을 알며, 결국에는 내 자신도 성장하게 되었다고 생각한다.

9년 후 다시 스나미공민관에 부임하니 당시의 어린이들은 성인이 되어 젊은 지도자로, 당시의 청년들은 청소년상담원으로서 지역에서 활약하고 있었다. 청소년상담원으로서 많은 도움을 주었던 Y씨는 이제 스나미공민관장이 되었는데, 사실 초대관장 故 야마나카 나오이에(山中治家) 씨의 아들이기도 하다. 뭔가 깊은 인연을 느낀다. 당시의 청소년상담원은 자치회장으로, 자치회장이었던 사람들은 노인회에서, 이렇게 변함없는 스나미가 그곳에 있었다. 다시 7년간 따뜻하게 맞아주며, 공민관 창립 20주년 기념사업에서는 실행위원회의 중심이 되어 많은 활약을 해 주기도 하였다.

선배들은 공민관에서의 근무에 대해 '지역사회를 구축하고, 생활을 만들며, 인간을 만드는' 기분으로 임할 수 있도록 이끌어 주었다. 스나미지구는 예로부터 그 기반과 환경이 잘 갖추어져 있었다고는 하지만, 역시 역사의 한 장면 한 장면을 거듭해 감에 따라 초대 야마나카 관장의 바람대로 '공민관은 모두의 마당, 학습의 광장'을 말할 수 있게 되었는지도 모른다.

공민관 직원으로서 하나의 사업을 추진해가는 가운데 항상 이걸로 괜찮은 걸까, 어떤 학습과 준비가 필요한 걸까, 어떻게 해 나가야 하는 걸까 하고 늘 고민하게 된다. 그러나 신기하게도 사람이 일단 움직이기 시작하면 그를 따라 일은 물 흐르듯 순조롭게 풀려간다. 그때마다 사람의 모습이 보이고, 사람을 안다는 것이 얼마나 즐거운 일인지 인간을 좋아하는 자신에 대해 새삼 깨닫게 된다. 공민관의 임무는 조금이라도 더 사람을 좋아할 수 있는 사람을 키워내고, 지역사회에서 살아가는 사람들과 적극적으로 관계를 맺어가는 가운데 자신의 상황을 바라보고 문제해결에 이르는 힘을 만드는 일이며, 스스로가 그것에 대해 깨닫는 일이라고 생각한다. 그것을 위한 학습의 장을 앞으로도 계속해서 넓혀가고 싶다.

나카노 마치코(中野町子)

제2장 **15** 지역사회를 창조하는 자치와 협동 학습

주민들의 목소리를 이어가는
공민관 소식지

　스나미(周南)공민관에 부임한 지 1년이 다 되었을 무렵인 2002년 1월, 치바(千葉)현 공민관 연락협의회 주사부회 숙박연수회에 오랜만에 참가할 기회를 가졌다.

　스나미공민관 소식지 '광장'의 담당자로서 평상시의 편집활동을 검증하는 의미로 센터 소식지 분과회에 참가해보니, 10명도 안되는 젊은 공민관 직원이 각 공민관의 '소식지'를 지참하여 각자의 생각을 이야기하고 있었다. 최근 몇 년간의 예산삭감으로 각자 컴퓨터를 이용하여

직원이 직접 편집·발행·배부하고 있는 수고를 느낄 수 있었다.

기미쓰(君津)지방 공민관 연락위원회나 기미쓰시의 직원연수의 경우도 최근에는 소식지를 주제로 한 연수가 거의 없어서, 소식지 발행사업에 대해 돌아볼 기회가 적었었는데 이번 연수에 참가함으로써 소식지 발행이 공민관의 중요한 사업 중 하나라는 사실을 다시 한 번 확인할 수 있었다.

주민 편집위원에 의한 소식지 발행은 '배우는 것', '모이는 것', '이어가는 것'이라는 공민관의 역할을 절실히 보여주는 일이다. 공민관에 오지 않는 사람, 올 수 없는 사람에 대해서도 편집위원이 그 목소리를 듣고 전해줌으로써 공민관으로 연결하고, 지역의 움직임과 주민의 생각을 보도하여 지면상에서 주민교류를 행하는 일이다. 편집 배정 등의 구체적인 작업도 물론 중요하지만, '소식지의 사명'이란 무엇인지, 공민관 측으로부터의 알림을 지면에 싣는 것에만 치중하여 지역에 대한 주민의 생각을 건성으로 다루고 있는 것은 아닌지, 공민관 직원으로서 편집위원들과 함께 지역주민을 이어가는 의미에 대해 늘 생각하고 싶다.

지역에 뿌리내린 신문 만들기 : 편집위원회체제의 확립

스나미공민관은 1973년 6월에 개관하여, 소식지 '광장'은 1976년 5월에 직원의 편집에 의해 제1호가 발행되었다. 당시의 야마나카(山中) 관장은 그 1면에 '세 개의 얼굴'이라는 제목으로 공민관 소식지의 양상에 대해 시사하고 있다.

　　'나는 스나미공민관이 가질 세 개의 얼굴을 생각하고 있다. 첫 번째
는 고장수호의 숲으로서, 두 번째는 문화의 숲으로서, 세 번째는 광장으
로서 지역주민의 교류의 장으로서의 얼굴을 가졌으면 한다. (중략)
공민관이 가져야 할 성격으로서, 그 건물을 여러 활동의 장으로서
개방하는 것은 당연한 일이며 이를 보충하기 위해 소식지의 지면이
커다란 '광장'의 성격을 가질 수 있어야 한다고 생각한다. 그렇기 때문
에 지역주민 모두의 목소리가, 의견이, 꿈이, 마음이 배어 나오는 지면
으로 키워가고 싶다.'

　이 기사와 같은 지면에 게재되어 있는 사업계획에서는 편집위원을
각 자치회에서 선발하여 주민을 통해 각지의 사건이나 생활의 움직임,
각종 활동을 소개하는 '지역신문'으로의 발전을 위한 공민관의 노력을
엿볼 수 있다.

봄이 오면

벚꽃 봉오리가 부풀기 시작하는 아름다운 봄이 옵니다.
4월부터 새로운 생활이 시작되는 희망이 넘치는 여러분
께, 앞으로의 계획 등에 대해 여쭈어 보았습니다.

광 장

스나미의인구 2002. 2.28현재
남　2,854명 (+ 8)
여　2,541명 (+ 6)
계　5,395명 (+14)
세대수 1,994호 (+ 3)

퍼즐이나 소꿉놀이를 하며
놀고 있습니다
미야시타(宮下)
코바야시 유카(小林優佳)양

블록을 가지고 놉니다

야마타카하라(山高原)
오가와 다이키(小川大輝)군

저희들
유치원에
들어갑니다

울트라맨 놀이를 좋아합니다

노래와 춤을 좋아합니다

도코요(常代)
후루타류노스케(古田龍之助)군

미야시타(宮下)
우에다 유키네(上田幸音)양

제 172 호
편　집　●　발　행
관보편집위원회
스나미 공민관
기미쓰시 오야마노(大山野)26
☎ 0439 (52) 4915

周南 공 민 관 보「광 장」　　　　　　　　2002년 3월 20일(수)　　제172호

'광장'은 직원의 힘과 주민의 협력에 의해 차츰 지역신문으로서 지역
민들에게 받아들여졌다. '하지만 지역성을 강하게 하면 할수록 직원
한 두 명의 힘으로는 홍보나 전달해야 할 것도 많아져, 지역의 문제나
과제에 대해 어떻게 파악하고 어떻게 제기해 갈 것인지 정체상태에
빠졌다. 지역으로 나가, 가는 곳 마다 차를 마시며 이야기를 듣곤 하지만
그것이 그 장소에서 끝나버리고 만다. 이래서는 안 된다. 어떠한 형태로
든 남겨두어야만 한다(스나미 공민관 10년의 발자취에서)'고 당시의 직원이
편집위원의 필요성에 대해 깨닫고, 조금씩 준비를 진행하여 1980년
2월에 편집위원회가 발족되었다.

공민관이 주민과 함께 주민참가와 주민자치를 그 사명으로 여기며 걸어 온 역사와 지역과제와 생활과제를 글로 정리하려고 한 직원의 마음을 계속 이어나가야만 한다.

현재 소식지의 예산에는 인쇄 제본비 외에도, 소모품비, 편집위원의 보상비가 있다. 소식지 발행사업은 공민관의 중요한 주최사업 중 하나라는 점을 직원 전원이 이해하고, 지역주민의 손에 의한 소식지 발행이 마을 만들기로 이어나갈 가능성을 재정담당에게 적극적으로 설명하여, 가능한 한 예산이 감액되지 않도록 노력하고 있다.

최근 몇 년간 편집에서 발행까지의 과정은 다음과 같이, 홀수 달의 셋째 목요일을 발행일로 연 6회 발행하여, 177호의 발행에까지 이르고 있다.

① 기획회의…이전 호를 돌아보며, 기사의 내용을 협의. 원고 집필자와 의뢰담당자를 결정하고, 지면(4면 분량)의 담당(각 지면당 2~3명)을 정한다.
② 각자 분담한 취재활동, 각 지면담당자끼리 소 편집·협의
③ 편집위원 전원의 취재활동
④ 편집회의, 편집 배정 등 모두 함께 작업
⑤ 인쇄소 입고(入稿)
⑥ 일주일 후 제1차 교정
⑦ 제 2차 교정(기본적으로 직원교정)
⑧ 발행, 자치회를 통해 각 가정 배부(약 2천 세대)

지역민을 이어가는 편집위원

현재의 편집위원은 남성 3명, 여성 7명으로 그 연령대도, 지역 활동도, 선출지역도 모두 다양하여 그 덕에 정보도 아주 다양하다.

위원장은 그 지역에서 육성회회장과 자치회장, 공민관 운영심의회의원 등을 역임하였으며 현재는 민생위원으로 활동 중인 분으로, 위원장의 너그러운 성격 덕에 위원들이 '자유롭게 취재활동을 하고 원고를 쓸 수 있다'고 한다. 많은 지역민들이 그를 신뢰하고 있으며 물론 편집위원들로부터도 절대적인 신뢰를 얻고 있다.

가장 연장자로서 사진을 담당하고 있는 80대 남성은 자신이 찍은 사진이 일면을 장식하는 것에 삶의 보람을 느끼고 있으며, 다른 편집위원들도 그를 따뜻한 마음으로 지켜보고 있다. 전직 회사원인 70대 남성은 단정하고 꼼꼼한 성격으로, 여성편집위원들과 의견을 주고받으며 자료수집 등에서 활발히 활동하고 있다. 홋카이도(北海道) 출신으로 자택근무를 하며 사택관련 정보에 밝은 50대 여성, 후쿠오카(福岡) 출신으로 아르바이트를 하며 공민관 활동에 참여하여, 주말 동안의 공민관 관리사무를 맡고 있는 전 육성회 임원 50대 여성.

40대 여성은 5명으로, 스나미로 시집온 후 유아가정교육 학급이나 모자교실의 지도자적 존재로 공민관 운영심의회 위원이기도 하며 어린이 교육의 가장 중심에 있는 초등학교 육성회의 임원이 한 명, 중학생 때 스나미로 이사와 집에서 피아노교실을 열고 있으며, 축제 때 실시하는 상호교류 콘서트의 실행위원도 있다. 또 가업인 부동산중개업소

일을 돕고 있으며, 스나미에서 태어나 스나미에서 결혼하여 지역의 옛
모습을 잘 알고 있는 자칭 스나미인, 그리고 지역에 뿌리내린 동아리활동
대표로서 생활협동조합일과 라면가게 아르바이트를 겸하고 있는 여성과
다른 지역에서 스나미로 시집 와 대가족의 가사 일을 하면서도 학교임원
이나 동아리활동을 열심히 하여 친구가 많은 주부가 그 구성원이다.

각자가 공민관의 가정교육학급이나 역사강좌 등에서 활동을 전개하
고 있으며, 동아리활동에서도 지도자적 역할을 맡고 있는 사람이 많아,
지역 축제의 실행위원이나 임원으로도 참가하고 있다. 다양한 활동을
하면서 하는 편집활동은 그 시간 분배가 어려울 것이라 생각 되지만,
이러한 활동이 있어 지역을 향한 시야가 더욱 넓어지는 것이라고 생각
한다.

위원 각자가 가지고 있는 인맥과 정보가 기사의 내용을 풍부하게
만들어 준다. 지역사회활동에 참가하지 않는 사람도 참가할 수 없는
사람도 자주 지면에 등장할 수 있도록, 취재를 통해 그 사람의 생각을
끌어내어 지면에 게재한다. 이러한 편집활동을 통해 편집위원은 새로운
주민과 새로운 관계를 만들고, 또 소개를 통해 주민과 주민 사이를
이어나간다. 편집회의에서는 원고의 정리과정에서 취재 당시의 모습과
그 사람에 대한 감상이 전해져, 편집위원 모두가 또 한명의 새로운
사람을 알게 된다.

1999년 이후로는 편집위원의 임기를 3년으로 정하고 있으나, 편집위
원으로서 활동할 수 있는 분에게는 언제라도 다른 편집위원의 양해를
구한 뒤 참가를 부탁하여, 2002년 4월부터 2명이 새로 참가하게 되었다.

취재활동 · 좌담회는 강좌이상의 학습의 장

현재 가지고 있는 편집 배정의 기본형은

1면 - 발행시기 동안의 사건, 사진에 의한 지역 소개, 감상

2면 - 스나미 문화의 뿌리를 찾는다(향토의 선구자 · 문화재 · 행사 등), 인물소개, 추억

3면 - 동아리활동소개, 개인의 취미소개, 작은 뉴스, 남성의 요리법

4면 - 부녀회소식, 문예란, 도서소개, 네 컷 만화, 공민관 사업 · 지역행사 참가자 모집이다. 좌담회 등의 특집기사가 있을 때는 2~3면의 두 면 정도를 할애하기 때문에 연재물은 쉬게 된다.

지면 담당이 정해지면 각자가 취재를 시작한다. 특히 2면의 "스나미 문화의 뿌리를 찾는다"에서는 거의 매회, 편집위원 전원이 지역의 역사를 알기 위해 밖으로 나간다. 편집위원 각자가 다른 시점을 가지고 있으므로, 어디에 주제를 두고 기사를 완성할 것인지 기획회의를 거쳐 결정하고 취재에 들어가도 정작 현장에 나가보면 그 때의 과정에 따라 전혀 다른 방향으로 흘러가는 일도 허다하다.

예를 들어, 지난 170호에서 지역에 남아있는 유적을 소개하였을 때에는 다테야마(館山)자동차도로 공사 전의 발굴현장에 나가, 발굴에 사용하고 있는 도구와 발굴하는 사람들의 수송방법까지 취재하였다. 또 야요이(弥生)[1]고분시대의 생활 등에 대해서도, 문화재 주사 분께 끊임없이 질문하면서 편집위원 자신의 학습도 겸해가며 취재한 끝에

---

1) 역주 : 기원전 4세기에서 기원후 3세기경까지 계속된 일본의 농경시대

시간이 부족해지자, 다른 날 다시 가능한 편집위원끼리 출토유적의 취재를 위해 이웃 시에 있는 조사사무소까지 찾아갔다.

취재가 끝나면 각자의 감상에 대해 서로 토의하여, 지역민들에게 알리고자 하는 내용을 담당자(2~3명)끼리 한데 모은다. 그리고 편집회의에서 다른 위원들과 바꿔가며 읽고 다시 한 번 그 내용을 차근차근 살펴나간다.

또, 향토의 선구자에 대한 취재는 유족들이 살고 있는 댁을 방문해야 하는 까닭에 취재의 담당자만 찾아가는 것으로 하고 있다. 소중히 보존되고 있는 유품의 사진을 찍고 가족에게 전해지고 있는 그 사람의 이야기를 들은 뒤, 또 시의 역사편찬 자료를 보러 가거나 친척 분들께 이야기를 듣는 등, 절대 한 곳에서의 취재만으로 끝나는 일이 없다.

마음에 걸리는 부분이 있으면 자신의 시간과 발품을 팔아서 조사한다. 이처럼 노력을 아끼지 않는 취재활동을 하고 있으며, 보고 들은 것이 편집위원의 입을 통해 전해지기 때문에 읽는 쪽은 언제나 즐겁다. 이웃의 기사라즈(木更津)시에서 '이 "스나미 문화의 뿌리를 찾는다"의 내용이 이 지역의 역사를 아는 데에 큰 도움이 되는데 연재의 1편부터 좀 얻을 수 없을까'하고 찾아온 분이 있으며, 그 후에도 발행일이 되면 일부러 스나미 공민관까지 소식지를 가지러 오고 있다. 이러한 일은 편집위원과 직원에게도 큰 위로가 되고 있으며, 이 소식지가 자료로서 쓸모 있다는 사실도 실감하게 해 주었다. 사실은 공민관이 30주년을 맞이한 것은 2002년이며, 축제에서 전시된 자료의 대부분이 소식지에서 비롯된 것이기도 하다. '편집위원이 되어 힘들기는 하지만, 여기에서

태어나 자랐음에도 이번에 처음으로 알게 된 사실도 많고 처음으로
만난 사람도 많았다. 스나미에 대한 상식을 배워간다고 생각하고 있다.'
라고 말하는 E씨. '70살이 넘어 피아노를 배우기 시작해서 증손자에게
동요를 쳐 주는 것이 즐겁다니, 정말 대단해요. 대단한 사람이 스나미에
살고 있네요.'라고, 취재 때마다 감동하는 H씨. 지역을 알고 많은 사람
들과 만나자는 자세로 편집활동을 진행하고 그 감동을 지역으로 전하고
있다.

  또, 일정한 주제를 정해 주민의 목소리를 좌담회형식으로 지면에
소개하는 것 역시 사전준비부터 당일의 운영에 이르기까지 하나하나
공을 들여 실시하고 있다. 좌담회 내용은 편집위원들이 지역에 전하는
메시지로서 정리한다. 기획회의에서 지역에 전하고 싶은 주제를 정해,
좌담회참가자를 선발하고 당일 이야기할 요지를 전하며 출석의 양해를
구한다. 진행자와도 미리 상의하여 기록 등의 역할을 분담한 후 실시한
다. 평소에는 들어볼 기회가 없는 분들의 의견을 지역민 전체가 알기
쉽도록 전달하려면 어떻게 해야 할지, 악전고투한 끝에 편집위원과
함께 정리해 냈을 때에는 모두가 이 활동에 대한 보람을 느끼게 되었다.

  어떻게 보면 좌담회는 토의학습, 편집회의는 최종단계의 정리학습이
된다. 편집위원이라는 수강생들은 적어도 3년의 임기 동안에는 모두
함께 학습활동을 전개하고, 자신의 활동을 통해 실로 다양한 삶을 추구
하는 사람들과 만나 자신의 삶과도 견주어보면서 그 감상을 지면에
표현한다. 폭넓은 내용에 의한 충실한 학습전개라 할 수 있겠다.

게다가 지역의 평화 넓히기를

스나미로 이동한 후 소식지 '광장'의 담당을 맡게 되어, 처음으로 참가한 회의가 정말 즐거웠던 것이 기억난다. 편집위원 각자의 과제가 풍부하고, 한 사람이 의견을 내어놓으면 금방 많은 반응들이 나오고, 내용 또한 풍부해진다. 스나미의 생활과 지역사회의 정보를 알고, 주민의 생각을 파악하는 데에는 최적의 공간이라고 생각했다. 그리고 각자의 경력도 다양하고 사고방식도 각양각색으로, 그 주고받는 말들이 하나라도 놓칠 수 없는 것들뿐이었다.

◉ 친목회를 겸한 연수(2002년, 가마쿠라(鎌倉))

무엇보다도 자유롭게 생각하고 이야기하는 장으로서 회의가 성립되고 있다는 점에 감동하였다. 각자가 자신의 생각을 이야기할 수 있는 것도, 다른 편집위원들이 발언자의 생각을 받아들이고 있기 때문에, 또 각자의 활동을 인정하고 있기 때문이라고 말할 수 있다.

2002년 4월에는 편집위원 중 한 명이 은퇴하고 두 명이 새로 참가하게 되어, 편집위원 간의 친목을 도모하기 위한 교류회 등에 대해 생각하고 있었는데, 그해 가을 드디어 가마쿠라(鎌倉) 단풍여행을 실시하게 되었다. 행로도 위원이 정하고 회계도 자신이 직접 처리하였으며, 은퇴한 분까지 모셨으므로 직원은 자동차를 준비하기만 하면 되었다. 함께 절을 돌아보며 역사를 회상하기도 하고, 단풍을 즐기며 걷고 맛있는 음식도 먹으며 편집위원의 학창시절이나 직장 근무 때의 이야기도 나오는 등, 웃음소리가 끊이지 않는 즐거운 하루를 보냈다. 편집위원의 '즐겁게, 마음껏 이야기를 할 수 있어 기운이 났다'라는 말에, 담당직원은 그 이상으로 기운을 얻은 하루였다.

편집위원이 많은 지역민들과 이야기하고, 다양한 생각으로 노력하고 있는 사람들을 연결시킴으로써 지역의 평화가 더욱 넓어진다. 이처럼 소식지 '광장'은 지역의 활동을 격려하고, 후원하는 중요한 역할을 맡고 있다. 공민관은 스나미에서 생활하고 있는 사람들이 살아보니 정말 좋다고 생각할 수 있는 지역사회를 만들어가고, 나는 직원으로서 언제까지라도 그 조정 역할을 맡아가고 싶다.

스즈키 미도리(鈴木みどり)

제2장 **16** 지역사회를 창조하는 자치와 협동 학습

주민과 직원이 함께 배우는
'공민관의 회합의 장'

'공민관의 회합의 장'의 탄생은 직원의 생각에서

기사라즈(木更津)시는 '중학교구당 공민관 1관'이라는 방침 아래 지역에 공민관을 배치해 왔다. 2002년 4월 현재 13개의 중학교구에 16곳의 공민관이 정비되어 있다. 각 공민관에는 전문직원(사회교육주사 유자격자)이 배치되어 있어 지역의 특색을 살려 지역사회에 뿌리내린 활동을 전개하고 있다. 그러한 가운데 공민관 각각의 목소리를 수렴하면서 공민관 전체의 의사를 결정하여 반영할 수 있는 창구로서 기사라즈시립 공민관 연락회를 1981년에 결성하여 관장 및 직원회의 등의 연락조정

을 위한 여러 회의, 소위원회 설치에 관한 조사연구활동, 직원연수활동
등을 실시하고 있다. 또 16개의 공민관전체가 참여하는 사업으로서
'기사라즈 시민대학'과 이번에 소개하려는 '기사라즈시 공민관 회합의
장'을 개최하고 있다.

'기사라즈시 공민관 회합의 장'은 1991년부터 개최한 '기사라즈
시민대학'의 현황(시 전체의 불특정다수의 시민 약 천명을 대상으로 연 5~6회
의 강연을 실시하는 사업)에 대해 협의해 온 시립 공민관 연락회의 '기사라
즈 시민대학 검토소위원회' 보고서의 제안(1994년 12월)으로부터 시작
되었다. 보고서에서는 '시민대학을 대신하여 공민관전체가 참여해야만
하는 사업'으로서, 또 '일찍이 실시되고 있던 사회교육활동의 관계자가
모두 모여 이 시의 사회교육의 실태 또는 그 도달점에 대해 깊이 인식함
과 동시에, 앞으로의 발전을 위해 실시되고 있던 기사라즈시 사회교육
진흥대회를 대신할 수 있는 사업'으로서 '(가칭)기사라즈시 공민관 연구
대회'가 제안되었다. 그것을 기초로 직원회의 등에서 여러차례 의논을
거듭하여 다음해에는 '기사라즈시 공민관 회합의 장 검토소위원회'를
설치하여 실시 여부를 포함하여 그 제안을 검토하고, 실시할 경우에
대비하여 원안을 작성하게 되었다. 그리고 대략 현재 실시하고 있는
'회합의 장'의 기본이 된 원안으로서, 다음과 같은 자세를 가지고 '공민
관 연구대회·회합의 장'의 성격을 가진 사업을 실시한다는 내용이
제안되었다.

① 기사라즈시 사회교육진흥대회에서 당초 실시해 온 것과 같이

학습활동의 실천발표·학습교류의 장을 중요하게 생각한다.
② '모으는' 대회가 아니라 '자주적으로 모일' 수 있는 모임이 아니면
의미가 없다
③ 공민관 활동을 중심으로 하는 교류가 필요하다.

이처럼, 지금도 계속되고 있는 '시민대학'의 현황을 검증하는 가운데
직원의 제안으로부터 새로운 사업으로서의 '회합의 장'이 탄생하였다.
무언가 새로운 것을 만들어내기 위해 직원 서로간의 대화를 중시하는
공민관 연락회라는 조직이 있었다. 그러던 가운데 대화를 거듭해감에
따라 공민관을 잘 운영해 나가고 싶다는 직원의 마음이 하나가 되어,
시민의 자주적인 활동을 "잇고", "넓히고", 그리고 "깊이 있게 해"가는
'회합의 장'을 만들어 갔다.

시민과 직원이 함께 만드는 '회합의 장' : 6년간의 실천

1996년부터 매년 실시되고 있는 '회합의 장'의 목표는 크게 다음
두 가지라 할 수 있다. ① 시내의 각 공민관을 거점으로 실시되고
있는 다양한 학습활동의 실천발표·교류의 장이 된다. ② 공민관의
역할과 기능을 확인하고 새로운 시대에 대응할 수 있는 공민관 활동의
모습을 생각한다.

그리고 그 목표 아래 '회합의 장'에서 가장 중요하게 생각해 온
것은 실시 방법이다. 즉, 시민과 직원이 기획단계에서부터 함께 노력해

가는 기획실행 위원회방식도입이다. 거기에서는 준비과정을 포함하여 시민이 주체적으로 참가할 수 있는 '회합의 장'의 지향과 함께, 그 과정에서 시민과 직원이 얼마나 배울 수 있었는가에 초점을 맞추어 함께 생각하고, 이야기하고, 행동하고, 성장해가는 것을 중요시하고 있다. 매년 3월에 개최되는 '회합의 장'이지만 그 기획실행 위원회의 준비를 살펴보면 전년도 6월에 위원을 공모해 매년 20명 정도의 시민의 응모가 있어, 8월에 제1차 회의를 시작한다. 기획으로부터 당일의 운영, 분과회의 운영과 내용에 관한 협의, 그리고 자료집과 기록집을 만들기까지 월 1~2회 정도의 회의가 계속해서 실시된다.

'회합의 장'의 내용이나 구성, 분과회 등도 기획실행 위원회 간의 회의를 통해 완성되어 온 것으로, 별첨 표1은 그 6년간의 개요이다. '회합의 장' 당일의 일정은 오전 중의 전체 모임(제1장 '만남'), 오후의 분과회(제2장 '대화'), 그리고 다시 한 번 모이는 전체 모임(제3장 '상호소통')으로 구성되어 있다.

제1장 '만남'은, 개회 행사를 겸하여 기사라즈시 공민관의 역사와 현황을 확인하면서 공민관의 역할이나 기능, 그리고 존재에 대한 참가자전원의 공통 인식의 장으로 실시하고 있다. 그리고 이는 다시 2장 '대화(분과회)'로 이어가기 위한 밑바탕이 되는 학습의 장으로서 자리매김하고 있다. 지금까지는 대학교수에 의한 기조강좌와 '공민관의 가능성'을 주제로 가까운 공민관들이 준비한 실천발표를 통해 배우는 공개토론회 등이 실시되어, 기사라즈시 공민관의 다섯 개의 보물(특징) 등도 다시 한 번 확인되고 있다.

제2장 '대화'의 분과회는, 이 '회합의 장'의 생명이라고도 말할 수 있는 가장 중요한 부분으로 자리매김하고 있다. 매년 '어린이/육아', '고령자', '환경', '공민관' 등 5~7개의 분과회를 개설하여, 각 공민관에서 행하여지고 있는 실천활동을 토대로 성과와 어려움, 과제를 함께 이야기하며 교류를 통해 "서로 배우고 서로 소통할 수 있는 범위"를 넓혀가고 있다.

제3장 '상호소통'은 서로 대화를 나누었던 분과회에 대해 보고하고, 그 성과를 함께 나누며 특히 지역으로의 전개를 확인할 수 있는 장이 되고 있다.

[표 2-9] 기사라즈시 공민관의 모임의 경과 【제1회(1996년)~제6회(2001년)】

회	일시 장소	주제	내 용 등			
			제1장(만남)	제2장(대화/분과회)	제3장 (상호소통)	그 외
1	1997년 3월2일 (일) 10:00 ~16:00 중앙 공민관	모두 함께 배우 고 함께 자라 는 공민 관을 목표 로!	·개최 행사 ·기조제안 나가사와 세이지(長澤成次)(치바대학조교수) '모두가 함께 배우고 함께 자라는 공민관을 목표로' ·오리엔테이션	①"지역에서 자라나는 아이와 나" 아버지 어머니의 육아이야기 ②지역문화와 공민관 ③언제나 빛나고 싶다 -늙음을 날려보내자!- ④여성과 남성의 새로운 관계를 생각하다 ⑤공민관입문세미나 -모두가 함께 배우고, 함께 자라는 공민관-	·분과회 보고 ·차를 마 시면서 이야기 나누는 자유시 간 ·폐회식	·공민관을 알아보는 코너 ·어린이 요리 교실 ·어린이집 있음 ·수화통역 있음 ·기획실행위 원 21명 ·참가자 295명
		"	·개최 행사 ·기조제안 나가사와 세이지(長澤成次) (치바대학조교수) '공민관의 "현재"와 "미래"-오늘날	①육아네트워크와 공민관-육아의 장을 함께 만들자 ②놀이는 "성장"의 힘-같이 놀 친구와 장소를 만들자!- ③기사라즈의 역사를 즐기자	·분과회 보고 ·폐회식	·공민관을 알아보는 코너 ·어린이 간식 만들기 놀 이 체험교실

2	1998년 3월8일 (일) 10:00 ~16:00 중 앙 공민관	공민관을 둘러싸고 있는 상황을 생각하다.' ·오리엔테이션	-고향발, 미래행- ④지역과 함께 이야기하여 풍요롭게 인간답게-복지는 우리의 소원- ⑤환경문제방침의 시작 -일단 한 번 해보지 않겠습니까!자연·생활·재활용의 거리 만들기- ⑥함께 자라고, 함께 키우는 관계를 생각하자-동아리가 주는 풍요로움을 찾아서- ⑦공민관입문세미나-만남, 대화, 동료 만들기-		·어린이집 있음 ·수화통역 있음 ·기획실행위원 20명 ·참가자 257명
3	1999년 3월7일 (일) 10:00 ~16:00 기사라즈시 종합복지회관	·개최 행사 ·대표 토론회 '공민관에 대해 모두 함께 이야기하자 ' 참가자 니시무라 다카시(西村堯) (기사라즈시 교육장) 우시지마 신지(牛島新治) (기요미다이(清見台)공민관장) 무토 요시히코(式藤義彦) (공민관연락회 심의위원장) 모리타 미호코(森田美保子)(칠보공예동아리회장·분쿄(文京)공민관) 가네코 쿠니오(金子邦夫) (향토사강좌 운영위원·야하타다이(八幡台)공민관) 사회 네모토 히로시(根本弘) (이와네(岩根)공민관부관장) ·오리엔테이션	①지역의 교육적 힘-우선 어른이 변하지 않으면-어린이의 문제는 곧, 어른의 문제- ②내 고향 만들기 ③모두가 지역에서 여유롭게 살고 싶다-마음의 장벽을 없애는 학습- ④환경문제방침의 시작-의사소통에 대해 모두 함께 생각해보자!- ⑤열린 동아리 만들기를 목표로-당신에게 있어 쉼터는- ⑥공민관입문세미나-모두 함께 배우고, 함께 자라는 공민관을 목표로-	〃	·공민관을 알아보는 코너 ·놀이광장 ·어린이집 있음 ·수화통역 있음 ·임시버스운행 ·기획실행위원 19명 ·참가자 228명
	2000년 3월5일 (일) 10:00 ~16:00 중 앙 공민관	·개최 행사 ·대표 토론회 '공민관의 과거·현재·미래' 참가자 시노다 카즈에(篠田一恵) (가네다 (金田)향토사강좌·가네다(金田)공민관) 단타니 카즈에(檀谷一恵) (사춘기자녀를 둔 부모의 가	①육아이야기-요즘 아이들은 정말 이상하다?- ②고향 재발견 ③중·노년의 자기 찾기 -지역과 동료와 삶의 보람 찾기- ④가까운 환경문제방침의 시작-생활과 환경을 생각하자. 지금, 우리가 할 수 있는 것-	〃	·공민관을 알아보는 코너 ·찻집 ·어린이집 있음 ·수화통역 있음 ·기획실행위원 17명

4		정교육학급·분쿄(文京)공민관 이하라 마사아키(井原正明)(야하타다이(八幡台)환경강좌강사·야하타다이(八幡台)공민관) 책임자 아사쿠라 마사오(朝倉征夫) (와세다(早稻田) 대학교수) ·오리엔테이션	⑤공민관에서 배운다! 첫 발 내딛기-자기개발과 지역 만들기- ⑥ 반짝 반 짝 두 근 두 근 YOU&I 광장		·참가자 327명
5	2001년 3월4일 (일) 10:00 ~16:00 중 앙 공민관	〃	·개최 행사 ·대표 토론회 '공민관의 가능성-내가 생각하는 공민관-' 참가자 도치쿠보 야스코(栃久保康子) (서예동아리·니시키요카와(西淸川)공민관) 나카무라 에이코(中村映子) (합창동아리·후쿠타(富來田)공민관) 마쓰자와 켄지(松澤健治) (중앙공민관장) 책임자 나가사와 세이지(長澤成次) (치바대학교수) ·오리엔테이션	①아이를 키우고 있는 엄마 모여라! ②여기는 나의 소중한 고향 ③21세기 老컬커뮤니티의 시대-고령사회와 지역의 역할- ④ 가까운 환경문제방침의 시작-생활과 환경을 생각하자. 지금, 우리가 할 수 있는 것- ⑤ 공민관에서 배운다! 나의 한 마디-학습의 즐거움을 더 넓혀가자 ⑥"행복"이 뭐야?--지금 "마음"의 문을 열자!- ⑦반짝반짝두근두근 YOU &I 광장	〃	· 공민관을 알아보는 코너 ·찻집 · 어린이집 있음 · 수화통역 있음 ·기획실행위원 26명 ·참가자 302명
6	2002년 3월3일 (일) 10:00 ~16:00 중앙 공민관	〃	·개최 행사 ·대표 토론회 '공민관의 가능성-배우고, 서로 부딪히고, 넓혀가자!-' 참가자 무토 요시아키(式藤義彦) (공민관연락회 심의위원장) 쓰루타 요시미(鶴田好美) (키요미다이(淸見台)가정교육학급·키요미다이(淸見台)공민관) 노구치 히데미(野口秀實) (이와네(岩根)작은블록어린이회육성회 회장) 책임자 네모토 히로시(根本弘)(기요미다이(淸見台)공민관장) ·오리엔테이션	①"육아"의 이모저모-공민관에서부터 육아학습의 장을 넓혀나가자 ②마을 만들기-안내봉사자의 시점에서- ③언제까지나 빛나고 싶다!-고령자 삶의 보람 만들기와 자립의 지원- ④환경 안경-우리들의 생활과 지역을 살펴보자!- ⑤공민관의 발자취를 배우자-오늘날에 이르기까지, 그리고 내일을 향해- ⑥행복 만들기의 첫걸음-스스로를 키우는 학습- ⑦동아리활동으로 생기 넘치는 인생!!	〃	· 공민관을 알아보는 코너 ·찻집 · 어린이집 있음 · 수화통역 있음 ·기획실행위원 28명 ·참가자 342명

그 외에도 개최 장소인 중앙공민관의 1층 로비에는 '공민관을 알아보는 코너'가 설치되어 있어, 시(市) 내의 전 공민관이 각각의 특색을 드러내며 활동소개 등을 실시하고 있다.

한 사람, 한 사람의 목소리로부터 출발하여 만들어지는 소중함 :
분과회의 노력에서①

각 분과회에는 각각 기획실행위원(시민) 공민관 직원 각 5명 정도가 참여하여 상의를 거듭해 나간다. 어떤 분과회로 만들고 싶은지, 무엇을 이야기하고 싶은지, 어떤 과제가 존재하며 지금 상황은 어떤지, 한 사람의 목소리로 시작하여 자유롭게 의견을 교환하며 주제와 내용을 완성해나간다.

분과회 사전회의에서는 어떠한 의견이라도 이야기할 수 있는 자유로운 분위기 속에서 모두의 의견이 존중받을 수 있도록 충분히 신경을 써가며 의논을 심화시키기 위해 노력하고 있다. 시민의 발언을 기다리지 못하고 안이하게 직원이 먼저 이야기해 버린다든지, 성급하게 결론을 내린 후 자신이 생각하고 있는 목표로 유도한다든지, 직원 자신의 의견을 밀어 붙인다든지 하는 일은 피해야만 한다. 물론 반대로 직원이 시민의 의견에 끌려가기만 하는 것도 좋은 일은 아니다. 즉 직원이 분과회를 억지로 끌고 가는 것도, 내버려두기만 하는 것도 안 되며 사업을 실시해 나가는 데 있어 그 균형을 잡는 것이 참 어려운 부분이다. 특히 분과회는 시민의 생각을 기본으로 시작하여 시민의 관심에 맞추어

서 추진하지 않으면 그 성과가 적을 수밖에 없다. 그렇게 하지 않으면
한 사람, 한 사람이 자신만의 생각을 펼칠 수가 없다. 직원에게는 힘든
일이지만 이를 극복하지 못하면 그 당일의 분과회에 대한 성공을 기대
할 수 없을뿐더러 한 사람 한 사람의 성장으로도 이어질 수 없다.
'회합의 장' 당일의 성공도 중요하지만, 기획실행위원과 직원의 성장은
그 이상으로 중요하다. 사전 계획 하나도 없는 상황에서 시민 한 사람
한 사람의 목소리만으로 시작하여, 그것을 소중하게 발전시켜 나갈
수 있는지의 여부가 참다운 주민참가의 장이 될 수 있는지를 좌우한다
고도 할 수 있다.

이 분과회에 대해 '회합의 장' 종료 후에 실시한 설문조사에 다음과
같은 기획실행위원의 감상이 있었다. '사무국 분들(직원)이 강제적으로
일을 추진하지 않는 것에 역시 다르다. 라고 생각했습니다.' 이는 학습
내용이 정해져 있지 않은 사회교육에 있어서, 무엇을 배울지는 각자의
주체적 의견(학습요구)이 전제가 되며, 학습은 학습자의 생각이나 학습요
구로부터 시작된다는 사회교육의 기본 원칙을 이 '회합의 장'에 있어서
도 중요하게 생각해 나가려고 하는 직원의 마음을 단적으로 보여주고
있다고 생각한다. 또 그것은 기획실행위원회의나 분과회 사전회의를
단순히 사전 준비를 위한 회의로 보지 않고, 기획단계에서부터 시민과
함께 이 사업을 만들어 나가려 노력하는 직원의 모습을 보여주고 있다
고 해도 과언은 아닐 것이다.

준비과정에서 배우는 시민과 직원 : 분과회의 노력에서②

준비과정을 통해 배워간다는 사업의 실시방법에 대해 모든 기획실행위원, 직원의 의견이 꼭 일치하라는 법은 없다. 확실히 길고 힘든 과정이다. '회합의 장' 실시 후의 설문조사 결과를 보아도 '회의의 횟수를 줄이는 등, 간소화·효율화를 꾀해도 좋지 않겠는가.' '준비 기간이 너무 길다. 이미 만남도 여섯 번이나 실시되어 사무국(공민관 직원) 측에서 봐도 그다지 어려운 일은 아니다. 첫 회의에서 방향성을 보인다면 준비과정은 상당히 단축될 것이다.' 등의 의견이 있었다.

하지만 사회교육(공민관 사업)에 있어, 막연히 생각하고 있는 주체적 의사(학습요구)를 보다 명시적이고 구체적인 학습과제로 전환하는 과정이야말로 학습의 대부분을 차지하는 중요한 부분이라 생각한다. '회합의 장' 당일에 강사의 강의를 듣고 분과회에서 대화를 나누는 것도 학습이지만, 준비단계에서 예를 들면 육아 분과회의 사전 회의에서 자신의 육아 체험이나 의견을 이야기하는 가운데 서로가 안고 있는 문제의 접점을 찾고 거기에서부터 학습과제를 만들어가는 과정도 학습이라고 생각하는 것이다. 같은 설문조사의 결과에는 '여러분, 만남을 거듭해가는 가운데 허물없이 자신의 의견을 말하고, 다른 사람의 의견을 존중할 수 있게 되어 하나의 목표를 모두 함께 완성해가는 이 분과회의 사전 회의는 그 의의가 크다고 생각합니다.', '이 준비과정을 거쳐오면서 시민·직원이 함께 완성해간다는 의미에 대해 다시 한 번 실감하게 되었습니다.' 등 스스로의 체험이나 의견을 조금씩 이야기하는 것에서부터 주제에 겨우 도달하기까지의 시행착오 속에서 시민과 직원이 함께 배워간다는 것의 소중함을 느끼고 있는 사람들도 있었다.

공민관에 있어 진정한 주민참가란, 시민의 목소리를 듣는 것으로 끝나는 게 아니라 시민 스스로가 주제나 학습과제를 결정하기까지 시민과 직원이 서로의 사고방식의 차이에 입각하여 의논을 심화시켜가는 것으로 함께 배우고 함께 성장해가는 것이라 생각한다. 또한 각자가 자신에 대해 서로 이야기하는 가운데 서로가 안고 있는 문제의 접점을 찾아내는 작업이며, 모두가 진심으로 하나가 되는 교류가 있고 나서야 성립할 수 있는 것이다. 이러한 것들은 '회합의 장'에 대해 그 준비과정에서 시민과 직원이 얼마나 배울 수 있었는가에 초점을 맞춘 평가가 되기도 한다.

「♪ 향토를 부흥시키는 기쁨도 공민관 회합의 장에서~ ♪」: '회합의 장'의 미래

2002년이 되어 제7회 '회합의 장' 개최를 향한 노력이 시작되었다. 올해는 기획실행위원회의 개최 전 준비모임(전년도 모임기획실행위원 6명과 직원 7명으로 구성)을 조직하여, 지난 6회까지의 '회합의 장' 실시를 돌아보고 새로운 과제에 대해 구체적인 개선안을 검토하여, 그에 관련한 회의를 실시하게 되었다. 특히 조직과 회의의 자세, 또 분과회의 계속성 문제와 관련하여 분과회의 내용 및 설정방법에 대한 검토를 추진하였다. 그에 근거하여 제1회 기획실행위원회는 분과회의 실시와 모임 전체의 개요 등에 대해 준비모임에서 제안한 새로운 형태로 진행되었다. 그리고 기획실행위원회에 참가하는 사람들 또한, 분과회를 중심으로 토의·운영하는 형태로 바뀌어 가고 있다. 그러나 기획단계로부터 공모를 통한 주민참가를 위해 노력하는 가운데, 시민과 직원이 얼마나 배울 수 있는가 하는 시점에서의 사업실시에 대해서는 앞으로도 잊지 말아야 한다고 생각한다. 왜냐하면 그것이야말로 '회합의 장'의 충실한 발전을 보장하는 것이며, 그를 소홀히 하면 '회합의 장'은 허울뿐인 사업으로 전락하고 말 것이기 때문이다.

매년 '회합의 장'을 완성해가는 과정을 통해 '공민관은 우리 생활에 있어 그 무엇과도 바꿀 수 없는 소중한 곳'이라는 사실을 실감하고, 그것을 자신만의 말로 이야기해 주는 시민이 한 명이라도 늘어가기를

📷 공민관 회합의 장

우리 직원들은 바라고 있다. 또 그와 함께 제6회 '회합의 장'의 개최 행사로 강당 전체에 울려 퍼졌던 "공민관의 노래", '♪ 평화의 봄, 새로이 향토를 부흥시키는 기쁨도 공민관의 모임에서～ ♪'라는 선배들의 말처럼 이 '회합의 장'으로부터 시민 스스로가 마을 만들기의 주인공, 마을 만들기의 담당자가 되기 위한 학습을 창조하여 그 학습을 토대로 지역을 더욱 풍요롭게 만들어 나가려는 시민들의 활동이 공민관을 거점으로 전개해 가기를 기대하고 있다.

이시이 카즈히코(石井一彦)

공민관의 학습에서 도서관 만들기로

2002년 10월 1일 '기미쓰(君津)시립중앙도서관·지역정보센터'가 개관되었습니다. 부드러운 풀색의 도서관은 기미쓰의 자연과 함초롬히 어울리고 있습니다. 제 마음속에는 여러 가지 감상이 복받쳐 오릅니다.

저는 1965년에 시부모님이 계시는 기미쓰로 돌아왔습니다. 그로부터 38년 간, 시부모님의 병구완을 해오며 지금은 105세 어머니를 돌보고 있습니다. 그러한 생활을 하고 있던 평범한 주부가 도서관 만들기에 관여할 수 있게 되었고, 게다가 그 성과를 직접 눈으로 볼 수 있었던 기쁨을 깊이 음미하고 있습니다.

돌아보면 1972년 딸이 초등학교에 입학하여 육성회·가정교육학급·독서회 등에서 활동하게 되면서 공민관 활동의 매력에 빠졌던 것이 시작이었습니다. 1978년 당시, 신일본제철의 진출로 유입인구가 급격히 증가하는 가운데 신구주민의 융화를 학습을 통해 도모하기 위해, 공민관의 주선으로 연합부녀회와 각 동아리 등을 연결한 '어머니회'가 탄생하였습니다. 초창기 구성원의 한 사람이었던 저는 꿈을 이야기하며 함께 배우는 공민관 직원과의 만남을 통해, 평생의 친구를 얻고 기미쓰에서의 생활에 애착을 가져 인생의 거점을 찾을 수 있게 되었습니다.

1979년 시민들에 의해 '도서관이 필요하다'는 요구가 '어머니회'에 결집되어, '도서관을 생각하는 모임'이 탄생하였습니다. 기업에 의해 성장한 마을이라고 불리는 기미쓰시에서의 도서관 만들기는 21년에 달하는 오랜 시간이 걸리는 활동이었지만, 그것을 끝까지 지지할 수 있었던 힘은 '어머니회'를 조직하고 운영해 오는 가운데 얻을 수 있었다는 생각에 그저 감사할 따름입니다. 활동의 추진력이 되어주었던 뜻을 함께 하는 동료들과의 만남, 공민관 직원을 통해 배웠던 내 눈높이에서 사물을 보는 지혜, 지역에 밀착하여 착실히 전개해 온 활동 그 모두가 힘이 되었습니다.

'좀 더 적극적으로 운동을 벌였다면 단기간에 도서관을 설립할 수 있지 않았을까' 하는 이야기를 자주 듣습니다. '읽고 싶은 책은 자기가 사면되지 뭐', '도서관 같은 건 세워도 이용할 사람도 없을 걸'이라는 혹독한 소리가 들려오는 기미쓰에서 다른 시에서 행해왔던 방법을 따라 흉내를 낸다면 상당한 위험성을 안게 된 것입니다. '이렇게 재정사정이 안 좋은데도 도서관밖에 모르는 도서관중독 아줌마들'로 보는 눈들도 충분히 의식해가면서 2개월간 2만 2천여 명의 서명을 모으고, 개관에 앞서 자료비 증액을 요구하는 진정서의 제출과 의원과 행정부와의 협상 등, 한결같이 여기저기로 마음을 모으며 뛰어다닌 세월이었다는 느낌이 듭니다. 어려운 상황을 모두 해결하고 무사히 도서관이 완성되었습니다. 할 만큼은 다 했다는 느낌이었습니다. 한편, 좋은 이해자가 되어 주었던 남편도 정년을 맞아 남성의 시점에서 공민관 활동에 참가하기 시작하여, 이제는 둘이 함께 기미쓰에 대한 애착을 키워나가고 있습니다.

2002년 10월 3일 '개관을 축하하는 모임'에 모인 사람들의 환한 얼굴에 기쁨이 흘러 넘쳤습니다. 젊은이로부터 '감동했다. 기미쓰 여성의 저력을 재확인하였다. 부족하지만 우리들도 계속해서 이어나가고 싶다'는 인사를 듣고, 앞으로의 책임을 맡을 다음 세대가 이해해 주었구나하는 충족감에 마음이 뜨거워졌습니다. 꿈을 발견하고, 꿈을 키워나가는 발신기지가 될 도서관. 이곳에서 일어날 새로운 바람이 기미쓰를 변화시켜 가겠지요.

와다 타마키(和田多真喜)

제3장
주민들의 학습을 지지하는 직원의 임파워먼트

1

농촌에서의 공민관
기초다지기

1946년 7월 5일부 발간122호, 각 지방 장관 앞으로 내려온 문부성 통첩 '공민관의 설치 및 운영에 대하여'에서 문부성이 권장한 내용에 따라 시작되었던 공민관 사업이 현재에 이르기까지의 반세기 정도를 되돌아보면, 사회교육법(1948년 6월 10일 법률 제207호)이 제정되기 이전의 3년간은 많은 사람들이 이제까지의 생활을 잃고, 삶의 목표를 잃어, 일의 선악은 뒤로 미룬 채 목숨을 이어가기 위해 발버둥치고 있던 시기였다고 할 수 있다. 하지만 그러한 가운데 일부 사람들이 초등학교의 강당, 재봉실, 마을 집회소, 신사나 절의 큰 방 등에 공민관 간판을 달아(일부 지역에서는 신축이나 시설이전 등으로 마련된 전용공민관에서) 지역의 새로운 질서를 만들고 빠듯한 생활 속에서도 무엇이든 해보려는 마음으로 모임을 가지고 자치활동을 시작하던 시기이기도 하였다.

또, 법제를 개정하는 법률(1959년 4월 30일 법률 제158호)에 의해 사회교육법이 대폭 개정된 이후 지금까지는 고도경제성장 속에서 대형 공민관이 연이어 건설되고, 직원 수도 증가하여 공민관이 큰 발전을 이룬 시기라 할 수 있다. 그러나 일부에서는 공민관의 관청화가 진행되면서 직원의 근무 햇수가 줄어들고, 사회나 주민의 생활 변화에 따라야 할 운영이나 사업 등의 개선이 전혀 이루어지지 않고 있는 것은 아니냐는 우려의 목소리도 들려오고 있다.

특히 최근 몇년 간 사회의 변화, 생활의 변화에 따라 새롭게 일어나는 지역문제, 생활문제에 대처하기 위해 지역 행정기구에도 새로운 조직·기구가 설치되었으나, 공민관은 그 조직들의 사업과 중복되지 않도록 신경을 써 가며 지역과제나 생활과제 해결을 위한 사업을 추진하려는 노력을 피하고 있는 것처럼 보이기까지 한다. 그러나 공민관은 본디, 행정사무를 처리하고 있는 조직과 충분히 제휴하여 과제를 해결하기 위한 주민의 학습을 촉진하는 기관이다.

이제 주민의 행복을 위해 공민관은 지금부터 어떻게 해나가야 할지, 냉정히 생각해 보아주기를 바란다. 그러한 의미를 담아 1949년의 사회교육법 제정에서 1959년의 사회교육법 대개정까지의 10년간에 대해 '농촌에서의 공민관 기초 만들기'라는 제목으로 펜을 들고자 한다.

공민관 시설

1949년 사회교육법이 제정되어, 그 후 공민관 설치가 급속히 진행되고 있다. 치바현의 예를 보아도, 1950년에 26%에 불과하던 공민관 설치율이 1952년에는 45%로 급증한 사실이 『치바현공민관사(치바현 공민관 연락협의회 발간, 1985. 3)』에 기록되어 있다. 지역재정은 여전히 궁핍한 상태였지만 전후(戰後)의 혼란이 수습될 조짐을 보이고 평화조약의 체결 등도 이루어져 향토의 재건에 대한 의욕이 솟아나던 시기였다.

이즈음, 치바현의 사회교육과에서는 공민관에 대한 이해와 공민관 설치의 촉진을 위해 홍보 슬라이드를 10편 정도 제작해 사회교육과의 담당직원이나 교육청출장소의 사회교육주사가 지역을 순회하며 상영하였다. 1950년부터 1951년에 걸쳐 치바현 공민관 연락협의회가 결성된 후에는 지역 간의 상호교류도 시작되어 공민관설치를 위한 환경이 조성되어 갔다.

주민들이 여러 가지 형태로 기부금을 모아 공민관건설을 위해 기부하는 등 자신들의 의사를 표현하여, 그를 발판으로 어려운 재정이지만 어떻게든 공민관을 건설하려 애쓰는 지역도 나타나기 시작했다. 그러나 주민과 행정 직원이 가진 열의나 의욕의 차이에 의해 그 시설은 다양한 형태를 띠어, 대형의 훌륭한 시설을 신축한 곳도 있는 한편 시정촌(市町村)합병에 따라 불필요해진 청사를 개조한 시설도 있고, 사회교육법제정 이전 마을회관에 공민관 간판을 달고 있던 것을 법률제정 후 조례에 따라 정식 공민관으로 개조한 곳도 있었다. 문부차관의 통첩 '공민관의 설치 및 운영에 대하여'에는, 공민관은 정(町)와 촌(村)에 설치하는 것으로 도시에서는 전문시설이 그 고유의 기능을 발휘할 수 있도록 공민관은 따로 설치하지 않는다고 명시되어 있으나, 사회교육법의 '공민관은 시(市)・쵸(町)・촌(村)에 설치한다'는 조항에 따라 도시에 대형공민관과 소형의 지구공민관이 만들어지기 시작한 것도 바로 이 즈음이다.

이처럼 다양한 형태의 시설들에 대해 독립・병설 공민관으로서 일률적인 보고가 이루어지고 있었기 때문에, 이 시기의 시설통계를 현대의 감각 그대로 파악해서는 안 된다고 할 수 있겠다.

공민관설비

공민관이 하나 설치되면 교육기관으로서 일단 책상과 의자가 갖추어진다. 그 다음에는 무엇을 해야 할 지 잘 모르기 때문에 설비나 비품은 아무것도 없다. 전례가 없는 시설의 탄생에 시행착오를 피할 수 없다.

이럴 때 요리강습에 대한 계획이 나오면, 우선 참가희망자와 강사의 모임을 가져 어떠한 요리를 배울 것인가를 정해 필요한 도구는 참가자가 분담해서 가져오게 된다. 개중에는 손수레에 솥과 아궁이를 싣고 오는 사람도 있다. 그런 와중에도 즐겁게 학습을 진행한다. 거기에 섞여 직원도 학습하게 된다.

합창부를 시작하게 되었으나 악기가 없다. 초등학교에서 오르간을 빌리기로 하여 학교 수업이 없는 토요일 저녁, 공민관 직원이 손수레를 끌고 학교에 가 오르간을 실어 온다. 그리고 월요일 아침 일찍 반납하러 간다. 그렇기 때문에 일주일에 한 번 있는 토요일 저녁을 기다릴 수 없어 한 주에 두 번 실시하면 좋겠다는 요구에도 응할 수가 없었다.

또, 마침 모직의 기계화가 진행되기 시작하던 시기로 청년학급생으로부터 기계모직을 배울 수 있는 학급의 필요성이 대두되었다. 공민관에는 기계도 기계를 살 수 있는 돈도 없다. 모직기계 판매업자와 상의한 끝에 일 년간 무상으로 기계 20대를 빌리게 되었다. 놀라기도 하고 기뻐하기도 하면서 마침내 수예부를 개강할 수 있었다.

공민관도 그곳에서의 사업도 전례가 없었던 탓에 설비가 없으므로 어쩔 수 없다고 생각하면 아무것도 시작할 수가 없는 상황이었다. 힘들지만 일단 시작하에 주변의 이해를 구하고 인정받았다. 일 년을 기다린 끝에 추가예산으로 멋진 오르간을 갖추고, 모직기계는 아가씨들이 그토록 열심히 하고 있는데 1년 만에 그만두게 하는 것이 가엾게 느껴져서 부인회가 기부금을 모아 대여하고 있던 기계를 사들여 공민관에 기부해 주었다.

요리교실의 경우에도 부인회에서 기부금을 모아 마을에 기부하는 형태를 취해 훌륭한 건물이 증축되고, 아궁이와 부엌도 개선시범시설로서 정비되었다.

사용하지 않던 고물 영사기를 빌려 수리한 후, 손수레에 실어 부인학급과 육성회좌담회에서 영상 토론을 실시한 필름을 상영하며 돌아다니자, 우리들이 쓰는 영사기니까 라며 마을 조직에서 기부금을 모아 새로운 16㎜영사기를 공민관 비품으로 마련해 주었다.

청년학급의 벼농사 연구를 위해 청년단이 경작하고 있던 마을 소유의 논을 빌리고, 특산물 재배 연구를 위해서는 농가에서 밭을 빌렸다. 청년들의 학습활동에 대해서는 모두가 호의적이었다.

주민과 함께 활동하는 공민관, 그를 위해 설비와 비품이 필요하다는 사실도 그 사업내용에 대해서도 말로 설명하는 것이 아니라 일단 사업을 실시하여 이해를 얻는 방법이 개척기 공민관의 자세였던 듯하다.

공민관 직원

공민관이 독립된 건물을 가지게 됨에 따라 그곳에 상근 직원이 배치되기 시작하였다. 당시 도시의 대형공민관에서는 이미 그 해의 대학졸업자가 전문직원으로서 채용되고 있었으나, 소규모의 공민관에서는 청년단, 부인회 등 사회교육 관계단체에서 열심히 활동 중인 사람이나, 사회교육에 열의가 있는 사람이 주변의 기대에 의해 채용되는 경향이 있었다. 대개 이러한 직원들은 공민관 일을 하기 위해 채용되었다는 자각 아래 근무하게 되므로 다른 직장으로 이동하리라고는 생각지도 않고 공민관의 충실한 사업전개와 주민의 일에 대한 정열적인 관여가 가능하였다. 그리고 모두 근무횟수가 길어 지역 실태를 충분히 파악하고 다양한 경험(실패경험을 포함하여)을 쌓아오는 가운데, 사회교육에 관한 식견과 지식, 기술을 몸에 익혀 전문직원으로서의 능력을 발휘하며 일을 해 왔다고도 할 수 있다.

1959년 사회교육법이 제정되기까지는 법률에 공민관 '주사'라는 직함이 보이지 않으나, 법 개정 전에 이미 '공민관주사'라는 직함이 사용되어 전문직 대우를 받아온 것으로 보인다.

공민관장은 사회교육법에 공민관에 반드시 배치되어야 하는 직원으로 명시되어 있으나, 처음에는 일부 시에 전임 상근관장이 배치된 것 이외에는 거의 비상근위촉관장이 시정촌(市町村)장이나 교육장 등을 겸임하고 있었다. 위촉관장의 대부분은 교직경험자로 주변의 존경을 받고 있어, 기초를 다지는 시기였던 공민관에 있어서는 오히려 이쪽이 유효하였다. 그 이유로는 다음과 같은 것들을 들 수 있겠다. ① 주민이 공민관을 신뢰할 수 있어 안심하고 활동하였다. ② 대외교섭에 유리하였다. ③ 운영방향을 잡는 데에 중요한 역할을 다할 수 있었다. ④ 관장직에 인건비가 들지 않아 활동적인 젊은 직원을 증원할 수 있었다. 현재의 시점에서 보면 공민관의 성격상 이의가 있을 수도 있고, 일본적이라는 평가를 받게 될 지도 모르겠지만 당시로서는 꼭 필요한 사항들이었다.

공민관 운영심의회

사회교육법에 공민관 필수부속기관으로 지정된 공민관 운영심의회도 얼마간은 법 제정 이전에 존재하던 공민관 위원회의 형태를 그대로 유지하고 있었다. 직원이 적은 공민관에서는 직원의 협력으로 역할을 분담하여 사업을 실시하였다. 위원이 없으면 사업추진이 불가능하기 때문에 심의회는 매달 개최되었다. 그리고 사업뿐만 아니라 공민관 건설, 직원 증원, 설비 증설, 예산 획득 등 모든 면에서 중심적인 역할을 맡아 강력한 추진모체로서 존재하고 있었다.

위원은 학교장이나, 교육, 학술, 문화, 산업, 노동, 사회사업 등의 단체·기관에서 공민관의 목적달성에 협력할 대표자, 학식경험자로 구성하고, 그러한 학식경험자로서 시정촌(市町村)장이나 공무원, 시정촌(市町村)의회 의원도 그 지위를 자격으로 인정받아 위원으로 위촉받을 수 있게 되었다.

시정촌(市町村)장이 위원으로 활동한 적이 있긴 하지만, 예산요구나 심의 등에서 곤란한 일이 많아 오래는 지속되지 못하였다. 의원이 위원으로 활동한 경우가 많았던 듯하다. 선임방법에 따라서는 무엇이든 가능한 존재였다.

사회교육위원이나 공민관 운영심의회위원 모두 법률에 보수 및 급료는 지급하지 않는다고 정해져 있어 예산이 없어 회의를 열 수 없게 되는 일도 없고, 예산 관계로 회의를 열어야만 하는 일도 없다. 확실히 관장과 위원의 의사에 의해 결정되는 일이었다. 그러나 직원이 충실히 활동하여 사업에 있어 위원의 손을 빌리는 일이 적어짐에 따라, 직원은 심의회나 그 준비보다 사업을 실시하는 쪽에 힘을 쏟게 되고, 위원도 사업으로부터 멀어져 자신이 책임을 맡고 운영하고 있는 공민관이라는 의식이 점점 옅어져 갔다. 그러면서 연간 12회였던 정기 모임이 10회로 줄고, 8회로 줄어든 곳도 있다고 한다.

공민관 운영심의회의 노력으로 직원이 증원되고, 여론을 고조시켜 공민관의 기초가 만들어져야 할 시기에 공민관 운영심의회와 직원 사이에 거리가 생겨났다는 사실은, 당연한 일인지는 모르겠지만 상당히 아쉬운 일이다. 지금 돌아보면 혹시 직원에게 교만한 마음이 있었던 것은 아닌지 하는 생각까지 든다.

공민관 사업의 예

전후(戰後)의 혼란 속에 목숨을 이어가는 일이 전부였던 생활이 일단 수습되면서, 그 때까지는 이상에 불과했던 민주주의의 보급과 생산의 향상, 생활개선 등의 과제가 현실적인 목표로 부상하기 시작하였다.

(1) 부인학급

민주주의의 보급을 위한 구체적인 과제로 대두되었던 것이, 먼저 부인의 지위향상을 중심으로 한 가족 구성원 간의 관계개선 및 부인의 노동 경감이었다. 그리고 그것이 아이를 둘러싼 가정환경의 올바른 자세로서 생활개선(부엌이나 식생활의 개선 등)으로까지 이어지도록 하기 위해 부인학급을 중심으로 학습이 전개되었다.

부인학급은 공민관과 부인회의 합동 사업으로, 부인회 임원을 대상으로 지도자강습회와 사전 회의를 겸해 실시하는 중앙공민관의 중앙부인학급과, 일반회원을 대상으로 회원이 모이기 쉬운 마을의 집회소나 회원의 가정 등에서 소집단으로 실시하는 마을 부인학급이 있었다. 주민의 가까이에서 행하여지는 마을 부인학급은 억측이나 소문에 의한 불안도 적고, 회원의 가족이나 지역민의 이해를 얻는 데에도 큰 역할을 해냈다.

학습방법은 토의(상의)에 의한 학습을 중심으로, 영화나 방송을 이용하여 영상 토론회 형식으로 진행되는 경우가 많았다. 토의에 의한 학습은 주민의 행동을 촉구하고 생활을 바꾸고 지역을 바꾸어 나가는 데에 효과가 높은 방법이나, 숙달되기까지는 어디선가 꼭 문제가 생겨 진행이 지체되기 마련이었다. 이 학습법에서 일어나기 쉬운 문제와 그 원인에 대해 적어두고 싶지만 지면적인 여유가 없을 듯하다. 어쨌든 토의에 의한 학습을 연습하는 프로그램과 토의에 의한 학습 프로그램은 따로 실시해야만 한다는 사실에 대해 통감하게 되었다.

토의에 의한 학습은 현(県) 교육위원회 성인교육계나 지방출장소의 사회교육주사, 학교 교장 등 지역의 지식인, 부인회 중앙간부 등이 지도자, 조언자로서 지도를 맡아왔다. 건강, 육아, 영양, 조리, 부엌과 아궁이의 개선 등 특정 전문분야의 사업에 대해서는 현 보건소의 보건원, 영양사, 현 생활개량보급사무소의 생활개량보급원이 언제나 지도를 맡아 주었다. 어디서든 그러한 일이 당연하게 받아들여져 행정 간의 울타리에 구애 받거나 하는 일은 없었다.

당시는 모든 조직이 그다지 크지 않았기 때문에 단독으로 활동하는 것보다 다른 조직과의 제휴 속에서 각자의 임무를 수행하는 쪽이 더욱 효율적이라는 사실을 행동을 통해 이해하고 있었을 것이다.

(2) 생활개선운동

민주주의의 보급을 중심으로 한 부인학급에 대하여 이미 서술했으나, 생활개선사업의 또 하나의 핵심은 피폐한 경제의 재건과, 인습의 타파를 목표로 하는 관혼상제의 간소화였다. 특히 결혼식 도구와 신부의상을 행인이나 구경꾼에게 보이며 행진하고, 손님들이 교대해가며 삼일 밤낮으로 연회가 계속되는 결혼식과, 그 정도까지는 아니지만 결혼식에 준하는 규모로 벌어지는 7살 축하제의 간소화는 공민관의 중요한 사업으로 추진되었다.

이 사업은 자치회 대표들이 모여 몇 번이고 모여 상의한 끝에, 공민관을 중심으로 지역전체의 주민조직에서 추진하기로 하였으나, 구체적인 사업의 중심이 되어 도와 준 것은 역시 부인회였다. 피로연의 요리 품목, 술의 양, 답례품, 부조금의 상한 등을 상세히 정하고, 결혼식과 피로연을 공민관에서 행하거나 결혼의상을 공민관에서 준비하여 빌려주는 경우도 있었다. 의뢰가 들어오면 사회자 등의 역할도 맡아, 결혼식 때마다 관장도 직원도 상당히 바빠졌다고 한다.

7살 축하제는 현재 시치고산(七五三) 축제라는 명칭으로 각지에서 행해지는 축제 중 하나이지만, 농림어업을 생업으로 하는 지역에서는 대부분 이 축제를 중심으로 하고 있었다. 어린이와 옆에서 도와주는 어른이 화려하게 정장하여 신사를 참배하고 신사 앞에서 구경꾼에게 돈이나 물건을 걷는 관습을 개선하여, 공민관에서 합동 7살 축하제의 행사와 잔치를 열게 되었다. 잔치에서 시간을 보냄으로써 가정에서 연회를 벌이는 시간을 단축시키는 것도 숨겨진 계획 중의 하나였다.

생활 상의 문제를 찾아 주민 스스로 생각하는 학습을 이끌어내고 생활을 변화시켜 가는 일은 물론 공민관 직원의 보람이었으나, 상당히 험난한 과정이기도 하였다.

(3) 청년학급

청년학급은 '근로청년을 대상으로, 실제생활에 필요한 직업 및 가사에 관한 기능을 터득하게 함과 동시에, 일반적인 교양을 향상시키는 것을 목적으로 지역에서 추진하는 사업'으로 1953년의 청년학급진흥법(1999년 폐지)의 제정을 기다릴 것도 없이 이미 각지에서 진행되고 있었던 사업이다. 1952년에는 이미 치바현의 186개 시정촌(市町村)(63%)에서 청년학급을 개설하고 있었다는 기록이 있다. 문부성(1951년부터), 치바현 교육위원회(1952년부터)의 연구지정청년학급도 존재하였다.

농어촌에서는 공민관이 단독으로 실시하는 특별활동(동아리활동)과 청년단과 합동으로 실시하는 마을학급, 여성학급이 있었다. 특별활동은 문학, 음악, 서예, 꽃꽂이, 수예 등 예술문화에 관한 동아리, 유도, 검도, 탁구, 배구 등의 체육관계 동아리, 농업, 어업, 축산업, 부기·주산 등 산업관계의 동아리, 정치·사회·생활 등 사회동아리 등이 운영되고 있었다.

마을학급은 생산 증대와 품질 개량 등의 학습 및 연구를 중심으로, 수강생의 자기학습을 위한 노력이 각지에서 이루어졌다. 치바현 교육위원회는 이러한 모습을 기록영화 '구름 아래의 갈대(흑백 20분·1954년 제작)'로 남기고 있다. 그 가운데에는 삼륜자동차의 운전과 수리 기술이

특히 인기가 많았고, 산업, 생활 관련의 일반교양 학습도 진행되었다.

여성학급은 가사 학습을 중심으로 생활개선, 요리, 양재, 옷맵시, 꽃꽂이 등의 내용을 수강생의 희망에 맞추어 실시하였으나, 젊은 여성들의 도시로 나가려는 욕구가 커져감에 따라 도시생활과 농어촌생활 쌍방을 의식한 내용을 편성할 필요가 있었다.

현의 농업개량보급원, 생활개량보급원, 학교 교장 등 교직원, 지역 지식인·기술자 등의 자원봉사자, 청년단본부임원 등이 지도를 맡아주었으나, 학급 수가 많은데다 매주 실시되는 경우가 많아 지도자의 수고에는 머리가 숙여질 정도였다. 특히 겨울 밤 등에는 가슴 아플 정도로 힘든 일도 많았던 것이 기억난다.

다카하시 쿠니오(高橋邦夫)

제3장 **2** 주민들의 학습을 지지하는 직원의 임파워먼트

역시 너무 좋아,
공민관의 일

사회교육에 뛰어들기, 공민관은 없었지만

사회교육 관련 일을 하고 싶었던 나는 사회교육주사를 모집하고 있던 나라시노(習志野)시에 취직했다. 38년 전인 1964년의 일이다. 당시의 사회교육과는 바로 그 전 해에 계(係)에서 과(課)로 바뀌어, 아직 공민관이나 도서관 등의 시설도 갖추어지지 않은 상태였다. 때문에 사회교육과에서는 사회교육행정에 공민관 등 교육기관에서 해야 할 사업까지 도맡아 실시하고 있었다.

공민관이 없었으므로 주민의 학습은 학교를 빌려 개설한 성인학교나

가정교육학급 등을 통해 이루어지고 있었다. 스쿠터를 연습하여 그 장소까지 가보려고 하였으나 짧은 내 다리로 스쿠터는 무리라는 것을 깨닫고 그만두었다. 청년학급은 유치원이나 지역 집회장을 빌려 진행하였다. 밤에는 그 즈음 생기기 시작한 청년 동아리를 응원할 생각으로 찻집에서 이야기를 나누거나, JR(당시에는 국철) 쓰다누마(津田沼)역 뒤편의 내 하숙집에서 술을 큰 병으로 사놓고 회의를 하기도 하였다.

사회교육 일을 한 지 3년째, 여성문제(그 즈음에는 부인문제라 부르고 있었다)에 대해 학습하게 되었다. '여성의 삶의 자세'가 연간 학습 주제로, "여성의 삶의 자세", "주부란 무엇인가", "여성의 역사", "나의 역사"라는 각 장으로 나누어 4~5회의 프로그램을 통해 학습을 진행하였다. 이 '여성의 삶의 자세'에 대한 학습은 강의 위주의 교양주의학습으로 만들고 싶지 않다는 생각이 있었다. 그래서 "여성의 삶의 자세"에서는 결혼에 대해 이야기를 나누거나, '짐수레의 노래'라는 영화를 보고 영상토론회를 하거나 하는 활동을 도입하였다. "여성의 역사"는 역시 강의중심으로 진행할 수 밖에 없었지만, 그래도 더욱 주체적인 학습으로 불릴만한 뭔가가 없는지, 내 것으로 만들 만한 학습이 더 있지는 않을지에 대해 고민해 왔다. 그 때 "주부란 무엇인가"에 대한 강연회 강사로 와 주신 선생님으로부터 조언을 구하여 시작한 것이 바로 "나의 역사"였다. 자신의 역사라는 단어는 아직 없던 시절이었다.

"나의 역사" 학습에서는 매회 3~4명의 수강생이 <나의 역사>에 대해 발표하는 시간을 가졌다. 발표 시에는 자신이 어떻게 살아 왔는지에 대해 깊게 파고들어, 크면서 가장 큰 영향을 주었던 것은 무엇인지,

예를 들면 출생이나 결혼, 전쟁과 같이 자신과 깊은 관련을 가진 사건을 조사해 보는 활동이 요구되었다. 발표한 내용은 그 학급 내에서만 거론하고, 다른 곳으로는 누설하지 않기로 모두가 약속하였다. 적나라하게 이야기하지 않아도 괜찮으니 무리하지 않는 범위 내에서 이야기하자는 분위기였다. 그리고 듣는 쪽의 수강생은 이야기한 사람에게 질문을 던져 <나의 역사>를 심화시켜갔다. 예를 들어 "만남"이라는 주제가 있으면 그것으로 끝내지 않고, "만남"이 있어 어떤 생각이 들었는지, 어떻게 변하게 되었는지 깊이 파고든다. 그런 후에는 <나의 역사>를 사회사 연표 위에 남겨 간다. 사회와 자신의 상호연관성을 알게 된다. 사회적으로는 큰 사건이라도 어떤 사람에게는 전혀 관련 없는 일이기도 하고, 어떤 사람에게는 큰 변화를 일으키기도 한다는 사실도 깨닫게 된다.

이 학습은 지금까지의 인생을 돌아보고, 그 인생을 살아가는 자신에게 있어 중요한 것은 무엇인지 생각하는 등 주체적인 삶의 자세를 만들어 나가려는 목적을 가지고 있다. 가급적이면 객관적으로, 사회적인 사건과의 연관성을 찾아가면서. 사실 계획한 그대로 학습이 잘 진행되기만 하는 것은 아니었다. 이야기를 하는 사람도 듣는 사람도 모두 눈물을 흘릴만한 이야기가 나오기도 하고, 목가적인 풍경이 떠오르는 이야기가 나오기도 하였다. 하지만 그 후에는 금세 수강생들끼리 친해져서 자주적인 운영도 가능하게 되었다. 당시 나는 20대 중반으로 그 때의 수강생들은 나에게 있어 어머니, 언니와 같은 사람들로 이미 돌아가신 분도 계시지만 아직 서로 왕래하는 사람도 있어 인생의 선배로서 존경하고 있다.

<나의 역사>를 포함하여 '여성의 삶의 자세'에 대한 학습방법은 나에게 있어 사회교육의 원점이 되었다고 생각한다. 그 후 나라시노시에는 각 중학교구마다 공민관이 한 곳씩 설치되어 왔다. 그 중 내가 두 번째로 근무하게 된 공민관의 장수학급에서 이 학습방법을 응용하여, '자신의 역사' 책자를 만들었다. 또, 작년 동료들과 함께 청취록 『나라시노(習志野)의 여성들』을 출판하게 되었는데, 나로서는 이 일도 멀리 보면 당시의 실천이 그 뿌리가 되었다고 생각하고 있다.

공민관이 지역에 뿌리내리도록

나라시노시에 처음으로 설치된 공민관이 바로 기쿠타(菊田)공민관이다. 1971년, 당시 나는 사회교육과와 기쿠타공민관을 겸무하고 있었다. 그러나 1년 만에 사회교육과로 돌아가게 되어 본격적으로 기쿠타공민관에서 근무하게 된 것은 7년 후의 일이었다. 7년 후에 공민관에 부임해 보니, 그 사업내용이 초기에 비해 문화적・이론적으로 많이 바뀌었다는 느낌이 들었다. 회화나 합창 등 문화적인 활동도 활발하고, 여성문제・환경문제・아버지론 등에 대해 사회학적으로 접근하려는 강좌 등 현대사회의 과제와 관련한 노력이 이루어져 공민관으로서는 상당히 좋은 방향으로 나아가고 있었다. 사실, 문부대신표창을 받은 적도 있다.

그러나 또 다른 그 무언가가 필요하다는 생각이 들었다. 지역사회와 공민관을 연결할 수 있는 부분이 없을까 하고 막연히 생각하였다. 부임한 다음 해가 확실히 '국제아동의해'였던 기억이 난다. 그저 어린이를 대상으로 한 강좌는 이전에도 있었다. 학급강좌를 위해 모집한 어린이들뿐만이 아니라, 지역사회의 어린이들이 모여 동아리나 지역의 청소년단체와 함께 즐길 수 있을만한 행사를 궁리하였다. '어린이는 연결고리'라는 이야기가 있는 것처럼, 공민관과 지역을 잇는 징검다리로서 "어린이"를 점찍었다. 그리하여 '기쿠타 어린이축제'를 개최하게 되었다.

기쿠타 공민관이 있는 쓰다누마(津田沼) 지역의 어린이회나 청소년상담원 등 어린이의 건전한 육성을 바라는 단체 모두에 호소하고, 공민관 쪽에서는 걸스카우트나 어린이회화동아리, 어른 동아리나 개인과 상의하여 기획하고 운영하였다. 자유롭게 그림을 그려도 되는 방도 만들고, 일본의 대학 교수님 학생들을 데리고 와 과학을 즐기는 공간을 만들어 주기도 하였으며, 강당에서는 인형극 등을 공연하기도 하였다. 2년째에는 근처 공원도 이용하여 야구의 투구속도를 재는 등, 어린이들의 요구에 응할 수 있도록 여러 가지 구상을 실현시켜 갔다.

다만 이 '기쿠타 어린이축제'는 상당한 힘을 필요로 한다. 내가 기쿠타공민관 근무를 그만둔 후 3~4년간, '기쿠타 어린이축제' 담당자로부터 자주 "원망의 소리"를 듣곤 하였다. 나는 '상의해서 그만둬도 괜찮아요'라고 말하였다. 몇 번이나 회의를 열고 여러 사람과 교섭하면서 모두가 이해해 주기까지 시간도 걸리고, 트럭 운전 · 운반 작업까지 해야 하는 등 여러 가지 문제가 따르게 마련이라 학급강좌를 개설하는 일과는 또 다른 힘을 소비하게 되는 것이다. 그래도 그 과정이 학습이라고 할까, 살아가는 힘을 키운다고 할까, 인간관계를 만들어 간다고 할까 분명히 중요한 요소라고 지금은 확신할 수 있다. 그 후로도 주민이나 직원의 구상과 노력을 전개하여 지금까지 계속해 오고 있다. 이번 행사로 24회가 된다고 한다. 다시 말하면 24년간 계속해 왔다는 이야기이다. 이제 '기쿠타 어린이축제'라면, "평상시에는 잘 만날 수 없는 어린이들이 열광하며 참여한다"고 말할 수 있을 정도가 되었다. 최근에는 중학생들도 참가하고 있다고 한다.

나라시노시 공민관 사업의 역사를 살펴보면, 초기 단계에서 학급강좌가 중심이 되기는 하였지만 '기쿠타 어린이축제'가 지역민 모두가 참가할 수 있는 행사적인 사업의 "처음"은 아니었다고 생각한다.

시민과 함께 기획 · 운영한 강좌, 지구인 세미나

'지구인(地球人) 세미나'는 1991년에 개설되었다. 공민관 운영심의회가 보낸 '평생학습시대에 대한 나라시노시 공민관의 자세'라는 답신 중, 사업에 관한 제언에 응하여 추진한 사업이었다.

당시 6곳의 공민관(실시단계에서는 7개 공민관)의 직원이 모여, 중년이나 청년 남성도 참가할 수 있고 현대사회의 문제에 응할 수 있는 강좌, 특히 주민참가형태의 강좌를 추진하기 위해 궁리하였다. 주민참가형태의 강좌로 만들기 위해 각 공민관 직원이 시민 2~3명 정도에게 부탁하여 실행위원회(후에 공모로 선발)를 만들어 기획하고 운영하기로 하였다.

실제로 시행해보니 시민의 목소리가 강좌에 직접적으로 반영되는 새로운 형태의 강좌가 탄생하게 되었다. 내용도 정말 다양하여 세계규모의 정치·경제나 환경문제에서 교육문제, 인간의 삶의 자세, 그리고 마을 만들기까지 여러 학습이 이루어졌다. 지구인 세미나 개설 2년째에는 학습내용을 정하기 위해 실행위원 전원(시민도 직원도)이 학습요구에 대한 의견을 제시해 100위까지의 항목을 작성하였다. 그것을 크게 분류하여 항목별로 정리하고, 부회를 설치하여 그 부회에 주제와 강사, 학습방법 등의 결정을 맡겼다. 그리고 결정한 사항에 따라 매년 9~10회의 학습 모임을 가진다. 이러한 학습 모임은 교양주의에 빠지기 쉽기 때문에 내용·방법 모두 지역과 우리들의 삶에 연결시킬 수 있도록 노력하였다. 마지막 회에는 '나로부터 출발'이라는 제목으로 학습을 통해 자신이 무엇을 실천해 왔는지, 실천하고 있는지 등에 대해 토의할 시간을 가지기로 하였다. 물론 그러다 보니 자주 저녁까지 회의를 열게 된다. 흔히 말하는 '시민과 행정 간의 협력'은 역시 시간이 많이 걸린다. 그래도 그것을 금세 포기해서는 안 된다고 생각한다. 그러한 가운데 요령이 확립되어가기 때문이다.

시민실행위원 중에는 다양한 직업을 가진 사람이 많아 강사선택의 폭도 넓어졌다. 주체적인 학습과 자주운영도 '지구인 세미나'의 주요 개념 중 하나였다. 듣기만 하는 강좌로는 만들지 않기 위해 강좌시간의 반을 질문이나 의견을 이야기할 수 있는 시간으로 확보하였다. 언제나 세 시간의 강좌시간 중 반은 강의, 그리고 나머지 반은 수강생의 질문이나 의견교환의 시간으로 사용하였다. 전반부와 후반부 사이는 휴식시간으로 차나 과자 등을 복도에 두었다.

그리하여 자연스럽게 복도가 교류의 장이 되었다. 휴식시간에 차와 과자를 내놓자는 발상은 직원이 아니라 시민의 유연한 생각으로, 스태프가 많은 '지구인 세미나'이기에 가능한 일이었다. 전반부가 끝나면 질문용지를 나누어 준다. 이는 많은 사람 앞에서는 질문하기 쑥스러워하는 사람을 위한 배려로, 비슷한 질문을 모아 한 번에 대답할 수 있어 시간도 절약되었다. 휴식시간에 강사가 질문을 보고 후반부의 시작에 답변한다. 세미나가 끝날 때에는 반드시 감상 및 의견을 B6용지에 적어 제출한다. 그러면 다음에 그 날의 강의 내용(개요)과 소식을 수강생 전원에게 우송한다. 그 소식에는 당일의 분위기나 출석인수, 다음 회에 대한 통지 그리고 감상문에서 발췌한 글이 실린다. 같은 강의라도 듣는 사람에 따라 포착하는 부분이 다르다는 사실을 이해시킴과 동시에, 결석한 사람을 위해 세미나 내용을 보고하는 것이기도 하다. 이러한 작업은 시민과 직원이 함께 한다.

시민의 입장에서 이루어지는 치밀한 운영, 시민의 학습요구에 따른 내용으로 진행되는 '지구인 세미나'는 시민과의 협력을 통해서만 가능한 사업으로 시민으로부터 배우는 부분도 아주 크다. 서로에게서 배우는 가운데 25명 정도의 실행위원회의 운영 방법에 대해서도 모두가 의견을 제시하여 거기에서도 새롭게 배워나간다. 예를 들면, 세미나 당일에만 참가하는 실행위원도 그날의 흐름을 알 수 있도록 당일 책임자가 기획서를 만든다. 이번 세미나의 취지, 강사 이름, 역할분담, 진행순서, 사용하는 시청각기자재 등 학교교육의 교과과정 소개와 비슷한 것이라 할 수 있다. 이것이 있어 약 25명의 실행위원이 최종적으로 행사에 대해 확인하고, 자신의 역할을 알 수 있다. '지구인 세미나'의 취지를 살리려는 다양한 고안과 궁리는 시민과 직원이 함께하는 실행위원회 회의로부터 탄생한다. 비록 시간은 걸리지만 대화·의논은 반드시 중요하게 생각해야 할 부분이다. 그 과정을 거침으로써 좋은 결과가 나온다는 사실을 실감하게 되었다. 10년 후 '지구인 세미나'는 그 막을 내린다.

그 후, 잡지 「월간 사회교육(国土社)」에 군마(群馬)현 다카사키(高崎)시의 상담강좌 실천내용이 게재된 것을 보고 그를 참고로 실시하게 된 '상담입문강좌'. 오쿠보(大久保)공민관 관할구역 내에서 평생학습에 관여하고 있는 체육이나 복지 관련 단체, 그리고 상업이나 농업 등 각종 단체와 제휴를 맺어, 평생학습에 의한 지역사회 구축을 지향하는 '오쿠보 네트워크'. 종전 50주년이 되던 해에 전쟁과 평화에 대해 배워보고자 공모를 통해 실행위원회를 조직하여, 제2차 세계대전을 대동아전쟁이라고 부르는 실행위원에게 '여러 가지 사고방식이 있을 수 있지만, 이 강좌에서는 현재 사용하고 있는 교과서에 따라 제2차 세계대전이라고 부르기로 합시다'라고 이야기하기도 했던 '평화에 대해 생각하는 강좌' 등 기억에 남는 사업이 굉장히 많다.

그리고 지금

사회교육주사 자격을 가지고 있던 덕에 나라시노시에 취직하게 되었다. 올해(2003년) 정년을 맞아 지나온 길을 돌아보니, 4년간의 시 행정사무와 2년간의 도서관 근무를 제외하면 반 정도는 사회교육과 등 사회교육행정, 그리고 나머지 반은 공민관에서 근무하였던 듯하다. 지금 다시 평생학습상담원으로서 공민관에 돌아와, 새삼 공민관 일이 참 좋구나 생각하고 있다.

예전에 공민관 일을 하던 때에는 알아차리지 못했던 일들도 이제는 차츰 보이기 시작한다. 나이가 든 덕도 있으리라 생각한다. 당시에는 과제나 어려움이 많아 괴로웠다. 젊었을 때라 이론이나 이상만을 좇았던 것이다. 지금의 공민관에서는 고령자들이 생기있게 활동하고 있다. 94세의 남성은 독서 동아리에 매회 출석하고 있고, 고토부키(壽)학급의 수강생들은 저마다 한 두 가지의 지병을 가지고 있으면서도 기분만은 활기차게 출석하며, 휠체어를 타고 오는 수강생도 있다(덧붙여 말하면 고토부키학급은 매주 실시된다).

젊은 어머니들은 육아방법이나 동료를 찾기 위해 공민관을 이용하고 있다. 또한 공민관 축제는 동아리활동 발표의 장이 되고 있다. 최근에는 학교교육의 종합적 학습의 일환으로 학교와의 접촉이 많아져, 공민관에서 활약 중인 어른들이 학교에 초대받는 일도 생기는 등 다양한 활동이 추진되고 있다. 그렇기 때문에 지금 공민관 일을 하고 있는 직원들은 좀 더 자신을 가져도 될 것이다. 공민관의 역할을 훌륭하게 달성하고 있다고 생각한다.

내가 담당하고 있는 '인간관계를 즐기는 강좌'에서는 모두가 회를 거듭할수록 다른 사람의 이야기에 귀를 기울일 수 있게 되어, 속마음을 털어 놓으며 그 표정들이 변해 가고 있다.

나는 이론적으로는 부족하지만, 그러한 학급·강좌에서의 수강생의 변화나 동아리활동, 여러 행사 등에서의 주민의 노력 등을 구체적으로 보아 오는 가운데 점점 자신이 생겨나고 있다. 공민관의 일은 그리 쉽게 그 효과가 드러나지는 않지만, 이용자가 즐거워하고 친구를 만들고, 이웃과의 친분이 생겨 그것이 점점 발전해 가며, 또한 자기만의 모습을 찾아내고, 마을 만들기에 동참하게 되는 모습을 볼 때마다 좀 더 높은 평가를 받아도 괜찮지 않을까 생각한다. 직원의 입장에서 보면 이 책의 제목인 '주민자치와 평생 학습의 마을 만들기'에 이르기까지는 아직도 멀었다고 느끼기 쉬우나, 공민관 사업을 잘 들여다보면 거기에는 비록 작지만 구체적인 '주민자치와 평생 학습의 마을 만들기'가 분명히 존재하고 있다. 또한 늘 그 방향으로 나아가고 있다고 생각한다.

'공민관은 영원히 사라지지 않는다'라고 생각하고 싶다.

사토 리에코(佐藤りゑ子)

제3장 **3** 주민들의 학습을 지지하는 직원의 임파워먼트

시민의 학습을 지지하는
공민관 직원

학습의 도구

공민관은 주민과 함께 '내일을 향한 꿈과 희망을 키우는 곳'으로 그를 위해 모두가 지식과 힘을 만들 수 있는 장소였으면 한다. 사회교육 직원은 주민에게 있어 학습을 위한 '도구이지 기계가 아니다'라든지, 직원은 주민의 '점원이다'와 같은 이야기를 자주 해 왔다. 점원과 도구는 함께 움직이지 않으면 제 역할을 할 수 없다.

'기계'는 일정한 물건밖에 만들 수 없지만 '도구'는 그 '성능'과 '사용하는 사람의 역량'에 따라 다양한 것을 만들어 낼 수 있다. '점원'

은 지금 주민이 무엇을 필요로 하며, 무엇을 추구하고 있는지를 묻는 존재이다. 또한 점원은 '감도' 좋은 안테나를 세워 늘 주민과 접하고 있는 존재이다. 그 '연마'는 지금 무엇이 필요한지를 알아차리기 위한 연마로, 언제라도 그를 위한 학습을 게을리 해서는 안 된다.

'성능'은 정신적·구체적인 활동을 하는 능력으로 지성적·이성적인 목적의식을 가지고 작동할 수 있을지 아닐지를 결정한다. 그를 위해 주민의 요구를 지적으로 이해하는 것에 그치지 않고 '몸'으로 습득하고 이해하려 노력해 왔다. 물론 성능도 평상시의 학습을 통해 연마할 필요가 있다. 그 학습은 '넓고 얕게'가 아니라 '넓고 깊게' 이루어져야 한다. 가는 향과 같은 학습이 아니라 피라미드와 같은 학습이 요구되는 것이다. '넓게'란 시민의 생활 속에서 발생하는 다양한 과제를 찾아 그것을 파악하는 것이며, '깊게'란 그것이 어째서 일어났으며, 그러한 요인은 어디에 있고 어떻게 하면 그 해결의 실마리를 찾아낼 수 있을지 궁리하는 것을 말한다.

공민관에서의 학습은 '과학의 주민화'를 목적으로 우수한 과학이나 문화·예술의 성과를 주민의 학습으로 연결시키는 일이라 생각하며 노력해 왔다. 물론, 학급·강좌를 기획할 때에는 벼락치기로 목차만 읽는 한이 있더라도 관련 서적을 구해 읽기도하고, 선진공민관의 실천 자료를 찾아보기도 하였다.

시민과 함께 생각하다

후나바시(船橋)시의 성인학교는 1951년부터 교육위원회에서 개최해 왔으나 공민관체제의 정비에 따라 1963년부터는 중앙공민관에서 실시하게 되었다. 중앙공민관과 사회교육주사가 몇 번이고 회의를 거듭하여, 새로운 내용과 방법으로 다시 시작하기로 하였다. 그러나 새로운 일을 시작하기까지는 불안감도 들어 주민의 의견에 귀를 기울이기 위한 '사전 회의'를 실시하였다. 1963년에 다시 학습내용 등을 개선하여 1964년 새로운 성인학교를 연 것 외에도 다양한 강좌 등을 개최하였다(나가사와 세이지(長澤成次) 편저, 『공민관에서 배운다-자기개발과 마을 만들기』, 国土社, 1998, p208 참조). 그 해에 담당하게 된 것은 청소년을 대상으로 한 '노동법강좌', '농업강좌', '경영강좌', '여성강좌' 등이었다. 직원끼리 의논하여 공민관 운영심의회에 자문을 구하고, 또 개최예정의 각 강좌별로 참가희망자와 함께하는 사전 회의를 개최하였다.

당시 공민관 운영심의회는 사회교육법 제30조에 의거해 산업과 노동계에서도 위원을 위촉받았으며, 의견을 듣는 모임에 대해서도 다양한 분야의 사람들에게 참가를 의뢰하였다. 이 사전 회의를 시작으로 몇 년간 진행해오는 가운데 준비위원회라든지 운영위원회, 기획위원회 등 명쾌한 명칭을 얻어 활동하게 되었다.

사실 직원은 시민의 학습을 지지한다기보다는 시민에 의해 지지되는 학습을 만들어 나가고 있었다. '시민에 의해 지지받는다'는 것은 시민이 '이런 걸 한 번 해 보죠'라고 말할 수 있는 관계를 만들어 나가는 것이다. 행정 측에서 학습내용이나 강사 등에 대해 검토하던 시대에는 '준비회와 운영위원회에서 결정한 사항이므로 바꿀 수 없다'고 주장할 수도 있었다. 하지만 직원들은 시민이 지지할 수 있는 내용을 만들기 위해 늘 궁리하고, 적합한 내용으로 사업을 추진하여 풍요로운 인간관계를 완성하기 위해 노력해 왔다. 주민들은 공민관과 직원이 필요할 때면 언제나 믿고 의지하며, 요구를 말하고 그렇지 않으면 주민 나름대로의 노력을 하는 것이다.

공민관은 다양한 사람이 모이는 곳으로 '언제든 한가할 때 들러주세요'라는 자세로 지금에 이르고 있다. 개중에는 '정기적'으로 한나절씩 이야기하고 가는 사람도 있다. 그 이야기 속에서 지역의 모습과 그 사람을 둘러싼 다양한 인간관계를 포착할 수 있다. 때로는 또 이 사람인가 하고 도망가고 싶어질 때도 있지만, 여기밖에 이야기할 곳이 없을 것이라 생각하여 함께 이야기하게 된다. 그러한 모습을 "한가한" 관공서직원이 보고 '공민관에서 한가하게 수다나 떨고 있다니, 직원을 줄여라'고 하는 경우도 있지만, 이야기하러 오는 사람이 고령자일 경우에는 특히 소중하게 생각하고 있다.

'수다' 속에는 공민관 사업으로 이어나갈 만한 내용이 많이 들어있다. 방문자의 이야기에 귀를 기울이는 것으로 그치지 않고, 밖으로 나가보면 공민관에서는 듣기 힘든 이야기까지도 들을 수 있다. '수다' 속에는 다양한 시사문제가 있고, 여러 방향으로 발전할 수 있는 듣는 사람 나름의 가능성이 있다. 들은 내용을 더욱 심화시켜 갈 수 있는 힘이 필요하다.

공민관 사업에 대해 직원으로서 지금 이러한 학습이 필요한 것은 아닐까 고민하고, 준비회 등을 심화시켜 진행해 간다.

시민이 제시한 '이런 걸 한 번 해 보죠'라는 요구를 바탕으로 추진하게 되는(주민의 의뢰에 의한) 사업도 있다. 의뢰에 의한 경우 공민관 측에 예산이 없을 때는 서로 분담하기도 한다. 공민관에는 대상별, 과제별 사업과 '지역사회 전체'가 참가할 수 있는 사업, 공민관 사업 참가에 대해서는 생각해 본적도 없는 사람까지도 참가할 수 있는 사업이 필요하다. 그리고 그를 위해 직원은 늘 머릿속에 생각할 "틈"을 가져야 한다.

공민관이란 무엇인가

'인격의 완성을 목표로, 평화적인 국가와 사회의 건설자로서 진리와 정의를 사랑하며…'(교육기본법 제1항)가 바로 교육의 목적이다.

'인격의 완성'이란 교육의 보편적인 본질로서, 인간 개인의 존엄과 유일성을 키우고 개인을 권리의 주체로서 발달시켜 가는 행위이다. 그것은 비단 학교교육뿐만이 아니며, 성인들 역시 스스로의 발전이 삶의 보람이 되어 그와 동시에 사회적으로도 공헌하고 싶다는 소망을 가지고 있다. 공민관은 그 소망을 이루기 위한 노력의 하나라고 할 수 있겠다.

평화롭고 여유롭게 살아갈 수 있는 사회에 대한 바람은 인간 공통의 것이다. 여유롭게 살아갈 수 있는 사회란 의식주가 충족되는 것 이상으로 스스로의 감성이나 이성을 풍요롭게 하고 싶다는 바람, 그것을 표현하고 있는 문화를 향유하고 창조하고 싶다는 바람 등 문화를 즐기고 싶어하는 인간 공통의 소망을 실현시켜 주는 사회를 말한다.

문화는 태어나면서부터 갖추고 있는 것이 아니라 성장에 따른 학습을 통해 이루어지는 인간의 정신적 활동의 소산으로, '사람과 사람의 마음을 잇는 것', '인간이 풍요로워지기 위한 모든 것'이라고도 일컬어진다. 예술을 중심으로 마음의 움직임을 풍요롭게 해 주는 문화는 앞으로도 그 중요성이 점점 부각될 것이다. 따라서 점차 예술·문화에 강한 직원이 필요하게 되리라 생각한다.

사회교육이 '과학의 주민화'를 추구한다는 말에는 과학의 성과를 주민에게 '보급시킨다'는 의미와 함께 학습의 수준을 '높인다'는 의미도 들어있어, '입문'부터 '고도(전문적)의 학습'의 장까지 모두 필요해진다는 이야기가 된다. 따라서 이제 다시금 '공민관 3층이론'에 대해 생각해 볼 필요가 있다.

그 첫 번째는 주민 교류의 장으로서의 기능이다. 공민관은 '자유마당'으로 개방되어 사람들간의 교류가 행해지는 곳이다. 그곳에는 책과 자료, 학습이나 동아리활동 등의 정보도 있다. 상담요청에 응해주는 의지할만한 직원도 있다. 요즈음은 교류의 기회와 장소를 찾고 있는 사람이 늘어, 다양한 상담에 응해줄 수 있는 직원이 필요하다.

두 번째로는 다양한 동아리나 조직 활동을 자유롭게 할 수 있다는 점이다. 그를 위한 설비와 비품을 준비하여 단체간의 상호교류를 돕고,

그 요구에 응해 단체 활동을 위한 조언을 해 주는 등 외톨이로 지내던 사람들을 연결해 갈 수 있도록 동료 만들기를 돕는 것이다. 그리고 여러 동아리의 활동을 격려하며 인원이 적은 동아리나 신생 동아리를 배척하지 않는 자세가 필요하다.

마지막으로는 사람들에게 있어 '우리들의 대학'으로서 다양한 학습의 장을 준비하는 것이다. 학습내용은 초보적인 것, 친근한 것에서부터 전문적(고도)인 내용까지 다양한 요구에 맞춰 주민과 함께 만들어 나갈 것. 학습을 통해 얻은 것을 어떻게 하면 잘 살려나갈지 참가자끼리 생각할 수 있는 기회도 필요할 것이다. 이처럼 주민을 위한 '마당'과 '자유로운 활동의 장', '우리들의 대학'으로서의 기능을 확립해 나가는 자세가 직원에게 요구되고 있다.

공민관은 그 직업도 생활모습도 모두 다른 사람들이 '자연스럽게 연결되는 곳'을 목적으로 자유롭고 평등하게 이야기하고 그를 통해 자신과 사회, 그리고 자연과의 관계에 대해 다시 한 번 생각해 보는 장이기도 하다.

① 건강하고 안전한 삶을 살고 싶다. ② 좀 더 여유를 가지고 풍요롭게 생활하고 싶다. ③ 사람으로서 가지고 있는 여러 능력을 신장시키고 싶다. ④ 좀 더 자유롭고 싶다. ⑤ 사람으로서 똑같이 인정받고 싶다. ⑥ 이러한 소망을 모두와 함께 실현시키고 싶다.

이 모든 것들은 평범한 생활속의 소망이라 생각한다. 학습은 주민 모두가 평범한 생활을 영위할 수 있도록 일상의 과제 중 많은 사람들이 관심을 쏟고 있는 것이나 비록 지금은 관심을 가진 사람이 적지만

주민에게 꼭 필요한 것 등, 다양한 요구를 불러일으키고 그것을 조직화
해 가는 과정이다. 때로는 '실마리 역할'을 맡아 작은 불씨에 바람을
불어넣어 커다란 불로 키우는 일도 필요하다.

사람들은 전생에 걸쳐 기쁨, 고통, 슬픔, 분노 등 다양한 감정을
경험한다. 그렇기 때문에 좀 더 인간답게 살고 싶고, 마음에 꽃을 피우고
싶어 그를 위한 지식과 정보를 절실히 추구하고 있다. 또한 이때 가족
구성원들의 행복한 생활은 가정만의 책임이 아니므로, 지역이나 사회와
떨어져서는 이룰 수 없는 경우가 많다. 개인이 보다 강하게, 보다 크게
성장하는데 도움을 주기 위해 일도 생활도 전혀 다른 여러 사람들과
함께 이야기를 나누고, 즐기며 활동을 통해 배울 수 있는 하나의 장소로
서 공민관에 거는 기대가 크다.

직원의 임무

내 마음 깊이 항상 새겨져 있던 것은 공민관은 그 시설도 직원도
누군가 이용해 주지 않으면 아무 "필요" 없는 곳이라는 사실이다. 사회
교육법 20항(공민관의 목적)과 22항(공민관의 사업)에 따라 주민이 마음
놓고 이용해 주었으면 하는 마음이지만, 물론 그렇지 않은 사람들도
온다. 지역에서 공민관이 어떻게 성장해 왔는가에 따라 조금씩 달라지
기는 하지만 흔히 '점원'으로서 할 수 있을 만큼 요구에 응하게 된다.
'그 공민관은 주민의 의견을 잘 들어준다'는 이야기를 들을 정도가

되면 지역민과도 좋은 관계를 맺을 수 있다.

직원에게는 스스로 대처하고 싶은 과제를 갖는 자세가 필요하다. 그것은 스스로의 성장 정도와 학습, 사회의 동향 등에 따라 바뀐다. 공민관 초창기의 청년들과 함께 하는 학습 모임에서 시작하여 성인의 학습, 아이의 성장이나 어머니 본인의 생활과 관련된 유아교실, 어린이 문화·성장, 공해문제, 마을 만들기, 그리고 오늘날의 복지에 이르기까지 학습과제나 관심사도 점차 바뀌어 왔다. 또 그것이 사회의 흐름이기도 하였다. 학습과제를 설정할 때나 실행위원회에서 상의할 때마다 사회의 움직임과 지역민의 생활 등을 고려하며 이야기해가는 가운데, 이 사업(강좌)은 ① 주민의 요구에 응할 수 있는가, ② 주민의 학습과 함께 동료 만들기가 잘 이루어질 것인가, ③ 수강생들이 수료 후에도 공민관에 와 줄 것인가, 새로운 사람을 데리고 와 줄 것인가와 같은 여러 가지 문제를 신경 쓰곤 하였다.

공민관 등에서 함께 배운 내용이 지역사회를 위해 잘 활용되기를 항상 소망해 왔다. 때문에 스스로의 학습과 그 반영으로서의 학급·강좌의 내용이 주민에게 있어서는 어떠한 의미였는지 공민관 스스로가 그 "점검·검증"의 장을 만들기 위해, 그리고 많은 주민이 "즐거운" 자주적 학습의 장에 참가할 수 있도록 하기 위해 노력해 왔다.

물론 학급·강좌의 준비모임이나 운영위원회에 참가함으로써 자연스럽게 여러 가지 의견을 듣게 되지만, 거기서 그치지 않고 사업시행의 울타리 밖에서 전체 자치단체의 사회교육, 공민관, 직원의 임무 등에 대해 주민과 함께 생각해 보는 기회를 만들기 위해 노력하였다. 이러한 노력의 하나가 바로 '교육을 지키는 협의회' 활동으로, 그 지역의 '교육간담회'나 학급·강좌의 참가자, 동아리 등 여러 단체나 개인에게 참가를 부탁하여 '사회교육간담회' 등을 기획하게 되었다. 이 행사에서는 행정에 의한 학습내용이나 강사의 검토 등 사회교육행정과 공민관에 대한 다양한 의견이 제시되어, 참가자와 함께 사회교육의 방향성을 찾고 현재로서 가능한 "지름길"도 생각해 볼 수 있는 좋은 기회였다. 그러한 노력 속에서 공민관 사업의 발전 및 심화도 이루어지리라 생각한다.

학급·강좌의 참가자가 배운 내용을 지역에서 활용할 수 있기를 바라는 동시에, 나 역시 사업에 참가하여 함께 활동해 왔다. 지금도 참여하고 있는 단체가 몇 개나 된다. 예를 들면, 지역의 교육간담회 등을 여러 차례 경험해 온 사람들을 중심으로 준비하여 1974년에 발족한 '후나바시 어린이극장'(여기에는 아버지모임도 있다. 필자는 이미 '할아버지'이지만), 또 1987년 발족한 '후나바시 연극감상회' 등에는 발족 당시부터 지금에 이르기까지 계속해서 참여하고 있다. 퇴직 후 참가한 활동에서 '옛 청년'이라는 새로운 모임이 시작되거나 새로 지인이 생기기도 하였다. 또 어떤 시기에 어떤 "만남"이 탄생할까.

어린이극장 활동을 통해 어린이들이 동경하고 있는 청년, 아버지, 어머니의 모임에 참여하게 된 이상, 다음 세대에 바통을 넘겨줄 선수로서의 역할을 계속해 가고 싶다.

사쿠마 아키라(佐久間章)

제3장 **4** 주민들의 학습을 지지하는 직원의 임파워먼트

한 사람 한 사람의 배움으로
이어지는 연수의 자세

들어가기

어떤 사람은 연수라는 단어를 들으면 답답한 분위기 속에서 꾹 참고 있는 듯한 이미지가 떠오른다고 한다. 사실 나도 과거에 몇 번이고 연수에 참여해 보았지만, 대개 담당을 맡은 사람이 일방적으로 일을 처리하고 내용 역시 강사에 의한 강의가 대부분으로, 바싹 긴장하며 장시간 가만히 앉아 있는 탓에 피로를 느끼고 마는 경우가 많았던 것으로 기억한다.

연수라는 단어를 사전에서 찾아보면 '학습이나 기예 등을 연마하는

일'이라고 나와 있다. 그렇다는 것은 분명히 누군가에게 일방적으로 가르침을 받는 일은 아니라는 말이 된다. 현실적으로 많은 연수가 일방적이고 수동적인 학습을 중심으로 하고 있는데, 오히려 자신이 주체적으로 학습을 통해 배워나간다는 사고방식으로 전환해야 하지 않을까.

그러한 의미에서 다시 한 번 이 자리를 통해 연수의 자세에 대해 생각해 보려고 한다. 그 하나의 예로 현재 치바현 공민관 연락협의회가 주최하고 있는 공민관 초임직원연수회의 실천 예를 소개하고 싶다.

왜 연수사업에 뛰어들게 되었는가

나는 1996년 치바(千葉)현 공민관 연락협의회의 임원을 맡아, 현(県) 내의 공민관의 여러 상황에 대해 알 수 있게 되었다. 그 상황을 한마디로 말하면, 공민관은 이미 계절로 말하면 겨울로 접어들고 있는 듯한 모습이었다. 관련 법제도면에서의 후퇴, 공민관현장의 예산, 직원의 삭감, 게다가 단기적인 인사이동이 전 현에 걸쳐 진행되고 있었다. 나는 그러한 상황에 대해 위기감을 느꼈다. 도대체 어떻게 해야 좋은가. 무엇보다도 당장 공민관 직원이 그 상황에 대한 위기의식을 느끼고 공민관을 지키고 발전시키려는 자세가 시급하였다. 그 자세는 직원 스스로가 공민관에 대해 다시 한 번 학습하는 것으로부터 시작되어야만 한다. 그리고 그를 위해 전 현에 걸쳐 연수사업을 전개해 가는 것이 공민관 연락협의회의 중요한 역할이라고 생각하였다.

새로운 발상에 의한 연수구상

이 사업에 있어서는 무엇보다 기본에서부터 출발한다는 마음가짐을 가지기로 하였다. 일반적으로 연수에 대해서는 참가자는 가르침에 따라 배우기만 하면 된다는 의식이 상식으로 통하고 있다. 그것은 곧 '가르침'='강의'라는 발상으로 연결되고 말아, 학습자의 입장을 존중하려는 의식은 거의 찾아볼 수가 없다. 그러나 이렇게 일방적인 학습 분위기 속에서 학습자가 충분한 배움의 기회를 가질 수 있으리라고는 기대하기 어렵다. 이러한 생각에서 이제껏 상식적이라고 여겨왔던 연수방식에 얽매이지 않고, 새로운 발상을 통해 다시 한 번 학습자의 진정한 배움으로 연결될 수 있는 연수를 만드는 일에 착수하게 된 것이다.

새로운 발상이라는 표현을 사용하기는 하였으나, 생각해 보면 새로운 사고방식이 아니라 지금까지도 당연히 있어왔어야 했던 사고방식이다. 다시 말하면, 학습자의 주체적 학습을 기본으로 하여 강사 등 연수 관계자는 원조자로서의 역할 만을 맡는 것이다. 그리하여 학습 방법으로는 토의를 중심으로 하고, 그를 통해 학습자 스스로가 진심으로 온몸을 내던져 배워가는 과정을 중요하게 생각하기로 하였다.

공민관 초임직원에 초점을 맞추다

앞서 서술한 바와 같이 치바현에서는 공민관 직원이 단기간에 이동하는 상황이 일반화되고 있었다. 어제까지 세금관련 근무를 하고 있던 직원이 오늘부터 공민관 근무를 맡게 되는 상황이 일상화되는 것은 원래 있어서는 안 되는 일이다. 그러한 잘못된 이해를 바탕으로 한 공민관 활동은 직원 자신은 물론 시민에게도 큰 악영향을 미친다. 특히 단기인사이동의 반복은 계속해서 그 악영향을 확대·재생산하게 만든다.

따라서 단기이동의 상황에 있는 공민관 직원에 초점을 맞추어 초임직원연수사업을 추진하기로 하였다.

초임직원연수회 드디어 시작

이 연수사업은 1999년에 시작하여 올해로 4년째를 맞고 있다. 기본적으로는 시작 당시의 진행방식을 바탕으로 조금씩 개선해가며 시행하고 있다.

(1) 1999년도 초임직원연수회의 흐름

1999년 11월 11일, 제1회 연수를 시작으로 다음 해 1월에 이르기까지 총 4회의 연수를 실시하였다. 이에 앞서, 원조자 역할을 맡을 6명의 운영위원이 현의 공민관 직원 가운데에서 선출되었다. 그리고 연수프로그램과 학습전개 방법에 대해서는 본부 사무국과 운영위원 합동의 사전회의를 몇 번이고 실행하였다. 9월에 정원 30명으로 참가자 모집을 개시하였는데, 신청자는 총 34명으로 정원을 넘는 응모가 있었다. 연수회장은 현의 전 지역으로부터의 교통의 편의성을 고려하여 치바시에 있는 치바현 종합교육센터 및 치바시 마쿠하리(幕張)공민관으로 결정하였다.

학습방식에 대해서는 조별토론을 그 기본으로 설정하였다. 그리고 강사, 운영위원 및 사무국간의 제휴를 통해 참가자의 학습을 돕는 형태를 취하였다.

(2) 2000년 이후 현재까지의 흐름

2000년 이후의 연수는 기본적으로는 첫 해와 같은 흐름으로 진행하면서 몇 가지 점을 개선하여 왔다. 우선 학습내용 면에서 그 횟수를 4회에서 5회로 늘렸으며, 학습영역의 확대를 도모하였다. 또 학습자의 운영참가를 위해 조별토론시의 사회, 발표 등의 역할과 학습 사이사이의 오락시간 담당, 그리고 당일 참가자의 접수, 점심 도시락 배부, 연수회장 뒷정리 등 운영사무에 대한 협력을 부탁하였다.

한 사람 한 사람을 소중히 여기는 학습운영의 노력

현재 일반적으로 실시되고 있는 연수는 대개 집단을 대상으로 강의 중심의 일방적인 방식으로 진행되어 온 탓에 한 사람 한 사람의 학습을 어떻게 심화시켜 갈 것인가 하는 것까지는 전혀 배려할 수가 없었다. 그에 반해 초임직원연수에서는 어디까지나 한 사람 한 사람의 학습을 소중하게 여기기 위해 노력해 왔다. 그를 위해 조직 면에서는 운영위원을 학습의 원조자로서 배치하고, 운영면에서는 적은 인원으로 실시하는 토의활동을 중심으로 연수를 진행하기로 하였다. 구체적으로는 다음과 같은 운영기준을 설정하였다.

· 연수자 토의를 연수의 기본으로 하고, 그 토의의 심화를 위해 강사, 운영위원, 사무국이 서로 협력하여 원조한다.

· 강사는 강의자가 아닌 문제제기자의 입장으로 활동한다.

· 조를 나누어 진행한다. 적은 인원으로 토의할 수 있도록 5명을 기본으로 한다. 수강생이 많더라도 절대 조별 인원수를 늘려서는 안된다.

· 조마다 운영위원을 배치한다. 운영위원은 끝까지 일관성을 가지고 한 조에만 관여하며 원조자로서 활동한다. 동시에 일상적인 상담자로서의 역할도 맡는다.

· 운영위원은 기본적으로 현직 공민관 직원 중에서 선출하여, 함께 학습하는 입장에서 참가한다. 절대 지도자의 입장에서 가르치려 들어서는 안된다.

· 운영위원 및 사무국은 연수생과의 인간적인 관계를 중시한다. 동시에 연수생끼리의 인간적 접촉을 위해서도 배려를 아끼지 않는다.

· 연수의 실시는 그 준비단계에서부터 운영위원과 사무국간의 충분한 공통이해를 위해 노력한다.

· 학습자의 의견, 질문, 요구를 충분히 받아들이기 위해 설문조사나 학습자의 한마디 등 여러 가지 방안을 고안한다.

· 사업의 태만에 빠져들지 않기 위해 그 내용을 기록하여 전체 정리집을 작성한다.

체계적인 학습프로그램을 만들기 위해

학습내용은 공민관의 역사와 그 원점에 대하여·공민관 직원의 자세·공민관 사업의 자세·동아리단체의 자세 등 넓은 범위에 걸쳐 있다(학습프로그램 참조).

또 학습자가 체계적으로 배울 수 있는 학습과정의 흐름을 만들기 위해 노력하였다. 서로 모르는 사람들끼리 한 곳에 모인 탓에, 개개인의 학습자는 스트레스가 쌓이기 쉽다. 그래서 학습과정이 자연스럽게 동료 만들기로 이어질 수 있는 요소를 도처에 배치하였다. 예를 들면 첫 회에는 레크리에이션 학습을 실시하고 있는데, 이 학습은 결과적으로 각각의 학습자가 즐거운 마음으로 서로 교류할 수 있는 동료 만들기의 효과를 낳고 있다.

[표 3-1] 학습프로그램(2002년도)

일시	주제 · 목표	방법
10/10 (목)	·개강식 오리엔테이션 ·공민관 직원을 위한 레크리에이션 -학급운영에 제 몫을 하는 레크리에이션 이론과 기술- ·공민관을 말하자 ·조별학습-공민관의 현실에 대해 이야기하다-	강의(문제제기) 실습 사례발표 조별토론
11/14 (목)	·공민관의 역사와 이념을 배운다 ·공민관의 현대적 문제, 새로운 공민관 활동 ·조별학습, 발표	비디오학습 강의(문제제기) 조별토론
12/12 (목)	·공민관 직원의 역할은 ·공민관의 이용자가 기대하는 공민관 직원은? -공민관에서 활동하고 있는 주민의 목소리를 듣다- ·조별학습, 발표	강의(문제제기) 사례발표 조별토론

1/30 (목)	·지역문제로부터 주최사업을 생각하다 —어린이현실에서 배운다—(오전) —『어린이현실에서 배운다』에 대해 다같이 이야기하자 —(오후) ·조별학습, 발표	사례발표 조별토론
2/13 (목)	·공민관 동아리·단체 지원의 자세 ·연수를 통해 이야기하자 —지금까지의 나와 앞으로의 나— ·감상문, 설문조사 ·폐강식	강의(문제제기) 조별토론

이처럼 주최측의 노력은 학습자에게 마음의 안식처를 제공하고, 그 후의 학습에 있어서도 커다란 결실을 맺게 하는 중요한 계기가 된다.

그리고 이미 서술한 바와 같이 단원이 끝날 때마다 반드시 토의를 실시하여 각자가 배운 내용에 대해 정리할 수 있는 시간을 제공하였다. 또 학습 이외의 부분에서도 마음의 교류를 도모하기 위해 친목회 등도 개최하고 있다.

수강생에게 희망과 용기를 주다

초임직원연수는 아무것도 보이지 않는 암흑 상태에서 시작되었으나, 참가자의 반응은 회를 거듭함에 따라 차츰 변화해가고 있다. 사실 그러한 사실은 운영위원이 제일 먼저 알아차렸다. 조별토론에 대한 한 사람 한 사람의 적극성, 목소리의 생기와 눈동자의 변화. 이 연수를 위한

노력이 결코 헛되지 않았다는 것을 실감할 수 있었다. 연수의 마지막에
는 참가자 모두에게서 감상문을 받았다. 그러자 놀랍게도 거의 전원이
감상문 용지를 가득 채워주었다. 그것도 흔해빠진 내용이 아니라 각자
나름대로의 참신한 생각을 글로 표현하고 있었다. 이에 그 일부를 발췌
하여 소개한다.

- 이 연수에 참가할 기회를 얻어 연수가 회를 거듭함에 따라 일에
대한 의식이 달라져가는 것을 스스로 실감하고 있습니다. 처음
시작할 즈음에는 몰랐던 사실을 하나 둘 배워간다는 느낌이었으나
3회때부터는 공민관의 존재의식, 공민관 직원으로서의 일에 대한
자세 등 제 나름대로 현실에 적용하여 생각할 수 있게 되었습니다.
그리고 지금까지 얼마나 임시변통적인 자세로 일을 해 왔는지에
대해서도 반성하게 되었습니다. 동아리활동에 열심인 사람들도
이제는 함께 협력하여 지역사회를 가꾸어 나갈 동료로 보이기
시작하였습니다. 솔직히 연수 전에는 공민관 일이 즐겁다고 생각
하지 않았는데, 자신의 노력에 따라 할 수 있는 일이 무궁무진하게
많아진다고 생각하니 정말 즐거워집니다.
- 공민관 역사에 대해 알면 알수록, 앞으로의 공민관의 모습이 어려
워지겠다는 느낌이 들었습니다. 하지만 '학습'이 점점 '오락화'되
고 있다고 생각합니다. 공민관을 학습의 장으로서 지역에 정착시
키는 것은 물론 어려운 일이지만, 직원으로서 조금이라도 그에
가까워질 수 있도록 노력해야 한다는 사실을 통감하였습니다.
- 인간은 혼자서는 좀처럼 앞으로 나아갈 수가 없습니다. 하물며
공민관이라는 특수한 직장에서는 더욱더 그렇습니다. 앞으로도
이러한 연수회를 매년 그 단계를 높여가며 2~3회 정도라도 개최

해 주신다면 정말 감사하겠습니다.

· 책을 읽는 것과는 또 달리 직접 여러 선배들의 목소리를 통해 공민관 직원의 자세, 사회교육이란 무엇인가에 대해 배울 수 있었던 정말 감명 깊은 경험이었습니다. 특히 자신을 연마함과 동시에, 이용자가 자신의 문제를 파악하고 해결하기 위한 방향성을 찾을 수 있도록 돕는 일의 중요성을 자각하게 되었습니다. 지금까지의 저는 부족하기 짝이 없는 직원이었지만, 앞으로는 제 나름대로 계속 노력해 가고 싶습니다.

· 내가 지금까지 우물 안 개구리였다는 사실을 깨닫고, 다른 지역의 공민관 상황을 새로이 알게 된 좋은 기회였다. 다른 지역에서 온 참가자들의 의견을 들으면서, 우리 시 상황과의 차이를 이해할 수 있었다.

· 지금까지 공민관이라고 하면 모두 모여 즐겁게 시간을 보내는 곳이라는 느낌이었는데, 그 역사와 이념에 대해 배우는 가운데 역시 공민관은 교육 및 학습의 측면이 강한 곳이라는 사실을 깨닫게 되었습니다. 그리고 공민관이 교육기관으로 자리 매김하기 위해서는 지금의 임대기관과 같은 인상을 벗어나야 할 필요가 있다는 생각도 듭니다. 직원의 전문성에 대해서도 일반직 직원이 2~3년간의 공민관 근무만으로 공민관 사무에 대해 충분히 파악할 수는 없으리라 봅니다. 일부 지역에서는 이미 공민관 직원이 전문직으로서 존재하는 듯한데, 보다 나은 공민관 운영을 위해서는 모든 지역에서 직원의 전문직화가 시급하다고 생각합니다.

그리고 주최사업의 중요성에 대해서도 인식하게 되었습니다. 그 지역에서 주민은 무엇을 요구하고 있는지 혹은 무엇을 필요로 하고 있는지, 지역의 미래를 생각하여 보다 밝고 풍요로운 생활을 영위할 수 있도록 하기 위해 공민관은 어떻게 해야 하는지 진지하게 생각해 볼 때라고 생각합니다. 육아의 고립화나 청소년문제, 고령화나 환경문제 등 우리 주변에는 주최사업으로 추진할만한 내용이 많이 존재하고 그 의미도 깊다고 생각합니다.

◎ 조별 발표 '모두 주목!'

연수사업의 성과와 과제

연간 4~5회의 연수회. 물론 아직 해결해야 할 과제도 많고 실시횟수도 적지만, 그 적은 횟수로 실행한 사업이 이제 다양한 형태로 결실을 맺고 있다. 1999년부터 지금까지의 연수에 대해 공통적으로 다음과 같이 정리할 수 있겠다.

· 출석율은 매회 거의 완벽하다고 할 수 있을 정도로 참가율이 높았
  다. 그것도 상부의 출장지시와는 관계없이 주체적으로 배우려는
  의지에 의한 것이었다.
· 다양한 학습을 통해 대부분의 학습자가 용기를 얻어 공민관 근무에
  대한 자신감이 생겼다.
· 다양한 학습을 통해 자신이 안고 있는 과제가 무엇인지 발견하게
  된 사람이 많았다.
· 공민관에 대한 견해가 180도 바뀌어 모두가 공민관의 중요성을
  인식하게 되었다.
· 지역에 따라 공민관체제, 사업, 사고방식 등이 다르다는 사실을
  알고, 그 차이점 중에서 여러 가지 참고할만한 점을 찾을 수 있었다.
· 서로 다른 지역의 공민관 직원들이 만나게 되어, 그를 계기로
  연수 후에도 정보교환이나 상담이 가능한 관계로 발전하였다.
· 상사에게 스스로 연수에 참가하고 싶다는 뜻을 밝힌 공민관 직원이
  많다는 사실에 놀랐다. 처음으로 공민관 근무를 맡게 된 직원의
  대부분이 앞으로 어떻게 해나가야 할지 성실하게 고민하고, 어딘
  가에 배움의 장이 있다면 반드시 참가하려는 적극성을 가지고
  있다는 사실을 알게 되었다.
· 연수에서는 그 내용의 일환으로 학습자의 참가를 요구하였으나,
  그 요구에 적극적으로 응해주었을 뿐 아니라 그 외의 부분에서도
  자주적으로 협력해 주었다.
· 운영위원제도는 이 연수에 있어 중요한 근간 중의 하나로, 한
  사람 한 사람을 소중히 여기는 학습 진행에 큰 역할을 하였다.
· 치바현 공민관 연락협의회가 공민관 직원에게 늘 곁에 있어 반드시
  필요한 존재로 인정받게 되었다.

· 직원간에 지역을 뛰어넘는 자주적인 동료 만들기를 시작하였으나, 반드시 모두가 그렇다고는 할 수 없다. 오히려 누구든 마음 편하게 상담하거나 정보를 교환할 수 있는 네트워크 만들기의 필요성이 대두되었다.

· 운영위원이라는 존재의 중요성을 다시 한 번 인식하게 되었지만, 한편으로는 운영위원의 자질을 어떻게 하면 향상시켜갈 수 있을지, 운영위원의 확보는 어떻게 해 나갈 것 인지가 중요한 과제로 남게 되었다. 운영위원이 모두 현직 공민관 직원인 탓에 전체적인 참가가 상당히 어렵다.

· 초임직원연수를 통한 학습은 어디까지나 계기에 불과하다. 그 성패는 현장에 돌아간 후, 일상적으로 학습을 위해 노력하느냐 아니냐에 따라 결정된다. 동시에 주최측의 입장에서도 한 번으로 끝나는 연수가 아니라, 단계적인 연수기회를 제공할 필요가 있다. 또, 공민관현장의 실정에 맞춰 종합적인 연수 기회를 만들어 가는 자세도 요구된다.

끝으로

이번 연수는 오늘날 일반적으로 실시되고 있는 연수에 대한 의문으로부터 새로운 연수의 자세를 모색하려는 하나의 시도로서의 성격을 가진다. 그것은 집단을 획일적으로 파악하던 이전의 일방통행적 사고방식을 배제하고, 어디까지나 개개인의 학습을 소중히 여겨 참가자 스스로가 그 학습성과를 거두어들이는 결과를 염두에 둔 노력이라 할 수 있다. 그리고 연수의 성과와 과제에도 드러나 있는 것처럼, 결과적으로 그 시도는 새로운 연수의 한 가지 형태를 제시했다고 생각한다. 되도록 여러 곳에서 학습자가 좋은 기회였다고 납득할 수 있는 연수시스템이 만들어 질 수 있도록 진지한 연구를 계속해나갈 필요성이 느껴진다.

한편, 현(縣) 내의 여러 곳에서 연수가 이루어지고 있으나 그 참가자수는 아직도 많이 부족하다. 이상적으로는 물론 연수를 중요하게 생각하는 것이 당연하지만, 실제 현장에서는 연수를 최우선적으로 다루고 있지 않는 듯하다.

공민관은 본디 교육기관으로, 시민 모두가 그 학습권을 보장받을 수 있도록 노력하는 곳이다. 바꾸어 말하면, 개개인의 삶의 방식에 관여하는 중요한 사업으로 사람의 인생에 큰 영향을 미치고 있다고 해도 과언은 아니다.

공민관의 직원들은 이처럼 중요한 곳에서 근무하는 입장으로서, 자신의 자질을 높이기 위해 끊임없이 노력해야만 하며, 노력하기 전에 그러한 사실을 자각해야만 한다. 그와 동시에 연수가 공민관 직원의 자질을 지탱하고, 높이기 위해 꼭 필요하다는 사실을 사회 전체가 인식해야만 한다. 연수는 직원의 권리이다. 다만 그것은 누군가에게 의지하기만 해서는 영원히 얻을 수 없는 권리이다. 공민관의 직원은 자신이 노력하는 것 외에 다른 길은 없다는 사실을 가슴 깊이 새겨두어야 할 것이다.

센도 타카시(千藤尚志)

┌─ **공민관의 우리가 만든 극장·나가사쿠(長作)이야기** ─┐

나가사쿠(長作)쵸에 공민관이 생기고, 동아리활동이 시작되어 동아리연락협의회가 발족된 지 올해로 20년을 맞이하였습니다. 동아리연락협의회가 주최하는 축제도 벌써 19회째입니다.

제1회 축제에 즈음하여 동아리활동의 성과발표와 함께 어른과 어린이가 함께 즐길 수 있는 기획을 하자는 의견에 따라 시작된 것이 바로 나가사쿠(長作)이야기였습니다.

제1회는 '일본의 자연과 동화'라는 주제로 실시하였으나, 2회부터는 어린이들이 잘 알고 있는 옛날이야기·동화를 연극으로 공연하게 되었습니다. 제2회는 '우라시마 타로(浦島太郎)'[1], 제3회는 '백설공주'와 같이 1년씩 번갈아가며 일본이야기, 외국이야기를 선정해 왔습니다. 그리고 올해로 19회, 매년 동아리연락협의회의 임원분들과 관계자 여러분들의 노력으로 계속되고 있습니다.

기획은 동아리연락협의회의 임원단이 중심이 되어 각본·연출·출연자(각 동아리에서)를 결정합니다. 무대장치, 대도구, 소도구, 의상 등 모든 것은 손수 만드는 것을 기본으로 하고 있습니다. 배경은 미술동아리, 의상은 양재동아리의 협력을 받으며, 대도구는 모두 함께, 소도구는 각자가 준비합니다. 대본이 나오면 배역을 정하고 축제를 위한 연습을 시작하여 그 회를 거듭함에 따라, 전원이 열기를 띠고 활동합니다. 그와 동시에 대사·의상·소도구 등에 대한 구상도 차례차례 나오기 시작합니다. 그리고 그러한 내용들은 모두의 상의를 통해 발전되어 갑니다.

└──────────────────────────────┘

---

1) 역주 : 일본의 전설로, 거북이를 살려준 주인공이 답례로 받은 상자를 절대 열지 않겠다는 약속을 어기고 상자를 여는 순간 노인이 되었다는 이야기

드디어 공연 당일, 도중에 대사가 막혀 무대 뒤쪽에서 알려줄 때마다 폭소가 터지거나, 서툰 연기에 박수갈채가 쏟아지는 일도 여러 차례 일어납니다. 특히 공민관 직원분이 출연하면 그 인기와 응원소리는 한층 더 높아집니다.

이렇게 해서 제19회 나가사쿠 공민관 축제의 마지막 순서, 나가사쿠 이야기 '꽃피우는 할아버지'[2]가 시작하여 약 30분간 출연자와 관객이 하나가 되어 나가사쿠 공민관에 아름다운 꽃을 피웠습니다.

니타 요시오(新田芳男)

---

2) 역주 : 정직한 할아버지가 신기한 강아지의 도움으로 보물을 얻기도 하고 고목에 꽃을 피우기도 하여 영주로부터 큰 상을 받는다는 일본의 옛날이야기

사회교육의 개략적 연표(※치바현 내의 중요한 활동 포함)

서력	쇼와(昭和)	월	사회교육 · 공민관관련 (치바현의 활동도 포함)	일본 · 세계의 움직임
1945	20	9	문부성 '신일본건설의 방침' 발표	패전(1945)
		10	사회교육국 부활	
		11	문부대신훈령 '사회교육의 진흥에 관한 건'	
1946	21	2	치바현교육민생부 신설	천황인간선언(1946)
		7	문부차관 통첩 '공민관의 설치 및 운영에 대하여'	
		9	데라나카 사쿠오(寺中作雄) 『공민관 건설-새로운 지역 문화시설』간행-공민관 건설, 각지로 확산되다	공직추방, 재벌해체(1946)
		11	치바현 최초의 공민관, 가시와(柏)촌에 설치	
1947	22	1	치바현연합청년단 결성	지방자치법공시(1947)
		3	교육기본법공시 · 시행	
		5	일본국헌법시행	
		6	치바현 '부모와 교사의 모임' 발족	
1948	23	11	치바현교육위원회 발족 치바현연합부녀회 발족 교육칙어 실효(국회결의)	소련, 베를린봉쇄개시(1948) 유엔, 세계인권선언 채택(1948)
1949	24	6	사회교육법공시 · 시행	
1950	25	4	도서관법공시	한국전쟁(1950~53)
		9	치바현공민관연락협의회 결성, 현공민관 연구대회 개최	경찰예비대설비(1950)
1951	26	3	사회교육법 일부 개정(사회교육주사 신설)	
		5	치바현공민관연락협의회 발족	
		10	치바현육성회연락협의회 발족	샌프란시스코강화 · 미일안보조약조인(1951)
		11	전국공민관연락협의회 결성	
		12	박물관법 공시(다음해 시행)	
1952	27	6	문부성설치법 개정(중앙교육심의회설치)	
1953	28	8	청년학급진흥법 공시 · 시행	이케다(池田) · 로버트슨회담(1953)
1954	29	10	일본사회교육학회 창립	
1955	30	6	제1회 일본어머니대회 개최	제5후쿠류마루(福龍丸), 비키니환초에서 피폭(1954)
1957	32	5	사회교육법 일부 개정	
		12	『월간사회교육』 창간 사회교육심의회 답신 '청년학급의 개선방책에 대하여', '공민관의 충실진흥방책에 대하여'	소련일본국교회복(1956)

서력	쇼와 (昭和)	월	사회교육·공민관관련 (치바현의 활동도 포함)	일본·세계의 움직임
1958	33	10	전국공민관연합회, 공민관진흥대책에 관한 의뢰서	원자·수소폭탄금지, 기지반대, 근무평정 반대, 경직(警職)법 반대 등의 운동고양
1959	34	4	사회교육법 대개정	
		12	문부성 고지 '공민관 설치 및 운영에 관한 기준'	
1960	35	2	사회교육국 '"공민관 설치 및 운영에 관한 기준"의 처리에 대하여'	미일신안보조약조인 (1960)
1961	36	6	스포츠진흥법 공시	
		9	제1회 사회교육연구전국집회 개최	
1963	38	2	오사카(大阪)부(府) 히라카타(枚方)시 교육위원회 '사회교육 전부를 시민에게'(히라카타강령)	쿠바위기(1962)
		9	사회교육추진전국협의회 결성	
1964	39	4	가정교육학급개설비보조 실시	도쿄올림픽개최 (1964)
1965	40	3	나가노(長野)현 이이다(飯田)·시모이나(下伊那) 주사회 '공민관주사의 성격과 역할'(시모이나강령)	
1966	41	5	치바현 사회교육위원회의건의 '지역사회교육의 진흥방책에 대하여'	미군, 베트남북폭개시(1965)
1967	42	6	구니타치(國立)시 어머니와 아이의 공부모임 '공민관부속보육시설의 건' 청원	대학분쟁(1968~69)
		9	전국공민관연합회 '공민관이 해야 할 자세와 오늘날의 적지표'	
1971	46	4	사회교육심의회 답신 '급격한 사회구조의 변화에 대처하는 사회교육의 자세에 대하여'	오키나와(沖繩)반환협정조인(1971)
1972	47	7	유네스코 제3회 세계성인교육회의(도쿄) 개최	중일국교정상화 (1972)
1974	49	3	도쿄도교육청사회교육부 '새로운 공민관상을 추구하며'(산타마(三多摩)강령)	석유파동(1973)
1975	50	2	구니타치시 「공민관보육운영요강」	
1976	51	6	니시노미야(西宮)시 공민관 '합리화'안(직원의 전원승진) 제시	록히드사건(1976)
		7	후쿠오카(福岡)시공민관 '합리화'문제심각화 치바현 사회교육위원회의 건의 '앞으로의 공민관 운영에 대하여'	
		8	제21회 사회교육연구전국집회 나리타(成田)집회 개최	
		11	유네스코 '성인교육의 발전에 관한 권고'	
1978	53	7	릿쿄(立敎)대학법학부, 사회인 별도모집 발표	

서력	소와 (昭和)	월	사회교육·공민관관련 (치바현의 활동도 포함)	일본·세계의 움직임
		8	치바현 사회교육위원회의 건의 '평생학습을 위한 사회교육사업의 자세에 대하여'	연호법공시·실시 (1979)
		12	나카노(中野)구의회, 교육위원 준공선제(準公選制)청원 채택	
1981	56	2	나카노(中野)구교육위원의 구민투표실시	임시행정조사회설치 (1981)
		6	중앙교육심의회 답신 '평생학습에 대하여'	
1982	57	7	사회교육법 개정(사회교육주사보 필치제 폐지)	
1983	58	4	방송대학개교	
1984	59	3	정부가 교육개혁을 위한 '임시교육심의회설치법안' 국회제출	아프리카 기아심각화(1984)
		8	임시교육심의회 발족	
1985	60	3	유네스코 제4회 국제성인교육회의 '학습권선언'	남녀고용기회균등법공시(1985)
		6	임시교육심의회 '교육개혁에 관한 제1차 답신' 제출	
		10	도쿄교육진흥재단설립	
1986	61	4	임시교육심의회 '교육개혁에 관한 제2차 답신' 제출 평생학습체계로의 전환 제언	체르노빌원전사고 (1986)
1987	62	4	임시교육심의회 '교육개혁에 관한 제3차 답신' 제출	국방비 GNP 1%벽돌파(1987)
		8	임시교육심의회 '교육개혁에 관한 최종 답신' 제출	
1988	63	7	문부성기구 개혁, 사회교육국 폐지, 평생학습국 탄생	미소, INF전폐조약조인(1987)
1989	헤이세이(平成) 1	11	유엔총회 '어린이 권리조약' 채택 제1회 평생학습축제 개최(마쿠하리(幕張) 메세)	쇼와천황서거(1989) 베를린장벽붕괴 (1989)
1990	2	7	'평생학습의 진흥을 위한 시책 추진과 체제 등의 정비에 관한 법률' 시행	
1991	3	4	중앙교육심의회 답신 '새로운 시대에 대응하는 여러 교육제도의 개혁에 대하여'	걸프전(1991)
1992	4	9	주5일등교제 실시	비자민련내각수립 (1992)
1993	5	3	하치오지(八王子)시 공동시설 유료화 문제, 조례 부결, 폐안	
		8	제3회 사회교육연구전국집회 기사라즈(木更津)집회 개최	
1994	6	1	나카노(中野) 구교육위원 준공선제도 폐지조례 가결	
		5	어린이권리조약 발효	

서력	쇼와(昭和)	월	사회교육·공민관관련 (치바현의 활동도 포함)	일본·세계의 움직임
1995	7	9	문부성평생학습국장 통지 '사회교육법에 의한 민간영리사회교육자에 관한 해석에 대하여'	한신(阪神)·아와지(淡路)대지진(1995)
1996	8	11	치바현에 상쾌한치바현민플라자설립(가시와(柏)시)	
		12	97년부터 '공립사회교육시설정비보조금'교부폐지결정	
1997	9	7	유네스코 제5회 국제성인교육회의 '성인학습에 관한 함부르크선언' 지방분권추진위원회 제2차 권고 '공민관 운영심의회 설치 임의화' '공민관장임명에 대한 공민관 운영심의회에서의 의견청취 폐지' '고시에 의한 관장, 주사의 전임규정 폐지' 등	미일방위협력을 위한 지침(가이드라인)합의(1997)
1998	10	9	평생학습심의회 답신 '사회의 변화에 대응한 앞으로의 사회교육행정의 자세에 대하여'	금융제도개혁시행(1998)
		12	문부성 고시 '공민관 설치 및 운영에 관한 기준' 일부개정	
1999	11	6	평생학습심의회 답신 '평생학습의 성과를 활용하기 위한 방책에 대하여'	NATO군, 유고공중폭격개시(1999)
		7	사회교육관련법 개정(지방분권일괄법 성립)	국기·국가법성립(1999)
2000	12	3	교육개혁국민회의(수상의 사적자문기관) 발족	
		4	문부성평생학습국장 통지 '가정교육학습의 거점으로서의 공민관의 충실에 대하여'	
		10	IT강습추진특별교부금 창설(공민관 등에서의 컴퓨터강습제공 등)	
		12	교육개혁국민회의 '교육을 바꾸는 17가지 제안'	
2001	13	1	문부성과 과학기술청이 문부과학성으로 통합 문부과학성 '21세기교육신생플랜'	9·11테러(2001)
		11	치바현 공민관연락협의회 창립50주년기념식전 겸 제53회 치바현 공민관 연구대회(東金(도가네)시)	
2002	14	4	주5일등교제 완전실시	
2003	15	3	중앙교육심의회 답신 '새로운 시대에 걸맞은 교육기본법과 교육진흥기본계획의 자세에 대하여' 문부과학성 '공민관 설치 및 운영에 관한 기준' 전면개정	이라크전쟁(2003)
2006	18	12	교육기본법 '개정'안 성립	

(다도코로 유지田所祐史)

후기

나는 전편 『공민관에서 배운다 - 자기개발과 마을 만들기(1998)』를 대학의 사회교육조사실습 교재로 매년 사용해 왔다. 3학년생을 대상으로 한 전기 2단위의 수업에서, 학생들은 여름방학을 이용하여 공민관 등에서 실습을 행하게 된다. 수업 진행방법은 교재를 분담하여 발표하는 일반적인 방식이지만, 실습 원고에 대해서는 학생들이 직접 공민관을 방문하여 직원으로부터 청취조사를 실시하도록 하고 있다. 공민관 측의 협력도 받아가며, 끝까지 파고들어 실천하는 작업·정점(定点)관측을 5년간 계속해 온 것이다.

그를 통해 우리들이 배워온 것은 당연한 사실이기는 하지만 '공민관 실천은 계속해서 변화 중이다'는 사실이었다. 이처럼 변화해 가는 실천 내용을 기록하고, 기록한 실천 내용을 축적해 가는 것. 그러한 작업 속에서 야말로 공민관 실천의 발전 계기가 어렴풋이나마 그 모습을 드러내는 것은 아닐까. 이 책은 이미 그 과정의 일부로 자리매김하였다고 생각한다. 물론, 아직 전체적으로 충분하지 못한 점도 있을 것이다. 그렇기 때문에 여러분들의 스스럼없는 의견과 비판을 기다리고 있다. 이 책을 통해 치바를 비롯한 전국 공민관의 실천에 대한 교류와 대화의 장이 탄생하기를 바라며 후기를 마친다.

나가사와 세이지(長澤成次)

집필자소속일람(2003년 4월 현재)

나가사와 세이지(長澤成次)	치바(千葉)대학
야마다 신지(山田慎二)	후나바시(船橋)시 서부공민관
다카세 요시아키(高瀬義彰)	마쓰도(松戸)청소년회관
구사나 시게유키(草野滋之)	치바공업대학
나오이 히데키(直井英樹)	나가레야마(流山)시 중앙공민관
후세 토시유키(布施利之)	기미쓰(君津)시 기미쓰(君津)중앙공민관
스즈키 케이코(鈴木恵子)	기미쓰시 카즈사(上総)공민관
아키모토 쥰(秋元　淳)	기사라즈(木更津)시립 니시키요카와(西清川)
	주민자치 센터
마쓰자와 켄지(松沢健治)	기사라즈 시립중앙공민관
야마시타 요이치로(山下要一郎)	기사라즈 시립 도세(東清)공민관
나카무라 카즈아키(中村和明)	우라야스(浦安)시 환경부
와타나베 하루요(渡辺晴代)	나라시노(習志野)상담연구회
사사키 히데유키(佐々木英之)	기사라즈 시립중앙공민관
아라이 마코토(荒井　誠)	사쿠라(佐倉)시 육아지원과
호소마 노리오(細間則夫)	후나바시시 호텐(法典)공민관
아다치 쇼코(足立祥子)	치바시 미도리가오카(緑が丘)공민관
오카다 유키오(岡田幸雄)	나리타(成田)시 중앙공민관
나카노 마치코(中野町子)	기미쓰시 오비쓰(小櫃)공민관
스즈키 미도리(鈴木みどり)	기미쓰시 스나미(周南)공민관
이시이 카즈히코(石井一彦)	기사라즈시립 이와네(岩根)공민관
다카하시 쿠니오(高橋邦夫)	전 치바현 교육위원회 사회교육과
사토 리에코(佐藤りゑ子)	나리시노시 야쓰(谷津)공민관 평생학습상담원
사쿠마 아키라(佐久間章)	전 후나바시시 북부공민관
센도 타카시(千藤尚志)	기미쓰시 기미쓰중앙공민관
야마구치 타카시(山口　孝)	다테야마(館山)시 시청기획부기획과
나카무라 히로미(中村裕美)	나라시노시 복지부보호과
와다 타마키(和田多真喜)	기미쓰시 도서관을 생각하는모임
니타 요시오(新田芳男)	치바시 하나미가와(花見川)구 나가사쿠(長作)쵸
다도코로 유지(田所祐史)	노다(野田)시 남부 우메사토(梅郷)공민관

저자 나가사와 세이지(長澤成次)

1951년 도쿄(東京)도 북구(北区) 태생. 1972년 도쿄도립 공업고등전문학교 졸업 후, 치바(千葉)대학교 교육학부·나고야(名古屋)대학원 교육학연구과 박사과정을 거쳐 현재 치바대학교 교육학부 교수.

최근에는 사회교육추진 전국협의회사무국장. 일본사회교육학회 사무국장·「월간사회교육(国土社刊)」 편집장 등을 역임.

저서로『현대평생학습과 사회교육의 자유(学文社, 2006)』, 편저로『공민관에서의 배운다Ⅱ-자치와 협동의 마을 만들기(国土社, 2003)』,『다문화·다민족 공생의 마을 만들기-발전하는 네트워크와 일본어학습지원(에이델 연구소, 2000)』,『공민관에서 배운다-자기개발과 마을 만들기(国土社, 1998)』가 있다. 공저로는「사회교육 권리구조의 재검토(일본사회교육학회 편,『강좌 현대사회교육의 이론Ⅰ』, 현대교육개혁과 사회교육 (東洋館출판사, 2004)」,「일본어 자원봉사네트워크의 역할과 과제(駒井洋 편저,『강좌 글로벌화 되는 일본과 이민문제 제2기 제6권 다문화사회로 향하는 길』, 明石書店, 2003)」,「사회교육·평생학습의 행재정(行財政)·제도(사회교육추진전국협의회 편,『사회교육·평생학습 핸드북 제7판』, 에이델연구소, 2005)」,「공민관을 둘러싼 최근의 법 개정(일본공민관학회 편,『공민관·커뮤니티시설 핸드북』, 에이델 연구소, 2006)」 등이 있다.

역자 김창남

일본 국립치바(千葉)대학 학부과정
일본 간다외어(神田外語)대학 석사과정
일본 국립치바(千葉)대학 박사과정
문학박사(일본어학, 일본어교육학 전공)
(현)금강대학교 일본어통역전공 교수

살기 좋은 마을 만들기

주민자치와 평생학습의 마을 만들기
일본 공민관의 역사와 실천

초판인쇄 2008년 3월 7일
초판발행 2008년 3월 14일

저자 나가사와 세이지
역자 김창남
발행처 (주)제이앤씨
등록번호 제7-270

주소 서울시 도봉구 창동 624-1 현대홈시티 102-1206
전화 (02) 992 / 3253
팩스 (02) 991 / 1285
URL http://www.jncbook.co.kr / 제이앤씨북
E-mail jncbook@hanmail.net

ⓒ 김창남 2008 All rights reserved. Printed in KOREA

ISBN 978-89-5668-588-5 93830
정가 19,000원

* 이 책의 내용을 사전 허가없이 전재하거나 복제할 경우 법적인 제재를 받게 됨을 알려드립니다.
** 잘못된 책은 구입하신 서점이나 본사에서 교환해 드립니다.